사탄의
유혹

사탄의 유혹

초판 1쇄 찍은 날 | 2019년 9월 20일
초판 1쇄 펴낸 날 | 2019년 9월 30일

지은이 | 문희
펴낸이 | 예경원

편집 | 주승아

펴낸곳 | 예원북스
등록번호 | 제396-2012-000132호
등록일자 | 2012. 7. 25
YRN | 제1-0255호

주소 | 경기도 고양시 일산동구 호수로 646-24 위너스21-Ⅱ 206A호 (우) 10401
전화 | 031-819-9431 팩스 | 031-817-9432
http://cafe.naver.com/yewonromance
E-mail | yewonbooks@naver.com

ISBN 979-11-365-0412-8 03810

문희 장편 소설

사탄의 유혹

WONBOOKS ROMANCE STORY

Contents

프롤로그

파라다이스 건설의 만년 부장인 박 부장은 본사 회의가 가장
싫었다. 평상시보다 일찍 출근하는 것도 싫었지만 회의실을 뒤
덮는 숨 막히는 분위기에 질식할 것만 같았다. 넓은 회의실 안에
정적이 흘렀다.

그곳의 중앙에 앉은 한 사람 때문이었다. 검은색 명품 정장에
붉은색 넥타이를 한 남자는 신비로운 회색 눈동자로 회의실의
사람들을 바라보고 있었다. 산 채로 사람을 잡아먹을 것 같은 남
자는 못마땅한 표정을 지으며 손가락을 까딱였다. 남자의 눈에
서 뿜어져 나온 레이저가 한 사람, 한 사람을 향해 쏘아지는 것
같았다.

긴급회의가 열린 오늘 같은 날은 남자의 카리스마에 눌려 죽을 것 같은 느낌이었다. 파라다이스 그룹에서 오래 근무한 박 부장이었지만, 지금의 본부장 같은 사람은 처음이었다.

소름이 돋을 정도로 임원들을 제압하는 남자는 파라다이스 그룹의 총괄 본부장, 강성훈이었다. 서른여덟 살의 젊은 나이에 총괄 본부장 자리에 오를 만큼 그는 탁월한 실력자였고, 업계에서 호랑이로 소문이 난 이 회장의 총애를 받는 인물이기도 했다.

그도 그럴 것이 강 본부장의 업무 성과는 사람으로서 이루어 내기 힘든 것이었다. 그가 하는 모든 것이 레전드가 될 정도로 그는 사업에 탁월한 실력을 갖춘 사람이었다.

보통의 남자들보다 머리 하나는 더 큰 그는 운동으로 다져진 탄탄한 몸까지 가지고 있어서 함부로 그에게 접근하는 사람들도 없었다.

최고의 학벌과는 어울리지 않는 격투기 선수 출신답게 그는 존재만으로도 위협적이었다. 침묵하던 본부장이 입을 열자 누가 시키지도 않는데 다들 자세를 고쳐 앉았다.

"아랍의 발전소 건설은 우리의 사활이 걸린 문제입니다. 그런데 다들 입을 다물어 버리면 회의가 무슨 소용입니까?"

"……."

"우리 말고도 일본 측이 아랍 왕실 쪽으로 계속해서 로비한다는데, 우리는 손가락만 빨고 있자는 겁니까? 대책은 없습니까?"

본부장의 낮은 저음이 회의실 안을 쩌렁쩌렁 울리고 있었다.

"아랍 왕실 쪽으로 조 이사님이 계속 접촉 중이십니다. 하지만……."

옆에 있던 파라다이스 건설 사장이 겨우 입을 열었다.

"일본 쪽보다 우리의 조건이 더 우세합니까?"

"그게……."

"아무런 정보도 없이 사람만 가서 아랍 왕실 사람과 얼굴만 마주하면 되는 겁니까?"

"죄송합니다."

파라다이스 건설 사장이 꼼짝하지 못하고 땀을 흘리며 간신히 답을 했다. 본부장의 숱 많은 한쪽 눈썹이 마음에 안 든다는 듯 올라갔다 내려왔다.

"식상한 말입니다."

"죄송합니다."

다시 한 번 건설사 사장이 머리를 조아렸다.

"죄송하다는 말이 다가 아닙니다. 해결책을 내놓으란 말입니다. 여기에 모인 이유는 사과를 받자는 게 아니라 해결을 하자는 겁니다."

동양인의 눈동자라고는 믿기 힘든 짙은 회색 눈동자가 건설사 사장을 차갑게 바라보았다. 묘한 색의 눈동자는 직원들 사이에 렌즈라는 소문이 퍼졌지만 사실 그의 눈동자는 자연색이었다.

강 본부장은 확실히 보통 사람과는 다른 느낌이었다. 어디에 있으나 그의 커다란 키와 다부진 몸, 짙은 구릿빛 피부와 회색 눈동자는 단연 돋보였다.

사람 같지 않은 신비한 분위기까지……. 하여튼 박 부장은 속으로 그의 별명처럼 그가 혹시 진짜 사탄이 아닐까? 라는 생각을 했다.

숨 막히는 오전 회의가 끝이 나고 점심시간이었다. 식사 시간도 30분밖에 주어지지 않아서 구내식당에서 아무리 빠르게 식사를 끝내도 자판기 커피 한 잔 마시고 나면 곧바로 오후 회의에 들어가야 했다.

"불 좀 줘."

담배를 입에 문 차 부장은 입이 한 바가지는 나와 있었다.

"왜?"

"아무리 생각해도 우리가 본부장에게 너무 쩔쩔매는 것 같아서 말이야."

"그럼 어쩔 거야?"

"맞서서 싸워야지. 오후에 가서 확 질러 버릴까 보다. 왕년에 싸움 못 한 사람이 어디 있어? 격투기? 나 원 참……."

차 부장의 불만이 하늘을 찔렀다.

"차 부장은 프로격투기 선수 출신을 이길 자신 있어? 거기에 S대 수석 졸업생의 머리를 따라갈 수나 있고? 언변가로 유명한 본부장의 말발은 당할 자신은?"

"……."

"기껏 해 봐야 말로 싸울 건데, 그렇게 해서 본부장이 차 부장 앞에서 빌면서 미안하다고 다시는 쥐 잡듯이 안 잡겠다고 하겠냐고."

"왜 나를 무시해?"

"될 소리를 하라는 말이야. 우리는 그냥 시키는 대로 하면 돼."

"그래도 너무하다는 거지. 우리가 자기처럼 엄청난 양의 업무를 어떻게 처리하냐고. 저게 괴물이지 인간이야?"

"맞아, 괴물이지. 거기에 여자들을 홀리는 매력까지 있으니 사람들이 본부장을 '사탄'이라고 하는 거야. 만약 차 부장이 진짜 덤빈다고 하더라도 여직원들이 육탄으로 막을걸?"

담배 연기와 함께 한숨을 뿜어내도 속이 시원하진 않았다. 오후 회의가 시작될 시간이라 그들은 자리에서 일어났다.

"오후엔 또 얼마나 사람을 쥐 잡듯이 잡을까?"

"어쩌겠어? 이게 샐러리맨들의 팔자려니 생각해야지."

차 부장의 말대로 오후에도 쥐 잡듯이 사람들을 몰아붙이는 본부장 때문에 점심때 먹은 밥이 체한 것 같았다. 회의는 오후까지 계속되었고 본부장은 원하는 답이 나올 때까지 임원들을 탈수기에 넣고 짜는 기분이었다.

회의가 거의 다 끝이 날 무렵에야 본부장이 벌떡 일어나더니 급하게 자리를 떴다. 저렇게 갑자기 자리를 뜰 사람이 아니라 모두가 놀란 표정이 되었다.

"무슨 일이야?"

"몰라?"

"가려면 좀 일찍 가던지. 벌써 6시야. 퇴근 시간이라고."

차 부장이 박 부장의 귀에 대고 투덜거리기 시작했다. 하지만 박 부장은 오늘 회의가 이쯤에서 끝이 나서 다행이란 생각이 들었다.

"무슨 일인지는 몰라도 난 고마운데?"

"고맙긴 뭐가 고마워? 일찍 끝나야 고마운 거지."

온통 새하얀 인테리어는 주인의 집착과 강박의 성격을 그대로 드러내는 것 같았다. 하얀 대리석 바닥에 전체가 하얀 가구들은 집 안에 들어온 사람들에게 부담이 아닐 수 없었다. 혹시나 자신 때문에 이 집이 더럽혀지지 않을까, 하는 걱정 때문이었다.

범준은 오늘 운수 대통인 날이었다. 클럽에서 한창 놀다가 부킹을 했는데 부잣집 딸이었다.

거기다가 그에게 완전히 반했는지 여자는 오늘 그에게 자신의 집에 가자는 말까지 했다. 보통은 호텔에 가자고 하는데 여자는 남달랐다.

그가 만난 여자 중에 가장 예쁜 얼굴에 글래머러스한 몸까지, 완전 퀸카 중의 퀸카였다. 거기에 입이 떡 벌어지게 만드는 고급 주택에 산다니 놀라웠다. 정원을 가로질러 오다가 집 안에 있는 수영장을 보고는 저도 모르게 탄성을 지를 뻔하다가 겨우 혀를 깨물었다.

여자에게 너무 없어 보이고 싶진 않았기 때문이었다.

범준도 아버지가 사업을 하셔서 어려서부터 남부럽지 않게 살았지만, 오늘 만난 여자는 재벌이라도 되는 것 같았다. 혹시 파라다이스의 후계자가 아닐까? 라는 생각도 했지만 그런 여자가 클럽에 올 리가 없었다.

"벗어."

"어?"

티끌 하나 없이 새하얀 거실에 넋을 놓고 있는데 그의 뒤에서 여자가 명령하듯이 말했다. 놀란 범준은 여자에게 도리어 멍청하게 물었다.

"벗으라고. 두 번 말하는 거 짜증나."

이렇게 대범한 여자는 처음이었지만 나름 신선했다.

"알았어."

범준은 뭐에 홀리기라도 한 사람처럼 저도 모르게 옷을 벗었다. 그러자 여자도 그와 마찬가지로 옷을 벗기 시작했다. 범준은 탈의하고 있는 여자를 보며 좀 묘한 기분이 들었다. 여자는 그를 원하는 뜨거운 눈빛도 아니었고 그렇다고 섹스 자체를 원하는 것도 아닌 표정이었다. 하지만 속옷만 걸친 여자의 몸은 놀라울 정도로 화끈했다.

'아무렴 어때.'

범준은 이렇게 생각하며 바지를 내렸다.

여자는 속옷 차림으로 범준에게 다가와 그의 목에 팔을 둘렀다.

"키스해."

"……."

여자에게 이렇게 끌려다니는 성격이 아닌데 이상하게 자꾸만

이 여자가 시키는 대로 하고 있었다. 하긴 이 정도의 섹시한 여자라면 무릎이라도 꿇을 수 있을 것 같았다.

범준은 여자의 가는 허리를 안고 그녀의 입술을 삼켰다. 그는 하마터면 신음을 내뱉을 뻔했다. 여자의 입술이 주는 감촉도 좋았지만, 그녀의 풍만한 가슴이 그의 가슴에 눌리자 미칠 것 같은 욕망이 타올랐다.

범준의 손이 여자의 가슴을 움켜쥐자 가만히 있던 여자가 거칠게 그의 손을 뿌리쳤다.

"그만!"

"뭐?"

갑작스러운 여자의 반응에 범준은 당황스러웠다.

"나가!"

여자는 차갑게 말하며 그의 품에서 벗어났다. 너무 황당한 상황이라 범준은 어이가 없었다.

"야! 사람을 이렇게 흥분시켜 놓고 나가라고?"

"그래, 나가."

여자는 너무 당당하게 말했고 화가 난 범준은 여자를 강하게 끌어안았다.

"이거 안 놔?"

여자의 저항이 생각보다 거셌다.

"못 놔, 네가 다 꼬셔 놓고 지금 와서 뭐?"

화가 머리끝까지 난 그는 여자를 안고는 소파 위에 거의 내동 댕이치듯이 놓았다.

"네가 여태까지 어떤 놈들을 만났는지 모르겠는데, 난 이렇게 는 못 나가."

여자의 몸에 흥분한 마음과 화가 나는 마음이 묘하게 섞여서 그를 폭발하게 했다. 범준은 씩씩거리며 여자를 내려다보았다. 소파에 비스듬히 누워 있는 여자의 모습이 너무 섹시해서 범준 은 저도 모르게 그녀에게 달려들었다.

싫다는 여자에게 이렇게 덤벼 든 적은 한 번도 없었는데 오늘 따라 자제가 되지 않았다.

"이거 안 놔!"

여자가 있는 힘껏 저항했지만, 범준은 놔줄 마음이 없었다.

"이렇게 남자를 흥분시켜 놓고 안 한다는 게 말이 돼?"

"그만, 싫어!"

범준이 여자의 브래지어를 벗겨 내자 하얗고 풍만한 가슴이 그의 눈에 들어왔다. 지금껏 봤던 그 어떤 여자의 가슴보다 예 뻤다. 범준은 온몸의 피가 그의 남성으로 몰리는 걸 느꼈다. 오늘 어떻게 해서든지 이 여자를 갖고 말겠다는 생각뿐이었 다.

"싫다고."

여자가 싫다고 버둥거릴수록 그는 더 흥분했다. 그런데 순간 그의 몸이 붕 하고 떠올라 바닥에 내팽개쳐졌다.

"윽."

대리석에 얼굴을 박으니 머리가 깨질 것같이 아팠고 정신이 하나도 없었다.

"싫다잖아, 안 들려?"

낯선 남자의 목소리가 들렸다.

"뭐야?"

겨우 아픔에서 벗어난 범준은 거인처럼 커다란 남자를 보며 소리쳤다. 어디서 보긴 한 것 같은데, 누군지 정신이 없어서 기억나지 않았다.

"그건 내가 묻고 싶군."

"윽!"

남자가 거짓말처럼 그를 한 손으로 들어 올려 자신의 눈과 마주 보게 했다. 짙은 회색 눈동자와 마주치는 순간 범준은 그가 사탄이라는 걸 알았다.

"사, 사탄……."

격투기 챔피언이자 지금은 전문 경영인이 된 사탄은 남자들이 우상이었다.

"살려, 주세요……."

이건 뼛속 깊은 곳에서부터 나온 진심이었다. 사탄의 주먹에 그는 죽을 수도 있었다. 이 여자와 사탄의 관계가 어떤지에 따라 다르긴 하겠지만 말이다.

"알아봐 주니 고맙군. 지금 당장 널 쳐 죽이고 싶지만, 오늘 운이 좋은 줄 알아. 지금 죽이고 싶은 인간은 따로 있거든."

사탄의 시선의 여자에게로 향해 있었다.

"꺼져!"

범준은 사탄이 그를 놓아주자마자 꽁지 빠지게 도망쳤다. 어떻게 그 저택을 빠져나왔는지도 기억나지 않을 만큼 그는 사력을 다해 뛰고 또 뛰었다.

자신의 차로 돌아온 그는 오늘이 그의 인생에서 가장 운이 좋은 날이었다는 걸 깨달았다.

"죽을 뻔했어……."

거친 숨을 쉬며 그는 차를 몰아 되도록 빨리 사탄이 있는 곳에서 멀어졌다.

짙은 회색 눈동자 안에 노여움의 불길이 타오르고 있었다. 연수는 이제 그 불 속에 매번 뛰어들어다가 거절을 당하는 것에도 넌더리가 났다.

"뭐 하는 짓이지?"

"상관하지 마세요."

연수는 당차게 말하고는 그대로 소파에서 일어났다. 지금 자신의 몸에 걸쳐진 옷이라고는 검은 레이스 팬티 한 장뿐이지만 연수는 몸을 가리지 않고 당당하게 일어섰다. 그가 무엇을 놓쳤는지 똑바로 보여 주고 싶었다.

"설명이 필요할 것 같은데?"

성훈은 여전히 화를 품은 목소리로 말했다.

"처녀 딱지 떼려고요."

연수는 당당하게 말하며 성훈을 쏘아봤다.

"그렇게나 남자를 원해?"

"당신을 원했죠. 그런데 싫다면서요. 그래서 다른 남자에게 안기려고 했어요."

"이연수!"

"처음인 여자는 싫다면서요!"

그는 처녀는 싫다고 자신은 처녀를 안지 않는다고 그녀의 눈을 보며 차갑게 말했었다.

"그래서 손수 처녀 딱지를 떼서 나에게 오겠다는 생각이었던 거야?"

"……"

거기까진 솔직하게 생각해 보지 않았다. 그가 그렇게 싫다고 말하던 처녀 딱지를 그냥 떼고 싶은 마음뿐이었다. 그와 그녀 사이에 걸림돌은 뭐든 치워 버리고 싶었다. 그만큼 성훈은 어떻게 해서든 가지고 싶은 남자였다.

"왜 그렇게 앞만 보고 달리는 거지?"

"내 눈에 강 본부장님뿐이에요."

"연수야……."

"처음 봤을 때부터 난 당신뿐이었어요. 그게 뭐가 그렇게 잘못된 거죠? 난 그저 당신의 여자가 되고 싶은 마음뿐인데……."

속상했다.

"그런데 저 남자는 왜 뿌리쳤지?"

"당신이 아니니까요."

"그래서 처녀 딱지는 떼겠어?"

"몇 번 하다 보면 누군가는 떼어 주겠죠."

오늘만큼은 그에게 지고 싶지 않았다. 약이 바짝 오른 연수였다. 강성훈이라는 남자를 자신의 것으로 만들기 위해 그동안 얼마나 노력을 했는데, 그는 콧방귀도 뀌지 않았다.

"처녀라서 매력이 없다는데, 그럼 매력이 넘치게 만들어야죠."

"……."

성훈이 무섭게 그녀를 바라보았다. 솔직히 그가 화를 낼까 봐 두려웠지만 물러설 곳도 없었다. 독기를 품고 덤비는 수밖에 달리 방법이 없었다.

10년간의 짝사랑에 지쳐 버릴 때도 됐지만, 연수는 그를 포기할 수 없었다.

스읔!

갑자기 성훈이 자신의 넥타이를 풀어 버렸다. 그리고 입고 있던 아르마니 재킷을 벗어 바닥에 아무렇게나 던졌다.

"뭐, 뭐 하는 거예요?"

그녀에게 성큼성큼 다가오는 성훈을 보며 연수는 뒤로 한 걸음 물러났다.

"처녀 딱지 떼 주려고."

"싫다면서요?"

연수의 목소리가 두려움으로 떨렸지만, 오늘만은 그에게 절대 지지 않을 생각이었다.

"싫어, 그런데 다른 놈이 떼 주는 건 더 싫거든."

그녀 머리 위로 그의 검은 그림자가 드리워졌다. 그의 별명처럼 사탄이 그녀를 덮치는 느낌이었다. 성훈은 그의 숨결이 느껴질 만큼 그녀 가까이에 섰다.

"하지 마요."

성훈이 연수의 턱을 손으로 잡자 연수는 고개를 돌리지도 못했다.

"아니, 오늘 난 널 가질 거야."

그는 선언하듯 당당하게 말했다.

"읍!"

미처 피할 사이도 없이 그가 그녀의 얼굴을 잡고는 입술을 삼켜 버렸다. 조금 전, 남자에게 키스를 당할 때와는 다른 느낌이었다.

온몸에 전기가 통하는 것만 같았다. 입술만 부딪쳤는데도 연수는 온몸이 찌릿했다.

"방금 그 녀석이 키스했나?"

성훈이 깊이 잠긴 소리를 냈다.

"……."

그녀가 고개를 끄덕이자 그의 눈이 위험스럽게 빛났다.

"다 지워 주지. 더는 참지 않아."

그의 혀가 그녀의 입안으로 밀고 들어와 입안 구석구석을 핥기 시작했다. 마치 모든 걸 지우겠다는 듯이 그의 혀가 거칠게 그녀의 입안을 휘저었다. 혀뿌리까지 모두 휘감은 키스는 연수의 영혼까지 삼켰다.

"으으읍!"

"이렇게 두는 게 아니었어. 다른 놈이 먼저 만지게 하다니, 빌어먹을!"

그는 거친 숨을 몰아쉬며 그녀의 가슴을 만지기 시작했다. 그의 커다란 손에 그녀의 가슴은 차고도 넘쳤다. 마른 몸이었지만 연수는 가슴이 컸다. 운동 때문인지 그의 손바닥은 굳은살로 가득했다.

연수의 연약한 살은 그가 만질 때마다 붉게 생채기가 났다. 하지만 연수는 아픔보다는 강한 자극을 받고 있었다. 이렇게 하다가는 섹스도 못 하고 기절할 것만 같았다. 그의 키스를 받으면 어떨까? 그와 잠자리를 한다면 어떨까? 라는 생각을 어느 순간부턴가 늘 하고 있던 연수였다.

하지만 막상 그의 거친 손이 그녀의 가슴을 만지고 있자 죽을 것 같은 쾌감이 몰려들었다.

"하아……."

절로 신음이 터져 나왔다. 그와의 키스는 처음은 아니었다. 대학 입학식 날 그녀는 그의 입술을 훔쳤다. 하지만 그는 그녀의 용기를 철없는 어린아이의 장난으로 치부해 버렸다. 어찌나 자존심이 상하던지 몇 날 며칠을 울었다.

그리고 지금이 그와 하는 두 번째 키스였다. 그는 지금 그녀의 혀를 뿌리째 뽑을 기세로 빨아들였다. 혀끝의 얼얼함도 그리고 아랫배의 찌릿함도 모두 오늘 처음 하는 경험임에도 연수는 너무나 좋았다.

그의 손이 그녀의 유두를 건드리자 연수는 저도 모르게 허리를 휘었다. 지금 그녀가 입은 것이라고는 작은 팬티 조각이 전부였다.

"어른이 됐어."

"……."

그는 이렇게 중얼거리며 그녀의 가슴을 빨기 시작했다. 그의 축축한 혀가 그녀의 유두를 마치 사탕을 빨듯이 빨자 연수는 저도 모르게 격한 신음을 토해 냈다.

그녀의 가슴을 혀로 적시며 그는 점점 더 아래로 입술을 옮겼다.

그녀의 발아래에 무릎을 꿇은 그가 연수의 팬티를 하얀 치아로 물자 연수는 저도 모르게 그의 머리카락을 움켜쥐었다. 얇은 레이스 위로 그의 혀가 움직이기 시작하자 연수는 몸을 부르르 떨었다.

그의 타액으로 레이스 팬티가 축축하게 젖어 들었다. 이렇게 자극적인 경험이 처음인 연수는 다리의 힘이 풀리는 걸 느꼈다. 겨우 다리에 힘을 주며 버티고 있는데 그는 여기서 멈출 생각이 없어 보였다.

그가 입으로 그녀의 팬티를 내리고 검은 숲에 입을 맞추었다. 연수는 소파를 잡고 겨우 몸을 지탱했다. 미칠 것 같은 쾌감이 연수를 사로잡았다.

"하아 하아……."

그녀는 저도 모르게 거친 숨을 내뱉었다. 그의 혀는 아직도 그녀의 검은 숲을 헤맸다. 연수는 저도 모르게 그의 머리카락을 잡았다.

"그, 그만 해요."

"아직 시작도 안 했어."

성훈이 얄밉게 말하더니 그녀를 안아 들었다.

"처음은 침대가 낫겠지?"

얄미웠지만 그녀가 처음이라는 건 부정할 수 없는 사실이었다. 연수는 여자 키로는 큰 키였지만 성훈의 키와 덩치에 비교하면 연약해 보였다. 그는 너무나 가볍게 그녀를 안아 들고는 침실로 향했다.

이 집에 누구보다 많은 출입을 한 그였기 때문에 성훈은 잠시의 망설임도 없이 그녀의 침실 문을 열었다. 그리고 그녀를 침대에 눕혔다.

"후회하게 될 거야."

그는 거칠게 와이셔츠의 단추를 풀며 말했다.

"아, 아니 후회 같은 건 안 해요. 실망하면 모를까?"

이때까지만 해도 연수는 그 말이 얼마나 그를 불타오르게 했는지 깨닫지 못했다.

"실망? 더 이상 날 자극하지 마. 지금 그 말이 얼마나 날 거칠게 만들지 나도 잘 모르겠으니까."

그가 으르렁거리며 침대 위로 올라왔다. 그의 무게에 매트리스가 푹 하고 꺼지는 느낌이었다. 성훈은 정말 거대한 사람이었다. 겁이 나긴 했지만 그래도 연수는 그를 원했다. 그의 입술이 다시금 그녀의 입술을 삼켰다. 그의 혀가 정신없이 그녀를 몰아붙이고 그의 손이 그녀의 온몸을 더듬었다.

그의 손끝이 그녀의 유두를 건드리자 연수는 몸을 부르르 떨었다.

"여기가 좋아?"

"하아……."

"아니면 여기?"

연수의 여성을 손으로 감싼 그는 지그시 여성을 눌렀다. 연수는 너무 놀라 허리를 활처럼 휘었다.

"민감해."

"아흐……."

그가 꼭 다물어져 있는 연수의 여성을 손가락으로 가르고 들어와 그녀의 클리토리스를 만지기 시작했다. 연수는 그의 손을 붙잡았다. 그의 손가락이 주는 느낌에 미칠 것 같았기 때문이었다.

하지만 그는 멈추지 않았다. 그녀의 예민한 부분을 찾고 있는 것 같았다.

마치 짐승이 적의 약점을 찾는 것 같았다.

그러던 그가 갑자기 몸을 일으켰다. 그리고 성훈은 무언가 참는 표정으로 그 때문에 헐떡이는 그녀를 내려다보았다.

"멈추라고 한다면……."

"아뇨, 싫어요. 멈추지 말아요."

연수는 단호하게 말했다. 어쩌면 마지막일지도 모를 기회를 날리고 싶진 않았다.

"난 기회를 줬어."

"읍!"

그는 이렇게 말하고는 거칠게 그녀의 입술을 삼켰다. 어찌나 강하게 삼키는지 입술에서 피 맛이 날 정도였다. 하지만 상관없었다.

성훈이 그녀와 함께라는 사실만이 중요했다. 그의 입술이 그녀의 귓불을 한 번 가볍게 빨더니 목에서부터 쇄골을 거쳐서 그녀의 가슴을 탐하기 시작했다.

뜨거운 입김이 그녀를 자극했다.

"하아 하아……."

그녀의 유두를 빨아들이는 그의 힘 때문에 온몸이 찌릿찌릿했다. 그의 손이 그녀의 검은 숲을 감싸 쥐었다. 처음 느끼는 감촉에 연수는 숨을 헐떡였다.

이제 그를 피할 수 없었다. 두려웠지만 그가 주는 쾌감을 온전히 느끼고 싶었다.

연수는 저도 모르게 그에게 다리를 벌려 주었다. 그는 그 틈을 놓치지 않고 그녀의 여성을 커다란 손으로 감쌌다. 그리고 촉촉하게 젖은 동굴 입구로 손가락을 가져갔다.

"아아앙……."

그의 손가락이 그녀의 동굴 속으로 들어가자 연수는 그의 목에 팔을 감고 매달렸다.

"아아……."

그의 손가락이 그녀의 안에서 미친 듯이 그녀의 몸을 자극하기 시작했다. 이런 미친 느낌은 처음이었다. 섹스 하다가 죽을 수도 있겠다는 생각이 들었다. 그녀의 비밀스러운 곳이 움찔거리고 있었다.

"으윽, 더는 버티기 힘들어."

그는 이렇게 말한 다음에 그녀의 다리를 벌리고 그 가운데 섰다. 그리고 자신의 커다란 남성을 그녀의 촉촉하게 젖은 여성에 대고 문지르기 시작했다. 생경한 느낌에 연수는 몸을 부르르 떨었다.

"헉!"

연수는 그의 커다란 남성을 보고는 그대로 얼어붙었다. 그의 것이 그녀의 안으로 들어온다면 그녀는 둘로 쪼개질 것 같았다. 하지만 멈추라고 얘기할 수 없었다. 성훈과 하나가 되는 것이 연수의 소원이었기 때문이었다.

"윽!"

"아아악!"그가 한 번의 동작으로 그녀의 안으로 들어왔다. 연수는 불에 덴 것 같은 고통에 그를 밀어냈지만, 그는 꼼짝도 하지 않았다.

"아파……."

"으윽!"

그는 신음을 내뱉더니 천천히 허리를 움직이기 시작했다. 연수는 몸에서 불이 나는 것 같았다. 하지만 완벽하게 고통만 있는 건 아니었다. 그가 움직일 때마다 고통은 묘한 쾌감으로 바뀌고 있었다.

연수는 그를 끌어안으며 매달렸다.

"연수야……."

그의 입에서 그녀의 이름이 연속해서 나왔다. 잘은 모르지만 지금 성훈도 그녀와 같은 쾌감을 느끼고 있었다. 그가 갑자기 빠르게 움직이기 시작했다. 숨도 쉬지 않고 움직이는 모습이 마치 전투를 하는 무사 같았다.

성훈의 이마에서 땀이 흘러내렸다. 연수는 그의 얼굴의 땀을 닦아 주고 싶은 마음이었지만, 지금 연수도 뜨거운 욕망이 주는 고통에 몸부림치고 있어서 그를 어루만져 줄 수가 없었다.

"으윽!"

"아아악!"

그의 육중한 몸이 그녀 위로 무너져 내렸다. 연수는 거친 숨을 몰아쉬며 그를 끌어안았다. 세상을 다 가진 기분이었다. 두 사람의 호흡이 어느 정도 가라앉자 그가 몸을 일으켰다.

그가 땀에 젖은 그녀의 머리카락을 넘겨 주었다. 그 손길이 너무 부드러웠다. 그가 몸을 일으키더니 욕실로 가서 물수건을 만들어 그녀의 몸을 닦아 주었다.

연수는 순간 성훈이 이렇게 자상한 사람이었나 하는 생각을 했다.

하지만 그것도 잠시, 그녀의 여성을 닦던 그가 수건을 내팽개쳐 버렸다. 그의 눈동자가 위험스럽게 빛이 났다.

"어차피 오늘은 짐승, 그 이상도 이하도 아니니까······."

그가 하는 말이 뭔지 이해하기도 전에 그가 다시 그녀를 덮쳤다. 성훈은 그녀의 붉어진 가슴을 빨아들이기 시작했다. 그의 거친 애무에 연수는 몸을 활처럼 휘었다.

"내가 미친 것 같아……."

그는 그녀의 몸을 탐하는 자신이 싫은 것 같았다. 하지만 그의 표정이나 말과는 달리 그의 몸은 뜨겁게 연수를 원했다. 그의 손가락이 연수의 질 안에 들어와 거친 공격을 했다. 하지만 처음의 이물감보다는 묘한 흥분이 그녀를 자극했다.

질 벽을 자극하는 그의 손길에 연수는 신음을 내뱉었다.

"하앗……."

처음과는 다른 느낌이었다. 뭔가 자극이 더 극대화되었고 고통은 감소했다. 그의 손가락이 움직일 때마다 연수는 허리를 움직였다.

더 강하게 들어오기를 바라는 마음이었다. 아래가 화끈거리긴 했지만, 손가락이 주는 자극이 더 좋았기 때문에 그녀는 움직일 수밖에 없었다.

그가 손을 빼더니 다급하게 자리를 잡았다. 그리고 자신의 남성을 손으로 잡았다.

처음엔 정신이 없어서 보지 못했지만, 연수는 그의 남성을 보는 순간 입을 벌리고 말았다. 저렇게 큰 대물이 그녀 안에 들어갔다는 게 믿어지지 않았다.

"윽!"

"아악!"

그가 자비심도 없이 단번에 자신의 거대한 남성을 그녀 안에 밀어 넣었다. 그 크기를 보고 하니 더 아팠다. 하지만 고통도 잠시, 그녀는 믿을 수 없는 쾌감을 느끼고 있었다. 그의 남성이 움직일 때마다 그녀의 여성이 움찔거리며 찌릿한 전기에 감전된 것 같았다.

"더 깊이……."

자신의 무슨 말을 하는 줄도 모르고 덤비고 있었다. 그는 그녀의 말대로 강하게 자신의 남성을 밀어붙였다.

"아, 아앙……."

그가 빠르게 허리를 움직이더니 마침내 자신의 분신을 그녀의 배 위로 쏟아 냈다.

연수는 너무 힘들었던 나머지 그대로 뻗어 버렸다. 하지만 성훈은 지치지도 않은지 몸을 일으키더니 조금 전과 마찬가지로 그녀의 몸을 마저 닦아 주었다.

"……죽을 것 같아요."

눈이 제대로 떠지지 않았다. 그는 다시 침대 위에 누웠다. 그리고는 몸을 연수 쪽으로 돌렸다. 그의 손이 연수의 머리를 만지

작거리고 있었다.

"괜한 짓을 했어."

"……."

"참았어야 했는데."

그는 후회하는 것 같았다.

"아니, 좋았어요."

연수는 이렇게 말하고는 머리 위에 머물러 있던 그의 손을 치우며 몸을 일으켰다.

"누워 있어."

"싫어요."

"처음이라 아플 거야. 특히 나처럼……."

그처럼 짐승 같은 사람이 두 번이나 했으니 그녀의 몸이 성할 수는 없었다. 몸이 쑤시긴 했지만 연수는 참을 만하다고 생각했다.

"윽!"

하지만 무시하고 일어서려다 갑자기 다리 힘이 풀려 그대로 주어앉아 버리고 말았다.

"말 안 듣는 버릇은 언제쯤 고쳐질까?"

"……."

그는 한숨을 쉬며 그녀를 안아 들었다. 그리고 욕실에서 그녀의 몸을 닦아 주었다. 생각지도 못한 그의 이런 다정한 모습이 연수는 어색하게만 느껴졌다. 성훈은 부드러움과는 거리가 먼 남자였다.

"어색해요."

"나도 그래, 여자에게 이렇게 해 준 적은 단 한 번도 없었어."

"……."

"오늘 내가 미친 게 분명해."

그는 커다란 수건으로 그녀를 감싸 안고는 침대에 눕혔다.

"자."

그가 바닥에 떨어진 옷을 주워 입기 시작했다.

"갈 거예요?"

"난 여자와 같이 자지 않아."

"그래도……."

성훈은 옷을 입더니 그녀를 한 번 돌아보고는 그대로 그녀의 집을 나가 버렸다. 섹스 후에는 같이 잠을 자고 아침에 같이 일어나서 간단히 아침 식사를 같이 먹을 거라 생각했는데, 현실은 그게 아니었다.

"나쁜 자식!"

연수는 이를 악물었다. 오늘 연수의 자존심이 커다란 상처를 입었다. 하지만 연수는 알았다. 오늘 성훈이 아무리 매정하게 대했더라도 자신은 그를 증오하고 미워하는 게 아니라 그를 더 사랑하게 되었음을 말이다.

1. 잡고 싶은 첫사랑

창문 너머로 해가 떠오르고 있었다. 도심 아파트의 가장 꼭대기인 펜트하우스는 태양도 가장 먼저 맞이했다. 철봉에 매달린 남자의 숨이 거칠었다.

"으윽!"

턱걸이를 몇 개나 했는지 기억나지 않았다. 온몸의 근육들이 성이 나서 아우성이었다. 양 팔뚝의 힘줄이 터질 듯이 불거졌다. 하지만 남자는 턱걸이를 멈추지 않았다.

"으으윽!"

마지막 남은 힘까지 쥐어짠 성훈은 고통을 즐기고 있는 듯 보였다. 지금 이렇게라도 하지 않으면 지난밤의 일들이 자꾸 머릿속에 떠올라 죽을 것 같았다.

"하지 말았어야 했어……."

그는 이를 갈았다. 아무리 유혹적이더라도, 설사 연수가 세이렌의 노래를 부른다고 할지라도 그는 참았어야 했다.

퍽!

철봉에서 내려온 그는 옆에 있던 샌드백을 세게 쳤다.

퍽! 퍽! 퍽!

온 힘을 다해 쳤지만, 기분이 풀리지 않았다. 어떤 일이든 즉흥적으로 행동한 적은 단 한 번도 없었던 그였다. 그런 그에게 이제 오점이 생긴 것이었다.

"후……. 미친놈!"

그는 이런 자신을 용서할 수 없었다.

Rrrrrrr—

아침부터 요란하게 전화벨이 울리지 않았다면 그는 운동을 멈추지 않았을 것이다.

"여보세요."

흐르는 땀을 닦지도 못한 채 그는 정자세로 전화를 받았다.

[뭐 하는데 이렇게 늦게 받아?]

전화기 너머로 짜증이 섞인 목소리가 들렸다. 파라다이스 그룹의 회장이자 그의 후견인이기도 한 이성범 회장은 불같은 성격의 소유자였다.

"죄송합니다."

[연수가 요즘 연락이 안 돼. 분가를 시킨 게 잘못인 것 같기도 하고. 감시는 잘 하고 있지?]

"네."

어제의 일이 떠올라 찜찜하긴 했지만, 성훈으로서는 다른 대답은 할 수 없었다.

[이번 주말에 연수 선보기로 했으니까 준비 잘 시켜. 그동안 성훈이가 얼마나 연수를 잘 교육했는지 보겠어. 선 자리에 나가지 않거나 말썽을 부리면 그 책임은 당연히 교육 담당인 성훈, 네가 책임지게 될 거야.]

"네."

[내가 널 얼마나 믿고 있는지 알 거다.]

"압니다."

[실망시키지 마라.]

"네, 회장님."

회장과의 통화가 끝이 났지만, 성훈의 손에는 핸드폰이 그대로 들려 있었다. 연수와의 일 때문에 양심이 찔려 이러는 건 아니었다. 그의 아버지와 어머니의 원수인 이성범 회장 때문이었다. 이 회장은 그의 원수이자 후견인이었다. 물론 그는 성훈이 강승환과 성현아의 아들이란 걸 알지 못하지만 말이다.

이 회장과 그의 악연은 그가 태어나기 전부터 시작되었다. 그의 어머니를 눈여겨보던 이 회장이 어머니와 결혼을 원했고 당시 파라다이스 그룹의 전무였던 외할아버지는 당연히 어머니와 이 회장의 결혼을 서두르게 되었다.

하지만 어머니는 이미 집을 나와 아버지와 동거를 하고 있었다. 아버지는 파라다이스 그룹의 평직원으로, 이를 못마땅하게 생각하던 외할아버지는 아버지를 해고했고 그길로 아버지와 어머니는 야반도주했다.

우연인지 아니면 계획적이었는지 모르지만, 아버지는 어머니와 동거한 지 6개월 만에 갑작스럽게 자살을 했고 어머니는 아버지의 고향 집으로 피신을 했다. 하지만 어머니의 임신 사실을 안 외할아버지는 어머니를 찾아 집으로 끌고 갔다고 한다.

어머니가 외할아버지의 집에 끌려간 건 그를 낳고 100일이 되던 날이었다. 그 후에 그는 친할아버지와 할머니의 손에 의해 길러졌다. 어머니는 그다음 해에 스스로 목숨을 끊었다. 어떻게 생각하면 외할아버지만 나쁜 사람 같지만, 어머니와 아버지의 죽음엔 이 회장이 빠질 수 없었다.

그가 외할아버지에게 어머니를 데려오면 무조건 결혼하겠다는 말을 했다는 것이었다. 외할아버지로선 솔깃한 말이 아닐 수 없었다. 하지만 그 약속은 지켜지지 않았고 외갓집에 갇혀 지내던 어머니는 결국 아들의 얼굴을 두 번 다시 보지 못하고 스스로 목을 맸다. 그의 거짓말만 아니었어도 성훈과 그의 어머니가 헤어지는 일은 없었을 것이다.

성훈의 할아버지와 할머니는 가난했지만 그를 정성으로 키우셨다. 하나뿐인 아들을 그렇게 보낸 두 분에게도 그가 위로가 됐던 모양이었다. 그가 성공하기 전에 두 분 다 돌아가시긴 했지만, 그의 마음속엔 아직도 든든한 버팀목으로 살아계셨다.

"이제 때가 된 것 같군."

그는 이를 악물었다. 그의 별명처럼 성훈은 이제 사탄이 될 것이다. 피도 눈물도 없이 이 회장을 응징할 것이다. 그렇게 하려면 이 회장의 가장 약한 부분인 연수부터 무너트리는 게 맞았다.

이 회장이 결혼해서 10년 만에 얻은 귀한 딸이 연수였다. 눈에 넣어도 안 아픈 자식이 바로 연수일 것이다. 성훈의 입가에 흐릿한 미소가 떠올랐다.

연수가 그를 좋아한다는 건 알았다. 하지만 원수의 딸인 연수를 그는 여자로 볼 수 없었다. 만약 그가 연수를 여자로 받아들인다면…… 그건 원수를 갚는 도구일 뿐이지 그 이상도 이하도 아닐 것이다.

지금도 성훈은 이 회장과의 관계를 돈독하게 하려고 연수를 교육하는 것뿐이었지 연수를 좋아하기 때문이 아니었다.

하지만 그런 그의 확고한 생각은 어제의 일로 무너졌다. 어제 회의 시간에 연수를 감시하던 경호원으로부터 그녀가 클럽에 갔다는 소식을 들었다. 불안하긴 했지만 중요한 회의라 빠질 수가 없었다. 그럼에도 그는 회의 중간 중간 계속 보고를 들었다. 그리고는 퇴근 시간이 되자마자 연수가 갔다는 클럽으로 가서 그녀를 기다린 것이다.

원래는 연수를 데리고 집으로 갈 생각이었다. 하지만 연수는 남자와 함께 클럽에서 나왔고, 그는 저도 모르게 몸을 숨긴 채 그들을 미행했다. 기가 막히게도 그들이 도착한 곳은 연수의 집이었다. 그는 거실의 창문을 통해서 연수가 하는 짓을 보고 한마디로 어이가 없었다. 그리고 그는 연수가 거부하는데도 강제로 그녀를 덮치려고 한 놈을 보고는 눈이 돌아가 버렸다.

그 상황에서 그는 이성적일 수 없었다. 거기다가 연수의 자극적인 모습과 말까지 더해지면서 그는 연수와 섹스를 하게 되었다.

물론 연수의 유혹은 어제만 있었던 건 아니었다. 그때마다 성훈은 그녀의 유혹을 굉장히 잘 넘어갔었는데, 어제 그는 이성을 잃었던 게 확실했다.

이틀 전.

어두운 불빛 아래서 하늘거리는 슬립 드레스를 입은 연수는 느린 몸짓으로 음악에 맞추어 몸을 흔들었다. 마치 속옷처럼 하늘거리는 블랙 원피스는 그녀의 볼륨감 있는 몸매를 한껏 드러내 주었다.

고급 빌라의 거실이라고 하기엔 꽤 넓은 이곳은 사람들로 꽉 차 있었다. 각자 샴페인을 마시며 이야기를 나누고 있는 와중에도 연수는 음악에 몸을 맡겼다. 겨우 샴페인에 취할 정도로 그녀는 술에 약하지 않았다. 물론 지금 집 안 분위기는 야릇한 클럽의 분위기라서 그녀를 이상한 눈으로 바라보는 사람은 없었다.

다만 그녀의 야릇한 몸짓을 힐끔거리며 바라보는 몇몇의 늑대들이 있을 뿐이었다. 그들은 그녀에게 접근할 틈을 노렸다.

"오늘 너무 예쁘다."

샴페인 잔을 들고 와 건넨 남자는 영우그룹의 아들이었다. 하지만 연수의 시선은 다른 곳에 있었다.

"가라."

그녀가 이렇게 말해도 남자는 그녀에게 불만조차 내비치지 못했다. 연수는 우리나라 최고의 그룹인 파라다이스 그룹의 후계자이기 때문이었다. 약육강식의 세계인 이곳은 철저하게 돈에 의해 신분이 구분되는 곳이었다.

"넌 내 상대가 아니야."

연수는 남자에게 차갑게 말하고는 아까부터 여자들에게 둘러싸여 있는 오늘의 주인공에게로 향했다. 그녀가 오든 말든 상관하지 않은 남자였지만 연수가 점점 더 가까이 다가가자 자신의 옆에 있던 여자들을 다른 곳으로 보냈다.

"생일 축하해요."

연수는 이렇게 말을 하며 손에 들린 샴페인 잔을 들어 올렸다.

"고마워."

남자의 목소리는 아주 낮게 잠겨 있었다. 그녀 때문인지 아니면 조금 전까지 그의 무릎에 앉아 가슴을 쓰다듬던 여자들 때문인지는 알 수 없었다.

"손님들이 아주 많네요?"

"이번엔 좀 시끄러운 생일을 원했거든. 너무 조용하게 사니까 지루해서 말이야."

연수가 느린 걸음으로 그의 앞에 섰다.

"그런데 왜 날 초대하지 않았죠?"

오늘 연수는 불청객이었다.

"부르고 싶지 않으니까."

성훈은 절대 그녀의 기분을 맞춰 주지 않았다. 아니, 그녀를 무시하는 유일한 인간이었다.

"생일인데 선물은 안 받아요?"

연수는 혀를 살짝 내밀어 입술을 적셨다.

"뭐냐에 따라 다르지."

"생일 선물도 거절하나요?"

"때론."

그들 사이에 묘한 기류가 흘렀다.

"난 어때요?"

"훗!"

그는 웃기만 할뿐 답을 주지 않았다. 성훈은 늘 이런 식이었다. 세상 그 누구도 무시하지 못하는 그녀를 대놓고 무시했다. 그녀가 그에게 다가가 무릎에 앉으려는 찰나. 그가 그녀의 손을 잡고는 사람들이 보이지 않는 구석으로 끌고 갔다.

"뭐 하는 거죠?"

"사람들 앞에서 그런 추태는 보이지 마."

"네?"

"넌, 파라다이스 그룹의 후계자야."

"교육 담당으로서 말하는 건가요?"

그들의 시선이 뜨겁게 얽혔다. 처음 본 순간부터 원했던 남자다. 파라다이스 그룹을 포기하고서라도 갖고 싶은 남자였다. 그런데 그는 항상 그녀를 아이 취급했다.

"맞아, 난 너의 교육 담당이야."

그의 목소리는 여전히 가라앉아있었고 그의 섹시한 회색 눈동자 안에는 그녀의 모습이 가득했다.

"내가 왜 싫은 거죠?"

연수는 그의 목에 팔을 감은 채 그와 한 치도 떨어지지 않고 꼭 달라붙었다.

"난 처녀는 사양이야."

그가 말하자 그녀의 몸이 그의 목소리로 울렸다.

"전 처녀가 아니거든요."

"풋!"

그가 또다시 웃었다. 그는 연수가 처녀라는 걸 알고 있었다. 스물여덟의 나이에 처녀인 게 뭐 어때서 그녀를 비웃는 건지. 자존심이 상했다. 연수는 오로지 그만 바라보고 살았기 때문에 다른 남자는 없었다. 열여덟 살 이후에 그녀의 머릿속은 온통 강성훈뿐이었다.

"닳고 닳은 여자를 좋아할 줄은 몰랐어요."

그에게서 떨어진 연수가 질렸다는 듯이 말했다.

"싫어."

"그럼 뭐예요? 이것도 싫고 저것도 싫고."

"난 처녀가 싫은 거야. 너무 경험이 없으면 재미없거든."

"좋아요. 알았어요. 처녀 딱지를 떼고 올게요."

그녀의 말에 처음으로 놀란 표정을 짓는 그였다. 이렇게 말할 거라고는 상상도 못 한 모양이었다. 그렇게 원한다면 처녀 딱지를 떼고 올 것이다. 그러면 최소한 거절은 안 하겠지.

연수는 그에게서 등을 돌리고는 뒤도 돌아보지 않고 그의 빌라를 나왔다.

"두고 보라지."

연수는 거절에 익숙하지 않은 사람이었다. 그녀는 무남독녀 외동딸에 우리나라 최고 기업의 딸이었다. 아무도 그녀에게 'No.'라는 말은 하지 않았다. 그래서 성훈이 그녀를 거절한 걸 참을 수가 없었다.

"뭘 해야 하지?"

남자를 하나 불러들여야 하는 건 아닐까? 그녀의 머릿속에 섹스를 잘할 것 같은 남자들의 얼굴을 떠올렸다. 그녀 주변에 바람둥이들은 많은데 막상 섹스를 생각하니 구역질이 나올 지경이었다.

"어쩌지?"

당장 떠오르는 인물이 없었다. 그녀는 친한 친구인 하나에게 전화를 걸었다. 하나는 재벌가 집안은 아니지만, 재벌가의 딸들 못지않게 당찬 구석이 있는 친구였다.

"여보세요?"

[눕자마자 전화를 하냐.]

하나가 피곤한지 투덜거렸다.

"오늘은 안 놀러 갔어?"

[나도 쉬는 날이 있다.]

"어디 섹스할 만한 남자 없어?"

[픕!]

오늘은 그녀를 상대로 웃는 인간투성이였다.

"웃지 마, 나도 짜증나니까."

[그런데 짜증날 짓은 왜 하게?]

하나는 피곤하다더니 연수를 놀리는 재미가 붙은 것 같았다.

"급해서 그래. 주변의 남자들을 생각해 보니까 토할 것 같아."

[농담이야? 진담이야?]

"난 진지해."

[그럼 내일모레 파티가 있어. 거기가 물이 좋거든.]

"알았어. 갈게."

그녀는 더는 묻지도 않고 전화를 끊었다. 거기 가면 괜찮은 놈을 만날 수 있을 것 같았다. 재벌가의 모임이 아니여서 그녀가 누군지 모르는 사람들이 대부분일 것이다. 그러면 마음 놓고 즐길 수 있을 것 같았다.

"섹스라……."

이런저런 생각을 하다 보니 벌써 집 앞이었다. 그녀의 고급 주택은 혼자 살기엔 무척 컸다. 하지만 어릴 때부터 궁전같이 넓은 파라다이스 본가에서 살다 보니 좁은 건 답답해서 싫었다.

본가보다 조금 규모가 작기는 했지만, 그녀 혼자 살기엔 좋았다. 그리고 병적으로 깔끔한 성격의 연수는 아버지의 잔소리를 듣지 않고 그녀가 원하는 대로 살수 있어서 좋았다.

독립한 지 한 달이 조금 넘는 것 같았다. 그녀는 운전기사를 집에 보내고 넓은 정원을 가로질러 자신의 집 안으로 들어왔다. 그녀는 복잡한 게 싫어서 상주하는 도우미나 집사를 고용하지 않고 본가에서 도우미를 보내 그녀가 없는 시간에 청소와 요리를 해 주었다.

모든 게 새하얀 집 안은 그녀의 성격을 말해 주고 있었다. 먼지 하나 없이 깔끔하게 정돈된 집이었다. 그녀는 대리석 바닥의 실금도 밟지 않고 정확하게 사각형 안에만 발을 디디며 안으로 들어섰다.

그리고 드레스룸으로 가서 옷을 벗고는 세탁 바구니에 집어넣었다. 한 번 입은 옷은 무조건 빨래 통에 던져졌다. 그리고 욕실로 가서 몸을 씻은 후에 흰색 가운을 입고 하얀색 주방으로 향했다.

그리고 생수를 한 병 들고는 그대로 다 비웠다. 속이 탔다. 성훈 때문에 연수는 날이면 날마다 속앓이 중이었다. 원하기만 하면 뭐든 다 가질 수 있는 그녀에게 갖기 힘든 것이 생겼다. 그래서 더 가지고 싶었다.

사실 연수는 굉장히 심각한 결벽증 환자였다. 어머니의 죽음 이후에 생긴 병이었다. 더러운 것을 보지 못하는 그녀가 오늘 성훈과 잠자리를 가졌다.

다른 남자 같으면 상상도 못 할 일을 그와 한 것이었다. 클래식 음악을 틀고 작은 소파에 몸을 깊숙이 밀어 넣은 연수는 눈을 감고 강성훈을 생각했다.

"기필코 가질 거야."

그녀는 이렇게 말을 한 후에 자신의 침대에 누워 잠을 청했다.

대망의 일요일이었다. 아침부터 연수는 헤어숍에 가서 머리서부터 발끝까지 완벽하게 섹시한 여자로 만들었다. 옷도 평소에 즐겨 입지 않는 노출이 심한 미니 톱을 입었고 메이크업도 스모키로 진하게 했다.

"화보 촬영 가시는 것 같아요."

원장은 원래 빈말을 잘 하는 사람이 아닌데 오늘은 그녀의 칭찬을 많이 했다. 연수는 거울 속의 화려한 자신이 만족스러웠다.

전쟁터에 나가는데 소총을 들고 가는 게 아니라 최신식 로켓포를 장착하고 나가는 기분이었다.

　연수는 검은 벤츠 리무진을 타고 강남의 한 클럽에 도착했다. 그녀가 차에서 내리자 클럽 직원으로 보이는 남자가 그녀를 에스코트해 주었다. 다들 그녀를 바라보느라 턱들이 빠질 지경이었다.

　오늘 연수는 섹시함과 고급스러움으로 사람들을 압도했다. 그녀처럼 미니 톱을 입은 하나가 입구에서 그녀를 기다리고 있었다.

　"연수야, 오늘은 완전히 끝내주는데?"

　하나가 그녀의 모습을 보고는 난리였다. 오늘 메이크업이 잘됐는지 남자들의 시선이 그녀를 향해 있었다.

　"무슨 일이야? 여기 남자들을 다 차지하려고?"

　"그냥."

　막상 오니 어떻게 할지 난감한 연수였다. 이런 곳에서 과연 자고 싶은 남자를 만날 수 있을까? 라는 생각이 들었다.

　"오늘 주식으로 떼부자가 된 오빠가 여기 통째로 빌렸어. 돈지랄을 하는 거지. 만약 여기에 연수 네가 온 거 알면 좀 창피할 거야."

　"왜?"

"네가 우리나라에서 가장 돈 많은 여자잖아. 번데기 앞에서 주름잡는 거지."

그녀의 재산은 수조 원이 넘었다. 발에 치이는 게 돈이긴 했다. 놀자고 마음먹으면 이런 곳 열 군데는 빌려 놀 수 있었다. 아니 통째로 사 버릴 수 있었다. 하지만 그녀는 하고 싶어도 허튼 짓을 할 시간이 없었다.

"저기 오늘 가장 섹시한 놈 있다."

클럽에 들어오면서부터 눈에 띄던 놈이었다.

"뭐 하는 애야?"

"아버진 사업하시고 어머니는 교수시고. 돈도 많고, 잘 놀고, 잘생기고."

"한 가지가 부족해."

연수가 의미심장한 말을 던졌다.

"여자들과 잠자리도 끝내주시고."

"좋아."

그녀는 하나의 손에 들려 있던 맥주를 빼앗아 몇 모금 마시고는 남자에게로 향했다. 그리고 손쉽게 그를 유혹하는 데 성공했다. 그렇게 범준을 데리고 집에 오기는 했지만, 막상 섹스하려니 영 내키지 않았다.

하지만 이왕 마음먹은 거 오기로 하자고 해서 그녀는 남자와 키스를 나누었다. 하지만 그녀가 원하는 느낌이 아니었다. 아무래도 상대를 잘못 고른 것 같았다.

"나가!"

남자에게 나가라고 했지만 이미 흥분한 남자는 그녀를 거칠게 몰아붙였다. 이렇게 당하는 구나 생각하던 순간, 정말 기적적인 일이 일어났다. 강성훈이 그녀의 집에 온 것이었다. 성훈은 남편이 바람 난 아내를 찾은 것처럼 불같이 화를 내고 남자를 내쫓았다.

그리고 정말 생각지도 못한 일이 벌어졌다. 그녀를 처녀라고 무시하던 강성훈이 그녀의 처녀 딱지를 떼어 준 첫 남자가 된 것이었다.

연수는 지금 지각하기 일보 직전이었다. 너무 급한 나머지 차를 운전하면서도 발은 달리고 있었다. 어제 밤새 잠을 이루지 못하다가 새벽이 돼서야 겨우 잠이 들었는데 그만 알람을 듣지 못하고 자 버렸다.

그녀가 이 세상에서 가장 싫어하는 게 지각이었다. 연수가 회장의 딸이건 뭐건 간에 사회생활을 하는 데 있어서 기본은 지키자는 주의였다. 그래서 더더욱 지각은 안 될 일이었다.

"잘하면 도착할 수 있겠어."

지금은 성훈과의 섹스보다 회사 일이 그녀의 머릿속을 지배하고 있었다.

"일찍 도착하지 않으면 정말 개망신일 텐데……."

다른 기업들은 회장의 딸이라고 하면 대우가 다른데 그녀의 회사의 경우는 달랐다. 오히려 역차별을 받는 중이 아닌가 생각될 정도였다. 일을 잘하는 건 소문도 나지 않지만, 그녀의 작은 실수는 곧바로 사내에 퍼졌기 때문에 만사가 조심스러운 연수였다.

주차장에 차를 세운 연수는 치마가 찢어질 정도로 엘리베이터를 향해 뛰었다.

"5분 남았다."

잘하면 들어갈 수 있는 시간이었다.

"제발……."

오늘따라 엘리베이터가 더디게 내려왔다.

"나 좀 살려 주라."

그때였다. 갑자기 누군가 그녀의 손을 잡더니 엘리베이터 안으로 끌어들였다. 임원 전용 엘리베이터였다. 누군지 알기에 연수는 차마 얼굴을 들 수가 없었다.

"지각인가?"

낮은 저음은 어제의 침대 속에서 속삭이던 목소리와는 다르게 냉기가 흘렀다.

"아직요."

"다행이군. 팀장이 지각하면 보기 안 좋아. 이렇게 서두르는 것도 마찬가지고."

함께 밤을 보냈다고는 믿어지지 않을 만큼 그는 사무적이었다.

"교육 담당자로서 충고입니까?"

"맞아, 난 이 팀장이 잘했으면 좋겠어."

성훈과 연수 둘만 엘리베이터 안에 있었다. 어제 그렇게 뜨거운 밤을 보냈는데도 둘은 어제의 이야기는 하지 않았다. 연수도 어제의 일을 아침부터 끄집어내고 싶진 않았다. 하지만 너무 무덤덤한 그의 표정을 보니 약이 오르긴 했다.

"잘 주무셨어요?"

"아니."

"다행이네요."

연수는 그가 편하게 잠을 잤다고 하면 더 약이 올랐을 것 같았다.

"뭐가? 내가 잠을 못 잔 게 다행인가?"

"네."

때마침 엘리베이터가 멈춰서 연수는 재빠르게 엘리베이터 안에서 내렸다.

"엘리베이터 태워 주신 거 감사해요."

연수는 이렇게 말하고는 뒤도 돌아보지 않고 사무실로 전력 질주했다. 그리고 그 앞에서 숨을 고르고는 아무렇지 않은 척 안으로 들어갔다.

"안녕하십니까?"

"네, 좋은 아침입니다."

그녀는 자신의 자리에 앉아 오늘 업무를 체크하기 시작했다. 일할 때는 몰입도가 높은 연수였다. 그녀의 업무량은 상상을 초월했고 직원들이 혀를 내두를 지경이었다. 그래서 그녀의 별명이 '리틀 사탄'이었다.

연수는 그가 좋아하는 모습이 보고 싶을 뿐이었다. 사업의 소질은 아버지로부터 물려받았겠지만, 솔직히 좋아하진 않았다. 하지만 그녀가 무언가를 잘하면 성훈은 반드시 보상을 해 주었다. 그건 그녀가 원하는 걸 들어주는 것이었다.

그게 어떤 어려운 부탁이라도 성훈은 들어주었다. 성훈이 부탁을 들어주는 모습을 지켜보는 것도 좋았지만 사실은 그가 그녀의 머리를 쓰다듬으며 '잘했어.'라고 무뚝뚝하게 말해 줄 때가 연수는 좋았다.

그 말을 듣기 위해 연수는 고3 수험생처럼 일에 매달렸다.

Rrrrrrr―

아버지의 전화였다. 솔직하게 성훈의 전화이길 바랐는데 실망이었다.

"여보세요?"

[어디야?]

"사무실이요."

[올라와.]

할 말만 하고 전화를 끊어 버린 아버지였다. 하지만 특별한 일이 아니고서는 회사에서는 아는 척도 안 하는 분이 이상했다.

"설마……."

혹시 성훈과 그녀의 일을 안 것이 아닐까 하는 불안감이 몰려들었다. 연수는 곧바로 회장실로 향했다. 불안한 마음이었지만 설사 아셨다고 해도 지금은 어쩔 수 없는 일이었다.

"부르셨어요?"

넓은 회장실은 아늑함과는 거기가 먼 곳이었다. 가격을 가늠할 수도 없는 고급 소파에 아버지가 평소에 좋아하는 도자기들이 곳곳에서 우아한 분위기를 뿜어냈다. 하지만 이 방의 주인은 우아함보다는 독재자의 카리스마를 가지고 있었다.

"앉아."

아버지는 언제나 명령하는 걸 좋아했다. 명령하지 않으면 대화조차 안 되는 사람이었다.

"바빠요."

연수는 아버지와 단둘이 있는 게 불편했다. 어머니가 돌아가신 후에는 더 그랬다. 그녀는 어머니의 죽음이 아버지 때문이라고 생각하기 때문이었다.

"알아."

언제나 부녀의 대화는 간결했다.

"무슨 일인데요?"

"이번 토요일에 결혼할 남자 만나 봐."

"네?"

선을 보는 것도 아니고 결혼할 남자라니, 기가 막혔다.

"강 본부장이 얘기 안 하든?"

"오늘 월요일이고 본부장님은 오전부터 회의에 들어가셨어요."

아침에 엘리베이터에서 만난 건 얘기하지 않는 게 좋을 것 같았다.

"상관없다. 지금 들었으면 된 거지."

"아버지, 전 결혼할 마음이 없어요. 아직 배워야 할 것도 많고 우리 그룹을 저와 같이 이끌어 갈 사람을 이렇게 빠르게 구하신다는 것도 마음에 안 듭니다."

"성실 산업 차남은 아주 완벽하게 우리의 조건에 맞는 남자다. 차남이라서 성실 산업에서 빠져도 괜찮고 아주 우수한 인재이기도 하지."

"싫어요. 그리고 전 마음에 두고 있는 사람이 있어요."

"강 본부장 말이냐?"

"네."

아버지도 그녀가 성훈을 좋아한다는 걸 알고 있었다. 그렇게 티를 내고 다니는데 모르는 게 더 이상했다.

"강 본부장, 너무 믿지 마라."

아버지는 그녀의 신랑감으로 재벌을 원했다. 그런 의미에서 고아인 성훈은 낙제점이었다.

"네?"

이렇게 노골적으로 그녀에게 성훈을 믿지 말라는 말을 한 건 처음이었다.

"우리 같은 재벌들에겐 돈을 노리고 덤비는 놈들이 많지."

"본부장님은 아니에요."

연수가 저도 모르게 성훈의 편을 들었다.

"원래 믿는 도끼에 발등을 찍히는 법이지."

"아버지, 강 본부장님은……."

"사업을 하려면 누구도 믿어서는 안 돼. 특히 대기업의 오너들은 더더욱 그렇지. 넌 네 인생을 사는 게 아니라 파라다이스를 위해 살아야 해. 그게 네가 누리는 특권의 대가야."

언제나 아버진 그녀에게 희생을 강요했다.

"내가 이루어 놓은 파라다이스는 그 누구도 망치지 못해. 내가 가만히 두지 않을 테니까. 그게 너라도 마찬가지야."

"파라다이스가 어떻게 아버지만의 기업인가요."

"아니, 여긴 내 기업이고 내 마음대로 할 수 있어. 그러니 너도 내 말을 듣는 게 좋을 거다."

아버진 파라다이스 기업에 대한 집착이 너무나 강했다. 그건 기업을 사랑하는 것과는 다른 것이었다. 연수는 사람보다 기업이 먼저인 아버지가 싫었다.

"싫어요."

"어디서 감히 싫다는 말을 해!"

"아버지, 저도 결혼할 사람을 선택할 권리는 있다고요. 그리고 전 본부장님과 깊은 관계예요."

"뭐?"

아버지가 갑자기 불같이 화를 내기 시작했다.

"강성훈이 불러."

"아버지!"

얼마 지나지 않아 강 본부장이 회장실로 들어왔다. 성훈은 그녀에게 눈길조차 주지 않았다.

"둘이 깊은 관계야?"

아버지는 앉으라는 말도 없이 성훈이 들어오자마자 다그치기 시작했다.

"아닙니다."

성훈은 그녀를 보지도 않고 비겁하게 그녀와의 관계를 부인했다.

"아니야? 확실해?"

"네, 아닙니다."

"본부장님……."

연수는 어이가 없어서 말을 잃었다.

"다시 한 번 묻는데, 우리 연수와는 교육 담당 이상도 이하도 아니란 거지?"

"네."

비겁한 거짓말이었다.

"알았으니 나가 봐."

아무리 그녀가 짝사랑한다고는 하지만 그들은 바로 어제 섹스한 사이였다. 그에게 섹스는 정말 아무것도 아닌가? 연수는 허탈한 마음이었다.

"혼자 좋아하는 짓은 하지 마. 보기 안 좋으니까. 그리고 토요일에 성실 산업 아들 만나 보고."

"⋯⋯."

"이른 시일 내에 잡는 게 좋을 거야. 그래야, 성훈이가 네 신랑도 가르쳐야 하니까. 재벌 교육을 하는 데 있어 본부장만큼 잘하는 녀석은 없지."

연수는 허탈한 마음으로 회장실을 빠져나왔다. 어젯밤은 아무것도 아니었던 건가? 화가 난 연수는 본부장실로 향했다.

"본부장님 계시죠?"

"지금 회의 준비 중이십니다. 약속을⋯⋯."

유 실장이 그녀의 앞을 막았지만, 연수의 동작이 더 빨랐다.

벌컥!

그녀의 요란한 등장에도 성훈은 눈 하나 깜짝하지 않았다.

"큰 소리로 말할까요? 아니면 조용히 둘이서만 이야기할까요?"

성훈이 그녀의 팔을 잡은 채 엉거주춤 서 있는 유 실장에게 나가라는 고갯짓을 했다. 그녀의 등 뒤로 문이 닫히는 소리가 들렸다.

"우리는 아무 사이도 아닌가요?"

"그래."

그는 서류를 정리하며 그녀를 보지도 않고 답했다.

"내 첫 남자였다고요."

연수는 그의 말과 행동에 화가 났다.

"처녀는 싫다고 말하지 않았나?"

본부장이 짙어진 회색 눈으로 그녀를 보았지만, 어제의 침대에서 그녀를 보던 눈동자가 아니었다.

"거짓말."

"사실이야."

너무 분해서 연수의 눈에 눈물이 고였지만, 가까스로 눈물을 삼켰다. 그의 앞에서 약한 모습은 보이고 싶지 않았다.

"그래서 다른 사람과 결혼하라는 거예요?"

"서로 맞는 사람과 결혼을 하는 게 맞아."

"뭐라고요?"

이렇게 말을 할 정도로 본인의 뜻이 확고하다면 성훈은 어제 그녀를 거절했어야 옳은 것이었다. 하지만 그는 그렇게 하지 않았다.

"할 말이 더 있나? 이만 회의에 들어가야 해서."

그가 서류를 들어 올리며 말했다.

"알았어요. 그럼, 아버지의 뜻대로 하죠. 어차피 강 본부장님이 아니라면 난 누구든 상관없으니까요."

그녀는 그의 사무실에서 바로 빠져나왔다. 더는 초라한 모습을 보이고 싶지 않았기 때문이었다.

연수는 자신의 사무실로 돌아가는 길에 하나에게 전화를 걸었다. 어떻게 해서든지 이 엿 같은 기분을 풀고 싶었다.

[무슨 일이야? 일할 시간에 전화를 다 하고?]

평소에 연수는 일할 시간엔 다른 모든 것을 접고 일에만 집중했다. 그러니 특별한 일이 아니고는 하나에게 연락하지 않았다.

"집에서는 자주 전화하잖아?"

하나의 말에 연수가 발끈했다.

[알았다. 어제는 잘 들어갔어?]

하나가 조용히 물었다. 어제 클럽에서의 광란의 파티에 하나도 있었기 때문이었다.

"어, 그런데 말하고 싶진 않다."

[범준이랑 나간 건 기억해?]

"범준이가 누구야?"

[모르면 됐다.]

전화기 너머로 조 팀장의 목소리가 들렸다. 조 팀장은 직원들을 너무 쥐 잡듯이 잡았다. 쉴 틈을 주지 않고 엄청난 업무량을 매일같이 하사했다. 입에서 단내가 날 정도가 되면 어느새 퇴근 시간이었다. 아무리 생각해도 너무 까칠한 인물이었다.

거기에 특히 하나에게 더 까칠하게 굴었다. 조 팀장은 강 본부장과는 죽마고우였다. 연수가 하나와 오랜 친구인 것처럼 그들도 그랬다.

그래서인지 참 닮은 구석이 많았다. 외형적으로는 둘은 너무나 달랐다. 강 본부장이 거칠고 야성미가 넘치는 스타일이라면 조 팀장은 조각 같은 외모에 말랐지만 탄탄한 몸을 가진 사람이었다.

[내가 일을 때려치우든지 해야지.]

하나가 투덜거렸다. 한소리를 들은 모양이었다.

"조 팀장님이 너를 격하게 아껴서 그러는 거야."

[두 번 아꼈다가는 죽겠다. 그나저나 오늘 소주나 한잔하자.]

아침부터 술타령인 걸 보니 하나도 기분 나쁜 일이 있는 모양이었다.

"오늘은 안 돼."

[왜?]

"집에서 쉬고 싶어."

[야, 이연수! 너 필요할 때만 부려 먹고, 치사하다!]

"오늘은 때려 죽여도 못 가."

어제 성훈과의 섹스는 그야말로 격투와도 같았다. 오늘 이렇게 온몸이 욱신거릴 줄은 상상도 못 했었다. 거기에 잠까지 제대로 못 자서 그런지 피곤해서 죽을 것 같았다.

[무슨 일 있었지?]

"아니, 그냥 요즘 조금만 놀아도 몸이 이 모양이다. 술은 안 돼도 점심이나 같이 먹자."

[알았다.]

오늘 일에 대해 하나에게 얘기하진 않았지만 이렇게 수다를 떨고 나니 조금 마음이 편해진 것 같았다. 점심에 2차로 수다를 떨면 좀 더 나아질 것 같았다.

점심을 먹기 위해 하나와 회사 근처 분식집으로 온 연수는 그녀가 가장 좋아하는 음식인 라면과 김밥을 시켜 놓고 수다를 떨기 시작했다. 오늘의 주 요리는 당연히 성훈과 조 팀장이었다.

"넌 재벌이 무슨 라면이랑 김밥을 이렇게 좋아하니?"

"추억의 맛이야."

"어?"

"예전에 중학교 때 가출한 적이 있었거든. 물론 하루 만에 잡혔지만, 그때 너무 맛있게 먹은 기억이 있어."

"재벌 친구가 있으면 뭐 하니 너무 서민 식성이신데."

"미안하다."

하나가 입술을 쭉 하고 내밀었다.

"어제 어떻게 된 건지 말해."

"범준이라는 남자하고 집에 왔는데 강 본부장이 집에 들이닥쳐서 아무것도 못 하고 그 남자 꽁지 빠지게 도망갔어."

물론 본부장과 있었던 일은 생략이었다. 하나가 이 사실을 안다면 기절할 게 분명했다. 하나는 본부장이 사람이 아니라 사탄이라고 굳게 믿었기 때문이었다. 회사 내에서 본부장이 사탄이라고 믿는 사람들이 의외로 많았다.

"나 같아도 무서웠겠다. 우리 본부장님이 보통 분이시니?"

하나가 본부장을 떠올리며 몸을 부르르 떨었다.

"그런 것 같아."

"본부장님한테 혼났어?"

"아니, 그런 건 아니고."

"본부장님이 너한테 무섭게 대하는 건 알지. 하지만 그건 어디까지나 회장님이 네 교육 담당으로 본부장님을 찍어서 그런 거니까."

"……."

그녀는 열여덟 살에 처음으로 성훈을 보았다. 당시 스물여덟 살이던 성훈은 아버지의 비서였다. 처음 그를 봤을 때 연수는 후광을 보았다. 그렇게 멋진 남자는 세상에 태어나 처음 보았다. 그리고 처음으로 아버지에게 감사하는 마음을 가졌다.

"교육 담당이지."

연수는 오전의 일을 생각하며 풀이 죽은 목소리로 말했다. 그는 분명히 그녀를 거부했다.

"맞아, 나도 그런 멋진 교육 담당이 있었으면 좋겠다."

"……."

멋진 교육 담당이었다. 아무에게도 말하지 못했지만, 그는 연수의 첫사랑이자 짝사랑 상대였다.

"그래도 가까이서 보면 무섭지?"

"너무 많이 봐서 이제는 무서운지도 모르겠어."

하나의 질문이 틀렸다. 무서운 게 아니라 두려웠다. 그는 무서운 존재가 아니라 사람을 두렵게 하는 존재였다. 옆에 있다는 것만으로도 주눅이 들어 버리게 하는 그런 존재 말이다.

"김밥 안 먹어?"

"먹어."

그런데 그런 두려운 존재와 그녀는 뜨거운 밤을 보냈고 그는 아무렇지 않은 반응이었다. 이건 그녀를 철저하게 무시하는 일이었다. 거기다가 그녀와는 아무 관계도 아니라고까지 했다.

"오늘 진짜 이상한데?"

눈치가 빠른 하나였다.

"다른 날과 달라, 정신을 어디다가 두고 온 것 같은 게……."

"피곤해서 그래. 일어나자."

오늘은 김밥도 라면도 다 맛이 나지 않았다. 그들은 평소에 자주 가는 커피숍에 가서 커피를 마셨다.

"20분 후에는 전쟁이 시작된다."

오늘 점심시간 후에 하나는 임원 회의를 준비해야 했다. 이번 회의 발표를 기획실에서 해야 하기 때문이었다.

"너도 오는 거야?"

"아니, 홍보실은 상관이 없어. 난 이번 광고 때문에 바빠."

"나도 할 일이 태산이다."

하나는 한숨을 쉬었다. 스스로 열정적으로 일하는 것과 상사가 열정적인 건 다른 문제인 것 같았다. 연수가 보기에도 하나의 업무량은 지나치게 많았다. 그때, 커피숍 안으로 조 팀장과 본부장이 나란히 들어오는 게 보였다. 모두의 시선이 지금 들어오고 있는 멋진 남자들에게로 향했다.

"사악한 비주얼들……."

"맞아."

그녀의 말에 하나가 격하게 동조했다.

"난 가 보련다."

"나도."

그들은 본부장과 팀장이 커피를 주문하는 사이에 커피숍을 빠져나왔다. 오전에 본부장과의 일 때문에 지금은 그의 얼굴을 보고 싶지 않았다. 이럴 땐 피하는 게 상책이었다. 다시 마주쳐 봤자 화만 날 테니까.

"점심 먹은 거 체하겠다."

"나도 그래, 어쩜 가는 곳마다 있니?"

"그러게."

"연수야, 오늘 정말 술 한 잔 안 할 거야?"

하나가 되지도 않는 애교를 떨고 있었다.

"그렇게 마시고 싶어?"

"응."

눈을 깜빡이는 하나의 모습에 웃음이 터진 연수는 피곤했지만 술을 마시기로 했다. 몸이 피곤한 거지 솔직하게 연수도 오늘은 술이 몹시 필요한 날이었다.

"뭘 그렇게 봐?"

"어?"

"뭘 그렇게 넋을 빼놓고 보냐고."

"아무것도 아니야."

태형이 건넨 커피를 받아 든 성훈의 시선은 여전히 연수의 뒤를 쫓고 있었다. 그가 교육하는 철없는 말괄량이 아가씨가 이제는 여자가 되어 있었다. 하지만 지난밤은 그저 실수라고 여겨야 했다. 더는 복잡하게 생각해서는 안 되는 문제인데, 연수를 볼 때마다 자꾸만 뜨거웠던 순간들이 생각났다.

"이 팀장, 아직도 말을 안 들어?"

태형이 자꾸만 말을 거는데도 그는 건성으로 듣고 있었다.

"글쎄……."

"기면 기고 아니면 아니지. 좀 애매한 답인데?"

"상황이 모호해."

영문 모를 말만 하는 성훈을 태형이 이상하다는 듯 바라보았다. 중학교 때부터 둘은 떨어져 지낸 적이 단 한 번도 없었다. 지금도 둘은 한 빌라에 호수만 다르게 살았다.

그만큼 서로에 대해 모르는 것이 없었다. 태형은 이 회장과 그의 악연을 아는 유일한 사람이었다. 그래서 그를 뒤에서 많이 도와주고 있었다.

그런데 연수와 잠자리를 한 걸 안다면 아마도 미쳤다고 할 게 뻔했다.

"커피 안 마셔?"

"……."

친구 하나와 같이 커피숍을 몰래 빠져나가는 연수를 보고 있는 성훈의 눈빛이 위험스럽게 빛났다.

"무슨 일이야? 회장님이 또 뭐라고 하셔?"

태형은 성훈이 말이 별로 없자 무슨 일이 생긴 건 아닌가 하고 걱정했다.

"아니."

"그런데?"

태형은 평소와는 다른 성훈이 이상한 모양이었다.

"자꾸 신경이 쓰여."

"누가? 이 팀장이?"

"⋯⋯."

어제 그는 연수를 안지 말았어야 했다. 아무리 도발을 하더라도 참았어야 했다. 하지만 연수의 탐스러운 몸을 그가 아닌 다른 놈이 만지고 있는 걸 보니 그는 눈이 돌아가고 말았다.

물론 연수는 성인이었고 남자를 선택할 수 있었다. 그가 이렇게 흥분할 일은 아니었다. 하지만 놈이 연수를 만지는 장면이 떠오르자 성훈은 저도 모르게 커피 잔을 꽉 쥐고 말았다.

단 한 번도 이런 생각이 없었는데 이상한 일이었다. 연수는 그저 원수의 딸인데, 왜 이렇게 그녀가 신경 쓰이는 건지 성훈은 알 수 없었다. 그리고 이런 익숙지 않은 느낌은 별로였다.

"야!"

태형이 조그만 늦게 그를 불렀어도 아이스커피 잔이 깨져 버렸을 상황이었다.

"오늘 뭔가 이상해."

태형이 그를 보며 물었다. 그와 태형 사이에는 비밀이 없었다. 그리고 이 회장에게 복수를 하기 위해선 태형의 도움이 필요했다. 하지만 태형에게도 연수와의 일은 말할 수 없었다.

"연수, 결혼해."

자신에게 한 말인지 태형에게 한 말인지 알 수 없었다.

"어? 누구랑?"

"성실 산업 차남이랑."

"성실 산업 차남이라면 하버드 나온 그 천재?"

이 회장은 후계자인 연수의 배우자는 고르고 또 골랐을 것이다.

"괜찮은 사람이라고 소문이 자자하긴 하던데. 이 팀장은 너 좋아하는 거 아니었어?"

"맞아."

"그런데? 넌 이 회장의 딸이라서 싫은 거야? 이 팀장만 놓고 보면 그렇게 나쁜 조합은 아닌데……."

"신경 쓰지 마."

머리가 아팠지만, 그는 아닌 척 다시 사무실로 들어갔다. 요즘 그의 머리를 심란하게 하는 건 연수뿐만이 아니었다. 요즘 파라다이스 유통의 사장이자 이 회장의 동생인 이 사장이 그를 부쩍 견제하고 있었다.

요즘 성훈의 신경을 부쩍 건드리는 이 사장이었다.

"본부장님."

유 실장이 그를 불렀다.

"시원한 물이라도 드릴까요?"

"아니, 왜?"

"아까부터 계속 한숨을 쉬셔서요."

"아니야, 무슨 일이지?"

그의 책상 가득 이 사장이 벌여 놓은 일들로 가득했다.

"회장님께서 찾으십니다."

"날?"

"네, 목소리가 그렇게 좋지 않으십니다. 거기에 이 사장님도 호출된 모양입니다."

"알았어."

이 사장이 이번에 친 사고는 초대형 사고였다. 부하직원이 그를 배임 및 횡령으로 경찰에 고소한 상황이었다. 확실한 증거가 있는 상황이라서 빼도 박도 못 하는데, 아마 이 회장이 성훈을 부른 건 그 사태를 막으라는 소리일 것이다.

"후……."

그는 자리에서 일어나 회장실로 향했다. 회장실의 분위기는 그가 예상했던 대로 삭막했다.

"앉아."

"네."

그를 바라보는 이 사장의 표정에는 못마땅한 기색이 역력했다. 이 회장이 동생인 자신보다 성훈을 더 신뢰하는 게 싫은 것이다. 그렇다고 사람 앞에서 대놓고 싫은 티를 내는 건 사업가답지 못한 행동이었다. 싫은 상대일수록 발톱을 숨겨야 하는 것이다.

"상황은 알지?"

이 회장이 한심하다는 듯 이 사장을 보며 그에게 말했다.

"네, 지금 조사받으신다는 건 알고 있습니다."

"본부장이 잘 막아 봐."

그의 실력을 보여 주기 위해 이 사장의 일을 막기는 하겠지만 그래도 이 사장은 참 싫은 인간이었다.

"회장님, 지금 법무팀에서 알아서……."

뭘 잘했다고 말을 얹는 건지, 매를 더 버는 이 사장이었다.

"넌 닥치고 있어."

이 회장이 화를 내자 이 사장이 입을 다물었다.

"넌 이번에 사건 마무리되면 그만둬."

"회장님, 제가 딸린 식구가 얼만데 그러십니까?"

이 사장이 죽는소리했지만, 이 회장은 단호했다.

"세 식구밖에 더 돼?"

"진짜 너무 하십니다. 제가 얼마나 힘들게 살았으면 그랬겠습니까? 이 모든 게 다 형님 책임입니다. 저한테 사업채 하나만 주셨어도……."

"입 다물어!"

"……."

부끄러운 줄을 모르는 인간이었다.

"본부장이 알아서 처리해 주고, 이거."

그가 서류를 그에게 넘겼다.

"이번에 연수 신랑 될 사람의 이력이야. 잘 검토해서 약점 한두 개 잡아 놓고 잘 교육해 봐."

"네."

서류를 받아 든 그는 굳은 표정으로 사무실을 나왔다. 그날 연수와 밤을 보내는 게 아니었다. 거기다가 무슨 생각으로 그에게 이런 일을 맡기는지 이해가 되지 않았다. 연수의 신랑감을 교육하는 건 굳이 성훈이 아니어도 될 일이었다.

성훈은 이 회장이 자신을 괴롭히려 한다는 걸 알았다. 자신의 딸에 대한 그의 감정이 어떤 건지 궁금한 것이다. 이참에 그가 연수를 원하는 느낌이라면 그를 잘라 버릴 수도 있었다.

이럴 때일수록 조심해야 했다. 늙은 여우에게 꼬리를 잡히지 않으려면 말이다.

2. 다른 남자의 품에 던져지다

벤츠 안은 무거운 침묵으로 꽉 차 있었다. 아침부터 그녀의 전담 스타일리스트가 정신없이 움직인 결과 그녀는 선보기에 딱 좋은 모습이 되었다. 차분한 베이지색 원피스에 머리는 단정하게 틀어 올렸고 진주 목걸이와 진주 귀걸이로 포인트를 주어 고급스러움의 정석을 보여 주었다.

그녀가 성실 산업의 차남과 만나게 될 장소는 교외의 한적한 레스토랑이었다. 물론 두 가문의 결합이 주식에 미치는 영향을 고려해서 철저하게 비밀에 부쳐진 상황이었다.

그녀가 차에서 내리자 미리 와 있던 성훈이 그녀의 차 문을 열어 주었다.

"올 줄은 몰랐어요."

솔직히 교육 담당이라고 해서 선을 보는 자리까지 직접 올 필요는 없었다.

"교육 담당이니까."

"교육 담당이 남녀 간의 문제까지 담당하나요?"

"때로는."

그는 절대로 그녀에게 지지 않았다. 성훈은 오늘 피곤해 보였다. 토요일에도 회사에서 근무를 하는 그였다. 그래서일까 오늘은 그의 턱에 수염이 거뭇거뭇하게 올라와 있었다. 노타이의 그는 오늘따라 위험스러운 섹시함을 풍겼다.

"실수하면 안 돼."

"실수가 생기는 건 남자가 마음에 드느냐 안 드느냐의 차이죠."

연수는 똑 부러지게 말을 한 후에 레스토랑 쪽으로 걸음을 옮겼다. 상대방 남자의 키를 고려해서 오늘은 플랫슈즈를 신었다. 170cm가 넘는 그녀가 힐을 신으면 웬만한 남자보다 큰 키였기 때문에 오늘 나오는 남자를 배려한 것이었다. 그의 이력을 보니 평균 키의 남자였다.

"신발은 잘 선택했어."

"스타일리스트의 안목이죠."

그가 옆에 있으니 신경이 곤두섰다. 낮은 신발을 신고 성훈의 옆에 서니 그가 더 커 보였다. 지금 여기서 그의 품에 안기면 어떤 기분일까? 연수는 머리를 흔들었다. 아무리 그래도 그건 아니었다.

"그날 한 말, 진심인가요?"

그가 그녀를 거부한 충격 때문일까? 연수는 며칠 밤 동안 제대로 잠도 자지 못했었다.

"진심이야."

"날 아주 우습게 여긴 거 알아요?"

"그런 적 없어."

레스토랑의 출구에 도착하자 그가 문을 열어 주었다.

"잘해야 할 거야."

"걱정하지 말아요. 내가 말했죠? 이제 그 누가 오더라도 다 좋다고."

그녀는 안으로 들어갔다. 그녀가 들어서자마자 남자가 자리에서 일어났다. 준수한 외모의 부잣집 도련님 같은 느낌이었다.

"안녕하세요?"

"안녕하십니까?"

남자는 목소리 또한 점잖았다. 그녀의 의자를 빼 주는 매너까지 흠잡을 곳이 없었다. 아버지가 얼마나 고르고 골랐는지 알 것 같았다.

"하버드 나오셨다고요?"

"네."

"미국에서 오래 사셨겠네요."

"10년 정도 살았습니다."

남자는 대화도 막힘없이 잘 이어갔다. 일단 면접으로 얘기하자면 합격이었다. 1차 서류전형은 이미 합격을 한 상태고 2차 면접도 무난했다. 하지만 3차 최종 합격까지 걸리는 게 있었다. 그녀가 남자에게 하나도 끌리지 않는다는 것이었다.

뭐가 문제인지 연수는 그와 대화를 나누는 내내 생각했다. 그러다 앞에 앉은 남자와 성훈을 비교하고 있는 자신을 발견했다.

앞에 앉은 남자는 집안이 좋은 거 빼고는 성훈보다 나은 게 단하나도 없었다. 특히 남자는 섹시하지 않았다. 키스라도 하는 날엔 정말 양치질을 하고 싶어질 것 같았다. 문제는 남자가 아닌 그녀에게 있었다.

"저기……."

"현우진입니다."

남자의 이름조차 기억하지 못했다.

"죄송해요. 제가 업무 외의 것들은 잘 기억하지 못해요."

"아닙니다. 신경 쓸 일이 많으시니까요."

"그런데 이번 결혼을 하고 싶으세요?"

"네."

"왜요?"

현실적인 질문이 이어지고 있었다.

"전 회사의 차남이고 형님이 아주 훌륭하게 성실 산업을 경영하고 하고 계시기 때문에 저도 그렇게 경영을 하고 싶다는 생각을 했습니다. 하지만 현실적으로 한 회사의 우두머리는 하나여야 하죠."

"우두머리가 아니더라도 옆에서 형님을 도우면 되는 거 아닌가요?"

"그건 싫습니다."

남자는 아주 단호하게 말했다. 연수는 남자의 의외의 모습에 깜짝 놀랐다.

"그럼 본인이 밑바닥부터 해서 한번 일으켜 보는 건 어때요?"

"제 전공은 밑바닥부터 하는 게 아니라 큰 기업을 이끄는 것입니다."

"작은 것도 못 하는데 큰 기업은 경영할 수 있을까요?"

"못하는 게 아니라 안 하는 겁니다."

사업에 대한 포부가 강한 사람이었다.

"저희 아버지는 만나 보셨어요?"

"네."

"아버지 앞에서도 이렇게 말씀하셨나요?"

"질문의 방법이 다르긴 했지만 지금 이대로 말씀드렸습니다."

남자의 마음을 알 것 같았다. 우진은 연수에겐 관심이 없고 오로지 파라다이스 그룹의 사위가 되어 그녀를 꼭두각시로 세워 두고 본인이 경영 놀이를 하고 싶은 모양이었다.

"드세요. 스테이크가 아주 맛있네요."

"네."

우진이 음식을 먹기 시작했다. 연수의 눈길이 우진의 머리에서부터 천천히 이동하고 있었다. 왜 이렇게 바른 것일까? 우진의 단정한 얼굴과 들어오면서 만난 본부장의 흐트러진 모습이 겹쳤다.

"상대가 안 돼……."

"네?"

"아니요, 다른 말 한 거예요."

그녀는 밥을 먹고 우진이 말하는 걸 들어 주었다. 남자는 자신의 학교 생활과 미국에서의 생활을 비교적 재미있게 말했다. 그녀는 우진의 말에 웃어 주었다. 굳이 굳은 얼굴로 앉아 있고 싶진 않았다.

문밖에서 성훈이 그들을 보고 있었기 때문이었다. 평소에는 하지 않는 리액션까지 하면서 그녀는 성훈을 자극하고 있었다. 물론 성훈은 전혀 신경 쓰지 않겠지만 말이다.

식사와 커피까지 마신 후에 그녀는 우진의 차에 탔다. 그가 집까지 데려다준다고 했기 때문이었다.

"본부장님께서는 그만 들어가셔도 돼요."

그녀는 이렇게 차갑게 한마디를 남기고는 우진의 차에 올랐다. 속이 다 시원했다. 하지만 그때도 성훈은 표정 하나 변하지 않고 알았다고 했다.

"기분 나빠."

"뭐가요?"

"아니에요."

우진과는 다음에 만날 것을 약속하고 그녀의 집 앞에서 헤어졌다. 어찌나 예의가 바른 남자인지 따분했다. 그녀는 집 안으로 들어가다가 거실 소파에 앉아 있는 성훈을 보고는 깜짝 놀랐다.

"아, 깜짝이야!"

"······."

"여기서 뭐 하시는 거예요?"

"다행히 현우진을 데리고 들어오진 않았군."

"그렇게 하려다가 첫 만남이라 참았어요."

거짓말을 해서라도 성훈의 염장을 지르고 싶었다. 그녀는 목덜미를 손으로 문지르며 그를 나른한 눈길로 쳐다보았다.

"여기 있는 이유가 뭐죠?"

그녀를 거부할 때는 언제고 이렇게 집에 와 있는 그가 이해되지 않았다.

"오늘 일이 어떻게 진행되는지 알아보는 게 내 임무거든."

"다음에 또 만날 생각이에요."

"그런가?"

"네, 피곤해요. 그만 돌아가 주세요."

그녀는 그를 응시하며 목에 걸린 진주 목걸이를 풀었다. 귀걸이도 차례대로 빼서는 테이블 위에 놓았다. 그리고는 원피스의 지퍼를 내렸다.

"……."

성훈은 그녀의 행동을 소파에 앉아서 보고만 있었다. 마치 그녀가 그를 유혹하는 모양새였다. 하지만 연수도 옷을 벗는 걸 멈추지 않았다. 원피스의 한쪽 어깨를 내리고 다른 한쪽까지 마저 내린 후에 원피스를 바닥으로 떨어뜨렸다. 그녀는 지금 누드 톤의 레이스 속옷을 입고 있었다. 마치 벗고 있는 것처럼 보이는 착시 효과가 있는 속옷이었다.

"흡!"

그가 숨을 깊이 들이마시는 게 보였다. 그도 남자였다.

"더 볼 건가요?"

그녀가 브래지어의 훅을 풀어 바닥에 떨어뜨리자 풍만한 가슴이 달빛에 그대로 드러났다.

"유혹하는 건가?"

"아뇨, 씻으려고요. 요즘 날씨가 너무 더워서 말이죠."

연수는 떨렸지만, 그녀를 거부했던 성훈을 벌하고 싶었다. 그래서 더 당당하게 그가 뭘 놓쳤는지 보여 주기 시작했다. 그녀가 팬티를 손끝으로 내리자 그의 시선이 그녀의 여성에 머물렀다. 연수는 회심의 미소를 지으며 마지막 속옷인 팬티까지 벗어 버렸다.

"안녕히 가세요."

그녀는 이렇게 말하고는 욕실로 향했다.

'하나, 둘, 셋, 넷.'

그녀는 속으로 그가 올 거라 생각하고 숫자를 셌다. 셋이 넘어가면서 불안하긴 했지만, 그의 눈빛이 잡아먹을 것처럼 짙어진 걸 보았다. 이건 여자의 직감이었다.

'다섯, 여섯, 일곱……'

그가 그녀의 팔을 잡아 돌려세웠다. 그리고 그녀는 벽과 자신의 몸 사이에 가두었다. 그의 슈트가 그들을 막는 유일한 것이었다.

"내가 올 걸 알았어."

"……."

그들의 시선이 강하게 부딪쳤다.

"읍!"

성훈이 연수의 작은 얼굴을 양손으로 감싸고 거친 키스를 했다. 불같은 그의 키스에 연수는 숨을 쉴 수가 없었다. 그의 혀가 그녀의 입안을 지배했고 얼굴을 감쌌던 그의 손은 가는 목을 지나 가슴까지 내려왔다.

"처녀인 걸 몰랐다면 경험이 아주 많은 여자인 줄 착각할 뻔했어."

"하아……. 마음에 들었나요?"

"무척."

"날 가져요."

연수가 그의 목에 팔을 두르고 뜨겁게 그의 입술을 삼켰다. 그와 함께 있으면 이성의 끈을 놓아 버리는 것 같았다. 성훈의 거친 손이 그녀의 가슴을 만지자 연수는 몸을 부르르 떨었다. 그 거친 감촉이 너무나 자극되었다.

"하아앙……."

성훈이 손가락으로 그녀의 유두를 잡고 비틀었다. 미칠 것 같은 쾌감이었다. 그가 손을 댈 때마다 연수는 놀라지 않을 수 없었다.

엄마를 잃고 생긴 결벽증 때문에 연수는 더러움을 극도로 싫어했다. 그건 키스도 마찬가지였다. 그녀가 이제껏 처녀일 수 있었던 이유는 결벽증 때문이었다. 다른 사람과 타액을 섞는다는 건 상상조차 할 수 없었다. 지난번 클럽에서 만났던 남자와의 키스는 정말 최악이었다.

하지만 같은 날 성훈의 키스는 달랐다. 그녀의 영혼까지 뜨겁게 만드는 키스였다. 그런 키스를 지금 또다시 하고 있었다. 연수는 알았다. 다른 사람과는 이렇게 될 수 없다는 것을 말이다.

그가 뜨겁게 그녀의 입술을 삼켰다. 혀가 얼얼할 정도로 빨아들이고 그녀의 가슴을 터트릴 것처럼 주물렀다. 갑자기 그녀의 몸이 붕 하고 공중에 떴다. 그것이 무엇을 의미하는지 잘 알았다.

성훈이 성큼성큼 걸어 그녀의 침실로 들어갔다. 그는 마치 깃털처럼 가벼운 것을 든 것처럼 너무나 자연스럽게 그녀를 안아 들었다. 잠시 후, 연수의 등에 부드러운 시트가 닿았다. 그리고 성훈도 그녀와 함께 침대 위에 누웠다.

성훈과 침대 사이에 야릇하게 갇힌 연수는 그 어느 때보다 열정적으로 그의 키스를 받아들이고 있었다.

"으으음."

연수의 짙은 신음이 침실 안을 울렸다. 그의 혀가 입안에서 거칠게 움직였고 그의 부푼 남성이 그녀의 배를 자극했다. 그는 옷을 다 입은 채로 그녀에게 정신없이 키스하고 있었다. 그의 혀가 그녀의 목젖 깊숙한 곳까지 들어왔다.

그리고 그의 손은 연수의 여성을 감싸고 있었다. 그와의 첫 번째 섹스는 연수에게는 충격이라서 그런지 끝까지 즐기지 못했지만, 왠지 오늘은 달랐다. 그가 주는 모든 자극을 그녀는 있는 그대로 받아들이고 있었다.

그의 육체가 그녀를 뜨겁게 덮었다. 정신없이 그에게 키스를 하고 그의 몸을 어루만졌다. 조금이라도 빨리 그와 하나 되기를 바라는 마음뿐이었다. 그가 갑자기 일어서자 연수는 혹시 멈추는 것이 아닐까 두려웠다.

하지만 성훈은 옷을 벗기 위해 일어난 것이었다. 얼마나 거칠게 옷을 벗는지 꼭 찢어질 것만 같았다. 모델도 아닌데 그는 빛의 속도로 옷을 벗고 있었다. 그의 탄탄한 근육이 한눈에 들어왔다.

그는 근육질의 영화배우들 같은 몸이었다. 그가 경기하는 모습은 한 번도 보지 못했지만, 연수가 확실히 느낄 수 있는 건 그는 검은 악마 같다는 것이었다. 구릿빛 피부의 말 근육 같은 그의 몸은 딱 보기에도 상대방의 기를 죽이기에 충분했다.

"다 감상했나?"

그의 말에 나쁜 짓을 하다가 들킨 것처럼 연수는 얼른 눈을 돌렸다. 그의 낮은 웃음소리가 들렸다. 그리고 그가 침대 위로 올라왔다. 무릎을 꿇은 채로 빠르게 침대 위로 올라온 그는 연수를 내려다보았다.

"네가 다른 남자와 있는 걸 견딜 수 있을 거라 생각했어."

"……."

"그런데……."

그는 그녀가 듣고 싶은 뒷말은 하지 않은 채로 그녀를 덮쳤다. 성훈의 입술이 그녀의 입술이 아닌 전혀 예상하지 못한 곳을 빨아들이기 시작했다.

"읏!"

너무 놀라 숨을 삼켜 버린 연수였다.

"본부장님 거긴……."

그가 그녀의 다리를 벌리고 자신의 어깨에 다리를 올린 채로 그녀의 여성을 한입에 물었다.

"하아아……."

성훈의 젖은 혀가 그녀의 여성을 핥자 연수는 미친 듯이 몸을 틀었다.

"안, 돼……!"

이상한 기분이었다. 은밀한 부위를 핥아 준 건 처음이었다. 하긴 세 번의 섹스에 이런 행위는 그녀에겐 충격적이었다.

그의 혀가 그녀의 클리토리스를 자극하기 시작했다. 혀를 단단히 세워 새침한 클리토리스를 강하게 자극했다. 연수의 입에선 거친 신음이 이어졌고 그녀의 손엔 그의 머리카락이 잡혀 있었다.

"아아앙……. 그만, 제발……."

그의 여성을 거의 삼켜 버릴 것처럼 강하게 빨던 그가 몸을 일으켰다. 연수는 지금까지 그의 행위에 정신을 차릴 수가 없었다.

그가 고개를 들고는 연수의 젖은 질에 손가락을 밀어 넣었다.

"하앗!"

연수이 눈에서 눈물이 주르르 흘러내렸다. 그러자 성훈이 혀로 그녀의 눈물을 쓸어 주었다. 그의 그런 행동에 당황했지만 지금 연수는 그녀의 질 안을 휘젓고 있는 손가락 때문에 정신을 차릴 수가 없었다.

"미칠 것 같아."

그는 이렇게 말하더니 그녀의 다리를 넓게 벌리고는 가운데 자리를 잡았다. 그리고 자신의 거대한 남성을 그녀의 여성 위로 문질렀다.

"넣어 줄까?"

“네, 넣어 주세요.”

정말 강하게 그를 원했다.

“으윽!”

그가 단번에 그녀의 질 안에 자신의 남성을 밀어 넣었다. 연수는 너무 고통스러워 신음조차 내뱉지 못 했다.

“너무 좁아······.”

그는 인상을 쓰며 겨우 허리를 움직이기 시작했다. 그가 격하게 허리를 움직이기 시작하자 연수는 그의 허리를 다리로 감싸고는 필사적으로 매달렸다. 처음만 고통스러울 뿐 지금은 아랫부분이 전기에 감전된 것처럼 찌릿했다.

침대가 들썩일 정도로 그는 거칠게 움직이고 있었다. 침실 안이 어두워 그의 표정을 읽을 순 없었지만, 마치 짐승의 눈동자가 밤에 빛을 내는 것처럼 그의 눈에서도 안광이 비치는 것 같았다.

그는 흥분한 상태였고 그건 연수도 마찬가지였다. 그의 몸이 그림자처럼 보였다. 그가 낮은 소리로 으르렁거릴 때마다 연수는 야수를 보는 것 같았다.

퍽퍽퍽!

요란하게 들리는 살 부딪치는 소리가 그녀를 흥분시켰다. 허벅지에 그의 몸이 닿을 때마다 단단한 벽에 부딪히는 느낌이었다. 내일이면 다리 전체에 멍이 들어 있을 것 같았다.

"으으윽!"

그는 격한 신음과 함께 허리를 빠르게 움직였다. 연수는 이러다가 몸이 둘로 갈라질 것 같다는 생각이 들었다. 그리고 마침내 그는 그녀의 배 위에 그의 분신들을 쏟아 냈다.

"헉헉, 이러지 말았어야 했어."

"하아 하아, 이미 했잖아요."

그가 몸을 살짝 일으켜 그녀를 내려다보았다. 어두워서 정확히는 볼 수 없었지만, 후회의 눈빛일 것이다.

"또, 갈 건가요?"

연수는 옷을 입는 그를 보며 원망 섞인 말을 했다.

"내일 출근해야 하니까."

"비겁해요."

"비겁한 게 아니라 마녀의 유혹에 넘어간 거지."

그가 처음 했던 날과 마찬가지로 자신의 옷을 입기 시작했다.

"내일 쉬는 날이에요."

"알아."

"그런데 갈 거예요?"

"여기 있으면 안 돼."

"왜요? 내가 다른 남자와 결혼할 거라서요?"

그는 답하지 않았지만 그 뜻이 맞을 것이다. 그는 더는 말을 하지 않고 그녀만 남겨 두고 자리를 떠났다.

"이 더러운 기분은 뭐지?"

연수는 침대에 얼굴을 묻고 한동안 소리를 질렀다. 그래도 분이 풀리진 않았지만 말이다.

사진을 보던 이 회장의 얼굴이 묘하게 일그러졌다. 연수의 집에서 나오는 성훈의 사진 때문이었다. 연수의 집에 밥 먹듯이 드나드는 성훈이기에 이제까지 아무런 의심도 하지 않았지만 연수가 성훈과 깊은 관계라고 말한 후부터 사람을 붙여 놓았다.

"믿는 도끼에 발등이 단단히 찍혔어."

그는 여러 장의 사진들을 노려보았다.

"형님……."

휴일에 불청객이 찾아 들었다. 이 회장은 보고 있던 사진을 봉투 안에 집어넣었다.

"쉬는 날, 무슨 일이야?"

"제가 그냥 왔겠습니까? 형님이 들으시면 놀랄 소식을 안고 왔죠."

친형제라고 하기엔 너무 다른 그들이었다. 하지만 동생이 못난 관계로 그는 파라다이스 그룹의 총수가 될 수 있었다. 만약에 동생이 똑똑했다면 그는 아마 동생을 가만히 두진 않았을 것이다.

　"성현아, 기억하죠? 형님이 아주 안달이 나서 죽고 못 살았던
그 여자……."

　갑자기 현아의 이야기를 꺼내자 이 회장의 인상이 굳어졌다.
실패를 모르고 살았던 그에게 단 한 번의 패배를 안겨 준 사람이
현아였다. 그의 모든 걸 동원해서도 그녀를 가질 수 없었다. 왜
냐하면, 현아는 그를 선택하는 대신에 그와는 비교도 되지 않은
멍청한 놈과 함께 도망을 갔기 때문이었다.

　하지만 사람들이 모르는 한 가지 사실이 있었다. 이 회장은 성
현아보다 그녀와 함께 도망간 강승환이 더 미웠다. 그가 승승장
구하던 길을 강승환이 막았기 때문이었다. 물론 나중에 처리하
긴 했지만 말이다.

　사람들은 그 사실은 모르고 여자 때문에 그가 마음고생했다는
것 정도만 알았다. 물론 당시 현아가 마음에 들긴 했었다. 하지
만 죽고 못 살 정도는 아니었다. 그래도 그는 은밀하게 자신이
현아를 사랑한다는 소문을 냈다.

　강승환에 관한 소문이 나는 것보다 현아와 관계된 소문이 나
는 게 더 나았기 때문이었다. 그래서 동생은 당시에 그가 현아를
좋아했다고 생각하는 모양이었다.

　"왜 갑자기?"

이 회장은 불편한 심기를 그대로 드러내며 말했다.

"강성훈이 그 자식이 성현아 아들이더라고요."

"뭐?"

현아가 아이를 낳았다는 말을 듣긴 했다. 과거 이 회장은 현아에게 아이를 낳은 것도 다 잊을 테니 그에게 오라고 했었다. 하지만 현아는 끝내 그에게 오는 대신에 자살을 선택했다.

이 회장이 성훈의 나이를 대충 계산해 보니 딱 맞아 떨어졌다. 그리고 성훈의 얼굴에서 현아의 모습을 찾을 수 있었다.

"회색 눈……."

유전이었다. 현아의 아버지인 성 전무도 눈이 회색이었고 현아도 신비한 회색 눈이었다. 그런 희귀한 눈빛을 가지고 있는 성훈인데, 왜 지금까지 그들의 연결점을 깨닫지 못했을까?

"어떻게 알아냈어?"

"이번 일로 제가 형님에게 실수한 것도 있고……. 전 강성훈이 싫습니다."

"확실한 거야?"

동생이 뭔가를 그에게 내밀었다.

"뭐야?"

"보세요. 주민등록 초본인데 할아버지 밑으로 되어 있어요. 여기 보면 강승환이도 같이 되어 있죠?"

현아가 사랑하는 남자가 강승환이었다.

"강승환이를 형님이 보내 버리셨잖아요."

동생이 모른 줄 알았는데 아는 모양이었다. 하지만 동생은 그가 성현아를 좋아해서 강승환을 처리했다고 생각하는 모양인데, 사실 강승환이 그의 약점을 검찰에 넘겼기 때문에 처리 대상이 된 것이었다.

"입조심해."

동생이 자신의 입을 손으로 쳤다.

"죄송해요."

"그래서 강성훈이 나한테 복수라도 한다는 거야?"

"모르긴 해도 자기 아버지의 죽음과 형님이 연관이 되어 있다는 걸 정말 모를까요?"

"뭐? 협박하는 거야?"

"제가 그렇다는 게 아니라, 강성훈이 그렇다는 거죠."

동생은 그가 강승환의 죽음에 연관이 있다는 걸 눈치채고는 불리한 상황이 되면 그 일로 협박을 일삼았다.

"성태야……."

"네, 형님."

"사람은 무슨 일이든 한 번 하는 게 어렵지 두 번째는 쉬운 법이다."

"……."

동생을 이참에 잡을 필요가 있겠다는 생각이 든 그였다.

"무슨 뜻인지 알겠지?"

"네, 그럼요. 입조심하겠습니다. 그리고 형님은 그 일과는 아무런 관계가 없어요. 암요."

"일단 돌아가. 강성훈이는 좀 더 살핀 다음에 처리할 테니."

"네, 형님."

동생이 돌아가고 이 회장은 오랜만에 담배를 입에 물었다.

"그렇단 말이지."

일이 점점 복잡하게 돌아가고 있었다. 하지만 이렇게 먼저 알게 된 게 그나마 다행이었다. 안 그랬으면 썩은 사과를 품고 있을 뻔했다.

이 회장은 담배를 길게 내뿜으며 깊은 생각에 잠겼다.

진한 녹차 향이 방 안을 은은한 향기로 채웠다. 다도를 즐기는 어르신의 취향에 맞춰 현 회장이 신중히 고른 차였다.

"흠, 향이 좋습니다."

"마음에 드십니까?"

"네, 고른 이의 정성이 느껴집니다."

어르신의 극찬에 현 회장은 괜히 기분이 좋았다. 그가 어르신에게 잘 보이려고 얼마나 노력하는지 하늘만이 아실 것이다.

"우진이는 선을 잘 봤습니까?"

"네, 똑똑한 아이라서 잘하고 있습니다."

"우진이가 똑똑한 거야, 잘 알죠."

"어르신께서 잘 좀 봐 주십시오. 가능성이 많은 아이입니다. 너무 강성훈 본부장만 편애하시지 마시고요."

그 말 안에는 아들에 대한 사랑과 성훈에 대한 질투가 섞여 있었다.

"우진이야, 현 회장님 같은 좋은 아버지가 있지만. 성훈이는 다르죠."

"그렇게 말씀하시니 제가 할 말은 없습니다만, 그래도 우리 우진이 잘 부탁드립니다."

"네, 알겠습니다."

어르신이 호탕하게 웃으며 말했다. 어르신은 우리나라를 한 손에 쥐고 있는 사람이었다. 그를 한번 만나고 싶어 하는 인사들이 줄을 섰다. 현 회장도 동생의 죽음 때문에 어르신과 인연이 닿게 된 것뿐이지 현 회장 정도의 사람이라도 어르신은 절대로 만날 수 없었다.

어르신에 대해선 알려진 게 거의 없었다. 물론 그는 약간의 인연 덕에 어르신의 아버지가 우리나라 최고의 사채업자였고, 그의 죽음 이후에 어르신이 모든 사업을 관리하고 더 키운 것으로 알고 있었다.

"우진이와 연수는 잘될 것 같습니까?"

"그럴 것 같습니다."

"일단 내가 말을 하기 전엔 둘의 결혼을 진행하도록 하세요."

"네, 하지만…… 원수의 자식과 결혼시키는 건 좀 걸립니다."

"이 회장에게 상처를 주려면 우리도 적극적으로 행동해야 합니다."

"네, 알겠습니다."

현 회장은 왜 어르신이 우진을 파라다이스의 사위로 보내려는지 알고 있었다. 어르신의 계획은 파라다이스를 빼앗는 것이었다. 이 회장에게 가장 소중한 건 가족이 아닌 회사였기 때문이었다.

원수에게서 가장 귀한 것을 빼앗는 일이었다. 현 회장은 어르신에게 적극적으로 협조할 생각이었다.

월요일 아침, 연수의 책상에 커다란 장미꽃이 배달되었다. 이름을 보니 현우진이라고 적혀 있었다. 연수는 한숨을 내쉬며 꽃바구니를 책상 아래로 내려놓았다.

"귀찮게 생겼어."

성훈과의 섹스 후에 다른 남자에게 장미꽃을 받는다는 게 그렇게 기분 좋은 일은 아니었다.

Rrrrrrr—

우진의 전화였다.

"여보세요?"

[현우진입니다.]

"꽃 잘 받았어요."

[마음엔 드십니까?]

"꽃을 싫어하는 여자는 없으니까요. 그런데 다음부터는 보내지 말아 주세요."

[왜요? 내일도 보낼 생각이었는데…….]

"사람들의 시선을 끄는 건 좋아하지 않아요."

[알겠습니다. 그런데 내일 저녁에 시간 있으십니까?]

"왜요?"

[저녁 식사를 함께하고 싶어서요.]

"어쩌죠? 선약이 있어서요."

[남자입니까?]

"아뇨."

[그럼 다음을 기약해도 되겠군요.]

"네."

우진은 급하게 그녀에게 다가서지 않아서 좋았다. 어쩌면 당연히 그와 결혼을 할 거란 생각에 여유를 부리는 걸 수도 있었다. 사실 약속 같은 건 없었다. 우진이 싫은 건 아니었지만 결혼 상대자로는 아무리 생각해도 매력이 없었다.

침대를 같이 쓸 수 있을까? 그건 아니었다. 연수는 핸드폰을 들어 하나에게 전화를 걸었다.

"내일 뭐 해?"

[내일? 현재는 없는데, 있을 수도 있을 것 같아.]

"그건 무슨 말이야?"

[조 팀장이 내일 회식하자고 했는데 내일 갑자기 출장이 잡혀서 할지 안 할지 모호하거든.]

"내일 회식 없으면 술이나 한잔하자."

[알았어. 그런데 무슨 일이 있는 건 아니지?]

"아니야."

전화를 끊은 연수는 자신의 지갑을 열었다. 그리고 그 안에 자리 잡은 성훈의 얼굴을 보았다. 벌레 씹은 얼굴을 하고 있었지만, 그녀의 소원을 들어준 사진이었다. 핸드폰의 사진을 지갑에 들어가는 사이즈로 현상해서 가지고 다녔다.

기분이 우울한 날이면 항상 보곤 했는데 오늘은 이 사진으로도 우울한 기분이 해결되지 않았다.

"나를 다른 남자에게 던져 준 기분이 어때요? 어제 그렇게 온 걸 보면 본부장님도 기분이 더러웠던 모양이죠?"

그녀는 이렇게 말을 하고는 씁쓸한 미소를 지었다.

3. 그를 원망하다

"오늘 일은 다 했습니까?"

"네?"

"김하나 대리의 업무량이 적은 것 같아서 묻는 말입니다."

조 팀장이 또 시비였다. 연수와의 잠깐의 통화 때문에 시비를 거는 것이었다. 왜 그렇게 자신을 못 잡아먹어서 안달인지 알 수 없었다.

"죄송합니다. 다음부터는 전화가 와도 받지 않겠습니다."

감시당하고 있는 것 같아서 화가 난 하나였다.

"지금 반항하는 겁니까?"

"죄송합니다."

어금니를 꽉 깨무는 수밖에 없었다. 그리고 그녀는 말대꾸 한 마디에 또 하나의 일감을 추가했다. 귀신은 뭐 하는지, 저 인간을 안 잡아가고.

입이 나온 하나는 점심을 팀원들과 먹는 대신에 사무실에 남아서 일을 했다. 일을 다 하지 않으면 야근 감이었다. 퇴근 시간 이후의 시간까지 회사에 남아서 목숨 걸고 일하고 싶진 않았다.

팀원들이 다 나간 후에 그녀는 열심히 조 팀장이 넘겨 준 일을 하고 있었다.

"밥 안 먹습니까?"

"아, 깜짝이야."

혼자 남은 줄 알았는데 조 팀장도 있었던 모양이었다.

"밥 안 먹냐고 물었습니다."

"괜찮습니다. 먼저 드십시오."

"안 그래도 말랐는데 더 **뺄** 생각입니까?"

언제부터 그녀의 건강까지 챙겼다고 저러는지 몰랐다. 이렇게 마른 건 조 팀장의 공이 컸다. 일을 어지간히 부려먹어야지. 이해할 수가 없었다.

하나는 조 팀장의 말을 무시하고 계속해서 일했다. 배가 고픈 것도 잊은 채 집중했다. 이래야 정시 퇴근이었다.

툭!

책상 위에 무언가 놓였다.

"이거라도 먹어요."

아이스커피와 샌드위치였다. 조 팀장도 자신의 커피와 샌드위치로 점심을 해결할 모양이었다.

"감사합니다."

별일이었다. 이렇게 친절한 인간이 아니었기 때문이었다. 그가 사다 준 샌드위치를 입에 물고 계속해서 일에 집중하던 하나는 조 팀장이 자신을 보고 있다는 걸 알지 못했다.

그렇게 퇴근 시간이 되었고 하나는 다른 직원들보다 조금 늦게까지 일을 했다. 조 팀장도 여전히 자리를 지키고 있었다.

일을 마무리한 하나는 자리에서 일어났다.

"수고하셨습니다."

"기다려요."

"네?"

또 일을 준다면 이번엔 죽여 버릴 것이다. 오늘 얼마나 열심히 일했는데 이건 아니었다. 그런데 그가 갑자기 자신의 재킷과 가방을 챙겨 들었다.

"가죠."

"네?"

"집에 안 갈 겁니까?"

"가야죠."

그가 그녀의 앞장을 섰다. 1년을 같이 일했지만, 그는 한 번도 이런 적이 없었다. 왜 오늘따라 이렇게 친절한 걸까? 그녀가 오늘 점심까지 거르며 일을 했기 때문일까.

내일부터는 일을 산더미처럼 줘도 점심은 먹으러 나가야겠다고 생각했다.

엘리베이터에 조 팀장과 단둘이 탄 하나는 1층을 눌렀다.

"저는 지하철 타고 가면 됩니⋯⋯."

그러자 그가 1층을 취소했다. 뭐든 제멋대로였다. 그러니 이제까지 장가도 못 갔지, 하는 생각이 들었다.

'잘생기면 뭐 하나? 성질이 저 모양인데.'

하나는 속으로만 불만을 토로하고 입을 꾹 다물었다. 조 팀장의 차는 고급 벤츠였다.

"타지."

"네."

그녀는 그의 옆에 탔다. 안전띠를 해야 하는데 좋은 차라서 그런지 손에 익숙지 않았다.

"⋯⋯."

그런데 갑자기 조 팀장이 그녀의 안전띠를 매 주었다. 이건 무슨 상황인지 도통 알 수 없었다. 그런데 더 이상한 건 그의 향수 냄새가 꽤 괜찮게 느껴진다는 것이었다.

아무래도 오늘 일을 너무 많이 해서 충격을 받은 모양이었다.

그가 차를 출발시켰다. 더운 날이라서 그런지 그는 와이셔츠를 팔뚝 올렸다. 그의 팔 근육이 이렇게 멋진 줄 몰랐었다. 하나는 운동으로 다져진 팔에 힘줄이 불끈 솟아오른 걸 좋아하는데 지금 조 팀장의 팔이 그랬다.

그녀는 강남역 근처의 오피스텔에 살았고 조 팀장도 강남역 근처에 산다는 건 알고 있었다. 그런데 차는 강남역이 아닌 다른 곳으로 가고 있었다.

길이 막히는 시간이라서 우회 도로를 선택한 것인지 모르겠지만 지금은 그에게 말을 걸고 싶진 않았다.

차 안의 분위기는 아까부터 묘했다. 차가 선 곳은 이태원이었다.

"여긴……."

"저녁 먹을 시간이라서……."

조 팀장은 아무렇지 않게 말했다.

"우리 저녁 먹는 거예요?"

"맞아."

조 팀장은 언제나 그녀에게 존댓말을 했다. 아니 직원들에게 존댓말을 하며 지냈다. 그런데 그녀에게 지금 반말을 하고 있었다. 뭔가 어색한 기분이었다.

조 팀장의 뒤를 따라간 곳은 미국식 중화요리 전문점이었다.

"중국요리 좋아하세요?"

"무난하니까. 그리고 여긴 아주 맛있는 집이지. 중국요리 싫어하나?"

"아뇨."

그와 함께 저녁을 먹는 건 생각보다 어색하지 않았다. 상사긴 했지만, 밖에 나와서 대화를 하다 보니 그렇게 나쁜 인간은 아니었다. 솔직히 업무 때를 제외하면 그는 아주 매력적인 남자였다.

본부장과 조 팀장은 파라다이스 그룹에서 단연 돋보이는 사람들이었다. 외모는 두말할 것도 없고 실력 면에서도 최고의 사람들이었다.

"맛있네요. 다음엔 회식을 여기서 해도 좋을 것 같아요."

"괜찮은 생각이야."

"조 팀장님은 애인 없으세요? 이런 곳은 애인이랑 오면 딱 좋을 것 같은데……."

그녀는 왜 데려와서 이렇게 어색하게 만드는 건지, 하나는 조 팀장의 심리를 이해할 수 없었다.

"없어."

"왜요?"

이런 사적인 질문은 처음이었다. 그는 틈을 주는 사람이 아니 었고 직원 모두 그를 어려워했다.

"마음에 둔 사람은 있어."

듣던 중에 가장 반가운 소리였다. 연애를 하게 되면 지금의 까 칠함이 조금은 부드러워질 것 같았기 때문이었다.

"그렇죠? 실장님 같은 분이 여자가 없을 리가 없죠."

"나 같은 사람?"

"네, 얼굴 잘생겼죠. 능력 있죠. 뭐 좀 까칠하시긴 하지만 매력 있죠."

"까칠하다?"

"……."

순간 말에 제동이 걸렸다. 괜한 말실수를 한 것 같았다. 이런 말을 할 정도로 편한 사이가 아닌데 갑작스럽게 그녀에게 잘해 주는 바람에 정신을 잠깐 놓아 버리고 말았다.

"아니, 그러니까 제 말은 그게……."

수습하기엔 이미 늦어 버렸다.

"맞아, 난 까칠하지."

"죄송합니다."

하나는 빠르게 그에게 머리를 숙였다. 쏟아지는 일감의 늪에서 헤매는 것보다 머리를 숙이는 게 더 나았다.

"우리 일어날까?"

"네."

그들은 집에 가는 동안에도 말이 없었다.

"피곤한가?"

"아뇨."

"그럼 커피 한잔할까?"

잘못 들은 줄 알고 그의 얼굴을 힐끔 보았다. 그녀가 안 간다고 말해도 갈 게 뻔했기 때문에 하나는 포기하는 마음으로 그를 따라가기로 했다.

"네."

하나는 조 팀장이 커피숍으로 갈 줄 알았는데 그의 빌라로 가서 깜짝 놀랐다.

"여기는……."

"내가 사는 집이지."

강남에 이런 고급 빌라에서 살려면 도대체 얼마를 벌어야 하는 거지? 라는 생각이 들었다..

"어?"

주차장에서 내린 하나는 뜻밖에도 강 본부장을 만났다. 그녀
가 무서워하는 강 본부장까지 보다니, 오늘은 뭔가 온종일 마(魔)
가 낀 것 같았다. 푸닥거리라도 해야 하는 건 아닌지 모를 일이
었다.

"성훈이도 여기 살아."

조 팀장이 아주 친절하게 설명해 주었다.

"아, 안녕하십니까?"

하나는 본부장에게 인사를 했다. 직장 상사이니 당연했다. 본
부장이 그녀에게 살짝 고개를 숙였다.

"어떻게 된 거야?"

본부장이 조 팀장에게 고갯짓을 하며 어떻게 된 일이냐고 물
었다.

"커피 마시려고."

"커피만?"

본부장이 농담하는 건 처음 보았다. 본부장과 조 팀장 사이에
서 있으니 숨이 막혀 죽을 것 같았다. 본부장은 조 팀장의 바로
옆집에 사는 것 같았다.

"두 분이 친구시라더니, 정말 친하신가 봐요."

"나하고 성훈이는 이 팀장과 김 대리의 관계라고 보면 될 것

같아."

"그렇군요."

그가 깔끔하게 정리를 해 주었다.

"와!"

강 본부장과 헤어지고 그의 집에 들어선 순간 하나의 입에서 감탄사가 절로 나왔다.

"멋진데요? 연수네 집이 세상에서 가장 멋진 줄 알았는데 그런 곳이 여기도 있네요."

"커피? 아니면 와인?"

"솔직하게 기름진 걸 먹어서 그런지 와인이 먹고 싶긴 하지만, 제가 그렇게 술을 잘 마시는 편이 아니라서……."

"와인으로 마시지."

"네."

그녀는 화이트 와인을 받아 들고는 아주 맛있게 먹었다. 도수가 낮다지만 몸에 알코올이 들어가니 긴장이 좀 풀렸다.

"오늘 왜 이렇게 잘해 주시는 거예요?"

아까부터 궁금했던 걸 술김에 물었다.

"잘해 주는 것 같아?"

"네, 한 번도 이러신 적이 없으니까요. 혹기 제가 오늘 점심을 거른 것 때문에 그러시는 거라면 전 괜찮습니다."

"다른 사람이었다면 신경 쓰지 않았겠지."

"……."

왜 그녀를 특별하게 생각하는 말처럼 들리는 것일까?

"난 하나 씨에게 관심이 있어."

"네?"

하마터면 와인을 뿜어 낼 뻔했다.

"무슨 말씀이신지……."

"남자로서 하나 씨에게 관심이 있다고."

"그러니까, 아까 관심이 있다고 한 여자가 저란 겁니까?"

"맞아."

"……."

왜? 갑자기? 이런 생뚱맞은 소리를 하는 건지 이해가 되지 않았다.

"저, 그러니까……."

하나 인생에 가장 충격적인 순간이었다. 28년을 살면서 충격받은 일들이 없진 않았지만, 오늘은 완전 패닉상태였다.

"내가 나이가 많아서 싫은가?"

"……."

"나이는 하나 씨보다 많아도 신체 건강하고 재력도 남들보다 좋고 튼튼한 직장에 문제될 건 없는 것 같은데 말이야."

"그러니까……."

뭐라고 답이 떠오르진 않았다.

"내가 마음에 안 드는 건가?"

"그게 아니라……."

한 번도 그와 사귄다는 생각을 해 본 적이 없었다.

"남녀 관계라는 게 서로 끌리는 것도 있어야 하고 그러니까……."

"끌리는 거라면 성적인 걸 말하는 건가? 그 얘긴 내가 섹시하지 않다?"

"……."

이야기의 방향이 아주 묘하게 흘러가고 있었다. 그가 갑자기 그녀의 옆으로 다가와 앉았다. 그리고 그녀의 손에서 와인 잔을 빼앗아 테이블 위에 올려놓았다.

"팀장님은 아주 섹시하시죠."

순간적으로 하나가 말을 하자 조 팀장이 크게 웃었다. 이렇게 웃을 줄도 아는 남자란 걸 오늘 처음 안 하나였다.

"맞아, 난 섹시하지."

그가 놀리듯이 말하며 그녀의 턱 끝을 손으로 잡아 그를 보게 했다. 이렇게 가까이서 조 팀장의 얼굴을 본 적은 처음이었다. 무슨 남자가 잡티 하나가 없었다.

"팀장님…… 읍!"

고개를 돌리려고 하자 그가 하나의 입술을 삼켜 버렸다. 너무 놀라서 하나는 그대로 얼어붙었다. 이게 무슨 일일까? 혹시 꿈인 건 아닐까? 라는 생각이 들 정도로 지금 상황은 비현실적이었다.

하나는 지금 직장 상사와 키스를 하고 있었다. 이곳에 오기 전까지만 해도 원수같이 생각하던 상사와 지금 진한 키스를 하고 있었다.

머리가 멍한 게 뭐에 홀린 기분이었다.

"더 증명해야 하나?"

"……아니요, 충분히 섹시하십니다."

하나는 정신을 놓을 것 같았다. 이건 그녀가 감당하기엔 무리였다.

"그건 상사에게 하는 말투지."

"네?"

"여긴 회사가 아니야. 그리고 난 하나 씨에게 상사가 되고 싶은 마음도 없고."

하나는 조 팀장이 이렇게 쓸데없이 적극적인 사람인 줄 몰랐다.

"팀장님……."

"태형 씨라고 불러."

"……."

조 팀장이 미친 게 분명했다. 이름을 부르라니. 하나는 정신이 하나도 없었다. 이건 꿈이었다. 그녀는 저도 모르게 자신의 허벅지를 꼬집었다. 아팠다.

"꿈이 아니야."

조 팀장이 그녀의 얼굴을 손으로 감싸며 말했다. 이러고 있으니 더 비현실적이었다.

"……."

"우리는 지금 꿈속에서 키스를 한 게 아니라고."

그의 목소리가 위험하게 가라앉았다.

"1년 전, 사무실에 하나가 들어왔을 때부터 생각하고 있었어."

"뭘요?"

"우리가 아주 깊은 관계가 될 거라는 걸."

약을 먹은 게 분명했다 그러지 않고서는 이런 말을 한꺼번에 쏟아 낼 리가 없었다.

"팀장님, 혹시 약하셨어요?"

"뭐?"

팀장이 웃기 시작했다.

"전 심각하다고요. 그렇지 않고서는 이럴 수가 없잖아요."

팀장은 정신없이 웃기만 했다.

"팀장님."

"둘이 있을 땐 그렇게 부르지 마."

그가 은근히 말을 하며 그녀의 입술에 입을 맞추었다.

"집은 여기서 걸어가도 되는 거리지? 데려다줄게. 자고 가도 좋고."

그녀가 소파에서 벌떡 일어나자 그가 웃었다.

"요즘 젊은 사람들은 이렇게 말한다고 했나? 오늘부터 1일?"

"……."

어이가 없었지만, 더 어이가 없는 건 하나의 심장이 간질거린 다는 것이다. 이런 멋진 남자와 사귈 수 있다니 좀처럼 믿어지지 않았다.

조 팀장은 자연스럽게 그녀의 손을 잡고 그녀의 집까지 데려 다주었다. 그리고 헤어질 땐 다른 연인들처럼 아쉬움의 키스까 지 해 주었다.

정말 꿈같은 밤이었다.

연수의 책상 위에 장미 꽃다발 대신에 피로 회복제 한 박스와 초콜릿이 놓여 있었다. 오늘도 어김없이 메모지엔 현우진이라 는 이름이 쓰여 있었다. 직원들이 그녀를 이상한 눈으로 보고 있었다.

이런 식으로 주목받는 게 싫다고 분명히 말했는데 말귀를 못 알아듣는 사람이었다.

"이거 나눠들 마셔요."

직원들에게 피로 회복제를 나눠 주고는 연수는 오늘 광고 업체와 미팅을 하기 위해 회사를 빠져나왔다. 이번 광고는 기업 이미지 광고였다. 주요 매체에 나갈 광고이기 때문에 그녀가 직접 움직이고 있었다.

파라다이스 그룹은 기업 이미지가 그렇게 나쁘진 않았다. 다만 기업의 덩치에 비해 사람들의 호감도는 낮았다. 그건 아버지 이 회장의 경영 방식 때문이었다. 이 회장의 경영 방식은 약육강식이었다.

그래서 중소기업을 누르는 경우가 많았다. 연수는 그런 기업 이미지를 벗기 위해 조금은 서민들에게 다가가는 기업 홍보를 요청했다.

그래서 결정된 이번 광고의 콘셉트는 가족이었다. 파라다이스 그룹의 직원 가족들의 따뜻한 모습을 찍을 예정이었다. 아버지에서 아들에게로 이어지는 자연스러운 모습을 통해 파라다이스 그룹이 오랫동안 다니고 싶은 회사라는 이미지를 구축하고, 파라다이스 그룹이 소상공인들의 제품 구매를 통해 상생하는 모습을 보여 주는 광고였다.

그리고 마지막으로 요즘 뜨는 배우를 전면에 내세워 세련된 기업의 이미지를 만들어 낼 계획이었다.

이렇게 세 가지 주제로 세 가지 광고가 1편부터 3편까지 시리즈로 제작될 예정이다. 아무래도 광고 분량이 많으니 홍보실의 일도 많아졌다.

연수는 자료를 들고는 서둘러 광고 회사로 향했다. 그녀는 평소에도 기사 없이 직접 운전을 했다. 직원들에게 재벌이라는 이미지를 조금이라도 덜 주기 위함이었다.

광고 회사에 도착한 연수는 담당자들에게 피로 회복제를 나누어 주며 인사를 했다. 우진이 많은 양의 피로 회복제를 가져다주어 가능한 일이었다.

"안녕하십니까?"

직원들은 그녀가 회장의 딸인 줄 알기 때문에 그녀를 어려워했지만, 연수는 최대한 몸을 낮추었다.

광고에 관한 회의가 들어가고 연수는 어느 때보다 열정적으로 그들과 함께 회의했다. 이번에 광고는 정말 잘하고 싶은 마음이 컸기 때문이었다.

많은 광고를 했지만, 이번처럼 시리즈로 제작을 하는 건 처음이었다.

돈이 많이 들어가는 만큼 연수의 실리적인 부담도 컸다. 회의가 끝이 나고 연수는 직원들에게 허리 숙여 다시 한 번 부탁을 하고는 회의실에서 나왔다.

"어?"

광고 회사에서 나오는 길에 우진과 마주친 연수였다.

"여긴 어떻게……."

"제가 드리고 싶은 말입니다."

"광고 때문에……."

"저도 광고 때문에 문의할 게 있어서 왔습니다."

"네, 그럼……."

"저기 시간 되시면 커피라도 함께하시죠."

연수는 거절할 말이 없어서 그와 함께 근처 커피숍으로 향했다.

"우연이네요. 전 좋았지만요."

"아 참, 오늘 피로 회복제 감사했어요. 직원들에게도 줬더니 좋아하더라고요."

"그렇습니까? 꽃은 부담스러워하시고 마음은 전할 방법이 없고 해서 보내 드린 겁니다."

"그럼 내일은 뭐죠?"

"내일도 초콜릿을 보낼 생각입니다. 일할 땐 단 게 좋죠."

그의 해맑은 표정을 보니 그만 보내라고도 할 수 없었다.

"내일 아버님 뵙기로 했습니다."

"아버지를요?"

"네, 회사로 오시라고 하셔서 내일 파라다이스 그룹 본사로 갑니다. 내일도 약속이 있으신가요?"

"아직은 없어요."

"그럼 내일 저녁 식사는 어떠세요?"

"좋아요."

이렇게 보니 그는 정말 해맑은 사람 같았다.

"사실, 오늘도 우연은 아니었습니다."

"아버지가 알려 주셨나요?"

"아니요, 강 본부장님께서 알려 주셨습니다. 이렇게 하면 만날 수 있을 거라고 하시더라고요. 역시 연수 씨의 교육 담당이라서 그런지 연수 씨에 대해 잘 아시는 것 같네요."

"……."

할 말이 없었다. 어떻게 성훈은 그녀의 마음을 이렇게 몰라주는 것일까? 그리고 섹스는 하는데 그 이상은 아니라는 식의 반응은 또 뭘까? 그는 어제 그녀를 뜨겁게 안아 주었다.

"강 본부장님과는 자주 통화를 하시나요?"

"아버님께서 모르는 게 있으면 다 알려 주실 거라고 번호를 가르쳐 주셨어요."

"아……. 네."

아버지나 강 본부장이나 그녀의 마음 따위는 아무것도 아니라는 식이었다. 연수는 마음이 아팠다. 왜 이렇게 아픈지…….

하지만 우진 앞에선 그런 모습을 보이고 싶지 않았다.

"이렇게 사실대로 말했는데 내일 저녁 약속은 유효한가요?"

"네, 그럼요."

그녀는 그렇게 대화를 마무리하곤 우진과 헤어졌다. 연수는 돌아오는 내내 강 본부장이 왜 그렇게 했는지 생각하고 또 생각했다.

"나쁜 인간."

결론은 하나였다. 그는 아주 나쁜 인간이었다.

저녁에 하나와 같이 강남의 조용한 바에 갔다. 재벌 친구에게 달팽이 요리 한번 못 얻어먹어서 속이 상한다는 말이 자꾸만 귓가에 맴돌아 오늘은 우리나라에서 가장 비싼 술만 파는 바에 데리고 왔다.

"우와……."

"마음에 들어?"

"응, 그런데 되게 비싸 보이는데?"

"달팽이 요리 대신이야."

그런데 좋아서 펄쩍 뛰어도 모자랄 판에 하나는 한숨만 내쉬고 있었다.

"이건 내가 그린 시나리오가 아닌데?"

연수는 하나가 뛸 듯이 좋아할 줄 알았는데 기대했던 반응이 아니어서 실망이었다.

"미안, 내가 좀 심란해서……."

하나가 오늘따라 이상했다. 그들은 바에 앉았다. 그들을 보고는 바텐더가 함박웃음을 지으며 다가왔다.

"아름다운 숙녀분들에게 뭘 드릴까요?"

아마 칵테일 정도를 생각한 모양이었다. 술에 대해 잘 모르는 연수였다. 이런 곳에 잘 오지도 않았고 이럴 땐 비싼 거로 달라는 게 제일 나은 방법이었다.

"가장 비싼 거로 줘요."

"네?"

연수가 조용히 플래티넘 카드를 보이자 바텐더가 웃으며 준비하기 시작했다.

"오늘 왜 이래?"

"네가 우울해 보여서."

"난 우울한 게 아니라 복잡한 거야."

하나가 손으로 턱을 받치며 말했다.

"그 사연 한번 들어 볼까?"

"조 팀장이 사귀자고 그랬어."

풉!

하마터면 비싼 술을 뿜을 뻔했다.

"뭐? 그래서?"

"몰라, 어제부터 1일이 돼 버렸어."

이건 정말 빅뉴스였다.

"정말이야? 이건 완전 충격적인 얘긴데?"

"난 얼마나 충격적이겠니?"

하나가 고개를 푹 숙였다. 정말 심란하기는 한 모양이었다. 하지만 연수는 이런 하나가 귀엽기만 했다. 아마도 이런 귀여운 모습에 조 팀장도 반한 것 같았다.

"왜? 싫은 거야?"

"아니, 잘 모르겠어. 싫은 것도 같고 좋은 것도 같고."

"만나 봐. 너도 지금 남자 친구 없잖아."

하나는 한숨을 푹 쉬었다.

"뭐가 문젠데?"

"회사에서도 잡혀 사는데 내 연애 생활이라고 별반 다를 게 있겠어? 나의 자유는 날아간 거지."

"너의 자유를 위해!"

"미친!"

그들이 깔깔거리는 사이에 갑자기 웨이터들이 바쁘게 움직이는 소리가 들렸다.

"무슨 일이에요?"

"VVIP가 떴거든요."

바텐더의 말에 하나가 피식 웃었다.

"정말 VVIP는 여기 있어요."

하나가 손가락으로 연수를 가리켰다.

"손님들은 당연히 VIP시죠."

바텐더가 하나의 말을 못 알아듣고는 농담을 했다.

"네가 누군지 알면 기절하겠다. 종종 이런 데도 다니고 그래."

"알았다."

"그런데 넌 왜 그렇게 술이 생각난 건데?"

하나는 솔직하게 얘기했지만, 연수는 성훈과의 상황을 솔직하게 말할 수 없었다.

"다음에."

"다음이 어디 있어? 빨리 말해. 난 다 말했으니까."

그건 하나의 말이 맞았다.

"그게……."

"어머, 제게 누구야?"

그때 본부장이 바 안으로 들어오고 있는 게 눈에 보였다. 그리고 그 뒤로는 조 팀장이 들어왔다. 모든 사람의 시선이 그들을 향했다.

"VVIP 들어오신다."

하나가 기가 막힌다는 듯이 말했다.

"여기 온다고 조 팀장님에게 말했어?"

"아니, 오늘은 말할 시간도 없었어. 너무 바빴거든."

그들은 시키지도 않았는데 얼른 얼굴을 돌렸다.

"우리 못 봤지?"

"그런 것 같긴 한데, 어째 불안하다."

하나의 말이 끝나자마자 등 뒤에 어두운 그림자가 드리워지는 느낌이 들었다.

"하나 씨……."

조 팀장의 목소리에 연수와 하나가 동시에 뒤를 보았다. 그 옆에는 알 수 없는 표정의 본부장도 서 있었다.

"안녕하세요."

"여기 자주 와?"

조 팀장이 무서운 얼굴로 하나에게 물었다. 여기서도 저런 표정인데 하나가 클럽에서 노는 걸 보면 목덜미 잡고 쓰러질 것 같았다.

"네? 아니요. 오늘 연수가 달팽이 요리 대신에 술 사 준다고 해서⋯⋯."

하나는 그녀의 핑계를 대고 있었다. 조 팀장이 무섭긴 한 모양이었다.

"태형아, 가자."

본부장이 조 팀장의 어깨를 잡았다.

"적당히 마시고 들어가."

이건 연수에게 본부장이 한 말이었다. 둘이 룸으로 사라지는 게 보였다.

"저 두 분 아세요?"

"같은 회사 다녀요."

연수가 신기해하는 바텐더에게 말했다.

"파라다이스 그룹에 다니시면 대단하신데요?"

"더 대단한 거 알려 줄까요? 연수가 그 회사 물려받을 거예요."

하나가 그녀의 어깨에 팔을 두르며 자랑스럽게 말했다.

"네? 그러니까⋯⋯."

"이분께서 이성범 회장님의 따님이라고요. 무남독녀 외동딸."

"몰라봬서 죄송합니다."

웨이터는 정말 놀랐는지 들고 있던 컵을 거의 떨어뜨릴 뻔했다.

"내가 왜 VVIP라고 얘기한 줄 알겠죠?"

"그만해."

"뭐, 사실인데…….."

연수는 하나의 말에는 신경도 쓰지 않고 본부장이 사라진 곳을 바라보았다. 그렇게 당하고도 왜 저 사람만 보면 이렇게 두근거리는 걸까? 연수는 한심한 자신을 위해 술잔을 비웠다.

성훈은 오랜만에 태형과 술을 마시기 위해 바를 찾았다. 깔끔한 분위기가 좋아서 그들은 가끔 이곳을 찾았다. 그리고 조용히 이야기할 수 있는 공간도 있어서 마음에 들었다.

하지만 오늘은 더 은밀한 공간을 찾으려다가 오늘 연수가 이곳에 있다는 보고를 받고는 장소를 옮기려다가 다시 오기로 했다.

"여긴 어떻게 알고 왔을까?"

태형은 밖의 하나가 신경 쓰이는 모양이었다.

"그런데 무슨 일로 부른 거야?"

이렇게 따로 그가 술을 마시자고 하는 날에는 태형에게 부탁이 있기 때문에 그러는 것이었다.

"슬슬 움직일 때가 된 것 같아."

성훈은 술을 단번에 입으로 털어 넣으며 말했다.

"이 회장?"

"응, 눈치를 챈 것 같아."

"어떻게 알아?"

태형이 걱정스러운 듯 물었다.

"이 사장 쪽 사람들이 내 주민등록 초본을 구했다는 보고가 들어왔어."

"그래도 이 회장도 아니고, 이 사장이 너의 부모님의 일까지 알까?"

"아마 알 거야. 그러니까 이 회장이 쳐내지 못하고 데리고 있겠지."

"어떻게 할 거야?"

"숨통을 조여야지. 이제까지는 보이지 않게 약하게 조였다면 이제 힘을 더 줘야지."

태형의 눈이 섬뜩하게 빛이 났다.

"어르신께는 말씀드렸어?"

"아니, 내일 만나 뵙기로 했어."

"이번에야말로 질긴 인연의 끈을 자를 때인 것 같아. 어머니, 아버지의 원수도 갚고. 그런데 38년 전에 이 회장의 운전기사는 찾았어?"

"아직, 너무 꼭꼭 숨겨 뒀어."

아버지를 죽음에 이르게 한 용의자가 이 회장의 운전사라는 것까지 밝혀낸 성훈은 당시 이 회장의 운전기사였던 박동철을 찾기 위해 노력 중이었다.

"정말 이 회장을 끌어 내릴 거야?"

"어."

성훈이 술을 단번에 마셨다.

"먼저 움직이기 시작했어. 이 회장도 박동철이 어디에 있는지 모르고 있거든. 이 회장이 먼저 찾으면 이 일은 끝이 나 버릴 수 있어."

"알았어, 그럼 어떻게 할까?"

"일단 네가 흥신소 차 사장에게 은밀하게 움직이라고 말해. 그리고 돈은 얼마가 들어도 좋으니까. 빨리 찾기만 하라고 전하고."

"후……. 그동안 준비하던 일이 이제는 정말 실행이 되네."

"맞아."

"이럴 때일수록 성훈이 너도 몸조심해. 이 회장은 그렇게 만만한 상대가 아니야."

"……."

태형이 그의 잔에 술을 부어 주었다. 성훈은 생각에 잠긴 표정으로 술을 단숨에 비웠다.

"하나 씨와는 어떻게 된 거야?"

"어제 사귀기로 했어. 어머니도 몸이 안 좋으셔서 그런지 요즘 너무 결혼을 서두르셔. 그래서 마음을 먹은 거야."

"그렇게 속앓이를 하더니……."

"같은 부서 사람을 만나고 싶진 않았어. 그런데 계속 눈에 들어오더라고."

"잘해 줘라."

"넌?"

태형은 연수를 두고 말하는 것이었다.

"애초부터 우린 이루어질 수 있는 관계가 아니야. 시작도 안 하는 게 좋아."

"현대판 로미오와 줄리엣이냐?"

"그건 둘 다 좋아했을 때의 일이고, 난 아니다."

"연수를 이용할 생각이야?"

"……."

연수는 그의 계획에 존재조차 하지 않았다. 그렇게 그를 좋아하니 만약 그가 도와달라는 말 한마디라도 하면 그녀는 그에게 목숨까지 내놓을 것이다.

하지만 아무 상관 없는 연수까지 이용하는 비겁한 짓은 하고 싶지 않았다.

"이 회장이 너의 아버지에게 한 짓을 생각하면 네가 연수 씨를 이용한다고 해도 뭐라 할 생각은 없지만. 그렇다고 널 그렇게 좋아하는 사람인데, 좀 그렇지 않아?"

"……나중에 얘기해."

태형은 그와 연수가 섹스를 했다는 걸 알지 못했다. 일이 복잡하게 꼬인 걸 안다면 이런 말을 하진 않았을 것이다.

"일단은 상황을 종합해서 판단할 거고. 저들보다 우리가 먼저 움직일 거야."

그들이 바에서 나왔을 땐 연수와 하나가 보이지 않았다. 그는 깊은 한숨을 쉬며 연수가 앉아 있던 자리를 슬쩍 바라보았다.

어제 술을 너무 많이 마신 탓인지 머리가 깨질 듯이 아팠다. 일하는 데 방해가 되는 짓은 잘 하지 않은 연수였지만 어제는 본부장의 얼굴까지 봐서 그런지 술이 더 들어갔다. 비싼 술이나 싼 술이나 쓰긴 매한가지였다.

술에 약한 하나를 집까지 데려다주고 그녀는 집에 와서도 잠을 이루지 못했다.

"비싼 술을 마시는 게 아니었어."

그녀는 이렇게 말하며 숙취와 오전 내내 싸웠다. 술이 깰 때쯤 되자 벌써 퇴근 시간이었다. 오늘 우진과 만나기로 했기 때문에 연수는 퇴근 후 서둘러 주차장으로 향했다.

"어머!"

바쁜 걸음을 걷다가 주차장에서 누군가와 부딪쳤다. 연수는 고개를 들지 않아도 그가 누군지 알았다.

"죄송합니다."

"괜찮아, 어디 가지?"

"우진 씨 만나려고요."

"그래?"

"네."

그는 아무렇지 않게 말하고는 길을 비켜 주었다. 순간적으로 약이 오른 연수였다.

"왜 막지 않는 건가요?"

"……."

"그렇게 뜨거운 밤을 보내고도 이렇게 다른 남자에게 보내는 이유가 뭐냐고요!"

"어울리는 사람끼리 만나야지."

그는 아무런 표정 없이 연수에게 말했다. 마치 연수가 남자를 만나건 말건 아무런 상관이 없다는 투였다.

"도대체 왜 그러는 거예요?"

연수가 그의 팔을 잡고는 따지듯이 물었다. 사람들이 보든 말든 이제는 상관없었다. 도저히 성훈이 이해되지 않았다.

"뭐가?"

"날 좋아하잖아요?"

"……."

연수는 그가 그녀를 좋아한다고 확신했다. 그러지 않고서는 그녀가 남자를 만날 때마다 그 자리에 찾아올 이유가 없었다. 그날도 질투에 눈이 멀어 그녀를 덮친 것이 분명했다. 그도 아니라고는 할 수 없을 것이다.

"……아니야."

"맞잖아요!"

"그렇다 해도 결혼은 다른 문제야."

그는 단호하게 말했고 연수는 그에서 등을 돌렸다. 결국, 그도 그녀를 좋아하고 있다고 인정한 것이나 마찬가지였다.

"당신이 그렇게 우진 씨와 결혼하길 바란다면 하죠, 그 결혼."

"……."

연수는 뒤도 돌아보지 않고 자신의 차로 향했다.

"두고 보라지. 자신이 뭘 놓쳤는지 후회하게 만들어 줄 거야."

연수는 성훈을 원망하고 또 원망했다.

4. 꼬여만 가는 그들

고풍스러운 한옥은 올 때마다 이 집안의 사람이 얼마나 높은 지위의 사람인지 말해 주었다. 성훈이 밟고 지나는 돌 하나까지도 최고급이었다. 이 집안에 모든 건 돈으로 살 수 없을 가치가 깃든 곳이었다.

고즈넉한 정원을 지나 정자에 도착한 성훈은 정자에 앉아 부채질하는 한 남자에게 구십 도로 인사를 했다. 그가 격투기를 하던 시절에 만난 어르신이었다. 오늘날 그가 있을 수 있게 만들어 준 분이기도 했다.

"앉아라."

"네, 어르신."

"여전히 딱딱해."

"……."

어르신은 항상 그를 보면 딱딱하다는 말부터 하셨다. 60대 중반의 나이로는 보이지 않을 만큼 정정한 모습의 어르신은 기품이 넘치는 사람은 아니었다.

오른쪽 얼굴에는 칼자국이 깊게 나 있었다. 그 상처 때문에 그들은 인연이 될 수 있었다.

"너랑 나랑 20년 됐지?"

세월이 빠른 것 같았다. 하지만 그보다 나이가 많은 어르신 앞에서 그런 말은 할 수가 없었다.

"네, 어르신."

"이성범이 죽일 수 있냐는 내 말 기억하지?"

"네."

"일찍 죽일 수도 있었는데 그때 네가 챔피언인지 뭔지 되어 버리는 바람에, 얼굴이 너무 알려져서 내가 그만두라고 했었지."

주먹이 세다는 소문이 나서 격투기 데뷔전 때 어르신의 부름을 받았었다.

그때는 바로 이성범을 죽일 수 있을 줄 알았는데 격투기 대회가 먼저 이루어졌고, 그가 단번에 챔피언이 되어 버려서 어르신의 부름을 받지 못했었다.

"대신에 공부를 시켜 주시지 않았습니까?"

"맞아. 난 주먹 쓰는 놈이라서 머리가 나쁠 줄 알았지. 그런데 네가 학교에서 전교 1등을 할지 누가 알았겠어. 그래서 계획을 바꾼 거지."

"죽기 살기로 공부했습니다."

"알아."

"왜 이성범을 여태 살려 두신 겁니까? 어르신은 충분히 저 말고도 다른 사람을 시켜서 해치우실 수도 있었을 텐데 말입니다."

"그럼, 재미가 없지."

어르신은 장죽(長竹)을 입에 물고는 그를 힐끔 바라보았다.

"힘든 상대여야 싸워도 재미가 있지. 너무 빌빌거리는 상대면 이겨도 찜찜하기만 하지."

"그래서 놔두신 겁니까?"

"네가 처리하는 걸 보고 싶었다는 게 맞는 말이겠지."

어르신이 묘하게 웃었다. 모두가 그를 어르신이라 불렀다. 이름도 나이도 추측만 할 뿐이었다. 어르신이라 불릴 정도로 나이가 많지 않았을 때도 그는 어르신이었다. 그가 이제껏 일군 모든 것이 엄청났기 때문이었다.

"사람 하나 찾아 주십시오."

"박동철이?"

"네."

어르신은 그보다도 한 수 위였다. 모든 걸 한발 앞서서 생각하는 분이었다.

"찾아서 뭐 하게. 38년 전의 일을 박동철이 쉽게 말할까?"

"회사의 일은 다른 방향으로 추진하고 있습니다. 박동철은 이성범을 몰락시키는 데 히든카드니까 꼭 찾고 싶습니다. 그리고 아마 말하게 될 겁니다."

"그래? 그럼 내가 힘써 보지."

"감사합니다."

"오늘 용건은 이게 다인가?"

"아닙니다. 성실 산업의 아들과 연수의 결혼은 끝까지 추진하지 말아 주십사 부탁드리러 왔습니다."

"왜?"

"연수는 충분히 이용 가치가 있습니다. 그래서……."

"무슨 말인지 알겠다."

"감사합니다."

어르신은 언제나 그보다 넓게 세상을 보았다. 성훈은 이렇게 어르신께 부탁을 드리고 나왔다. 성실 산업의 회장도 어르신이 거느리는 사람 가운데 하나였다. 죽으라면 죽는 시늉까지 낼 사람이었다.

어르신과 이 회장과의 악연은 그보다 더 먼저 일이었다. 이 회장이 선대회장으로부터 회사를 물려받으며 악한 짓을 많이 저질렀다. 그중에 희생양이 될 뻔한 게 어르신이었다. 지금은 그 누구도 어르신의 뜻을 거스를 수 없는 위치에 계셨다.

그도 그렇게 되고 싶어 노력 중이었다. 이 회장도 어르신의 존재는 알지만, 그가 누구인지는 아직 모르고 있었다. 어르신이 사람들 앞에 등장하지 않기 때문이고 어르신을 직접 만나는 사람들도 어르신의 정체를 철저하게 비밀로 했기 때문이었다.

"성훈아."

"네, 어르신."

"네 아비의 죽음을 네게 자세하게 얘기해 준 이유는 이 회장을 죽이라는 게 아니다. 물론 처음에는 너를 이용해서 이 회장을 없애려 했지만, 내 곁에 두고 보니 넌 참 아까운 아이야."

어르신은 그를 친아들처럼 아껴 주셨다.

"난 네 손에 피를 묻히지 않길 바란다."

"알겠습니다."

"네 알겠다는 소리가 거짓으로 들리는구나."

"어르신, 전 꼭 아버지의 원수를 제 손으로 갚고 싶습니다."

"그렇게 되면 또 다른 악연이 시작되는 거야. 알지?"

어르신은 연수를 두고 한 말이었다.

"참 예쁘더구나. 너의 엄마가 생각이 날 정도로 말이다."

"……."

"원수를 갚아, 그래도 절대로 네 손엔 피를 묻히지 마."

"네, 어르신."

어르신이 얼마나 그를 생각하는지 잘 알고 있기 때문에 성훈은 어르신의 말에 긍정의 답을 했다.

하지만 아버지에 대해 알면 알수록 그는 이 회장을 용서할 수 없었다. 그는 어르신의 집을 빠져나오며 지난날 어르신과의 인연을 생각했다.

가난했던 그에게 공부는 사치였다. 그래서 대학 진학을 포기하고 격투기에 뛰어든 그였다.

타고난 체격 조건에 천부적인 운동 신경으로 그는 격투기 쪽에서 이름을 날렸다. 첫 번째 경기에서부터 그는 두각을 나타냈었다.

다치긴 했지만, 돈을 벌 수 있다는 생각에 그는 몸을 사리지 않았다. 그러던 어느 날 아버지의 비밀을 안고 나타난 어르신을 만나게 되었다. 어르신은 할아버지가 말씀해 주었던 일들을 그대로 그에게 말했고 거기에 아버지의 죽음에 이 회장이 직접적인 관계가 있다는 증거들을 말해 주었다. 그중의 첫 번째가 박동철이었다.

그렇게 해서 그는 복수를 결심했지만, 뜻밖에도 격투기 챔피언이 되고 각종 매체에 얼굴이 알려지면서 그의 복수는 막을 내리는 듯했다. 하지만 그는 복수를 원했고 어르신에게 도와 달라고 부탁했다.

그를 본 어르신은 공부해서 파라다이스로 들어가라고 했다. 그는 군말 없이 운동을 그만두고 2년을 공부해서 S대에 들어갔다. 그렇게 그는 이 회장에게 복수할 날만을 생각하며 지금껏 버티고 있었던 것이다.

하지만 복병이 생겨 버렸다. 자꾸 그의 신경을 건드리는 연수였다. 성훈은 고개를 흔들며 자신의 차를 운전해서 집으로 향했다.

그에겐 언제나 미행이 붙었다. 그래서 어르신의 집에 방문할 때는 중간 지점에서 차를 바꾸어 타고 갔다. 그들은 지금 그가 강남의 바에서 술을 마신다고 생각하고 있을 것이다. 어제 그가 연수와 마주친 바의 주인이 어르신의 사람이었다.

차를 바에다 두고 자신의 차에 대리를 불러 집으로 간 그였다. 지금은 몸을 사려야 할 때였다.

연수는 기업 광고 때문에 요즘 정신이 없었다. 촬영장에 쫓아

가서 광고 촬영이 잘 진행되고 있는지 봐야 했고, 돌아와서는 광고에 참여한 연예인과 함께한 기업 홍보 자료를 만드는 데도 신경 써야 해서 정신이 없었다.

이렇게 눈코 뜰 새 없는 상황에 아버지의 호출이라니 죽을 것 같았다.

헉헉……

뛰어서 회장실까지 가니 온몸이 땀으로 범벅이었다. 8월 말인데도 불구하고 아직도 더위는 기승을 부렸다.

"후……. 부르셨어요?"

숨을 몰아쉬며 회장실의 문을 열자마자 연수가 말했다. 하지만 그 자리에 아버지만 있는 게 아니었다. 성훈이 떡하니 앉아 있었다.

"뭐가 그렇게 바빠."

"10분 정도밖에 못 있으니까 말씀하세요."

연수가 시계를 보며 말했다. 그리고 성훈 쪽은 아예 눈길조차 주지 않았다.

"홍보팀에서 기획실로 가."

"네? 기획실에는 조 팀장님이 계시잖아요."

"기획실 전무로 발령이 날 거다."

"네?"

그러면 지금 있는 조 팀장이 이사급이니 그녀가 더 높은 지위
이다.

"회장님 전 아직……."

"이제 본격적인 경영 수업을 받아. 본부장과 함께 조 팀장이
널 도울 거다. 인수 기간은 일주일 줄 테니까 잘 인수시키고, 다
음 주 월요일부터 기획실로 출근해."

뭐라 말을 할 수가 없었다. 일이 이렇게 빠르게 진행될 거란
생각은 하지 못했었다. 하지만 이곳은 회사고 조직이었다. 회장
의 말은 곧 법이었다.

"알겠습니다."

대꾸를 해 봤자 그녀의 말이 먹힐 리가 없었다. 회장실에서 나
온 본부장을 그녀가 불렀다.

"본부장님."

"……."

연수가 본부장 앞으로 갔다. 그의 체취가 그녀의 코를 자극했
다.

"전 조 팀장님께 배우면 될 것 같아요."

"왜?"

그녀의 말에 본부장의 한쪽 눈썹이 올라갔다. 마음에 안 든다
는 소리였다.

"본부장님은 불편해서요."

솔직히 연수는 본부장이 너무 불편했다. 연인도 아니고 그렇다고 아닌 것도 아니고. 그 애매한 상황이 그녀를 미치게 하고 있었다.

"안기고 싶어서가 아니고?"

"본부장님!"

그가 연수의 손을 잡고 비상구 쪽으로 이끌었다.

"잘 들어 둬. 일은 일이고 우리의 사생활은 사생활이야. 널 가르치는 건 언제나 나야. 알겠어?"

단호하게 말하는 그의 눈빛은 섹스할 때와 같았다.

"싫어요."

"그건 내가 정해."

그는 이렇게 말하고는 그녀를 두고 나가 버렸다. 연수는 본부장이 그녀에게 속이 시릴 만큼 차갑게 말을 하는데도 그가 좋았다.

"미쳤어."

그가 잡은 손목이 붉어져 있었지만 아픔보다는 짜릿함이 느껴졌다. 이 순간에도 그가 키스하면 어쩌나 하는 기대를 했다. 미친 게 분명했다.

"후……."

연수는 한숨을 한 번 쉬고는 광고 촬영장으로 향했다. 커다란 컨테이너 같은 촬영장은 생각보다 컸다. 이곳은 광고 촬영용이 아닌 영화 촬영을 하는 곳이었다. 그만큼 이번 광고는 블록버스터급이었다.

"어머!"

바닥에 놓인 줄에 발이 걸려 넘어진 연수였다.

"괜찮으세요?"

"아뇨……."

양쪽 무릎이 다 까져 버렸다. 나이 든 청소부 아저씨가 그녀의 손을 잡아 일으켜 주었다. 손엔 화상 자국투성이였지만 아무렇지 않게 그의 손을 잡은 연수였다.

"감사해요."

"아닙니다. 제가 치웠어야 하는 건데……."

"괜찮아요."

아저씨가 너무 미안해하자 연수는 괜찮다는 말만 되풀이했다. 솔직하게 아파서 정신이 없었다.

연수는 다리를 절뚝거리며 안으로 들어갔다. 여름이라 스타킹을 안 신어서 더 다친 것 같았다. 무릎에서 피가 흘렀다.

"이러고 가면 안 되는데……."

그때 갑자기 연수가 공중 위로 붕 하고 떠올랐다. 익숙한 향에 그녀는 자신을 안아 든 남자를 보았다. 본부장이었다.

"뭐예요?"

놀란 연수가 본부장을 보며 물었다.

"그건 내가 묻고 싶어."

연수가 다친 걸 보고는 본부장은 화가 난 것 같았다.

"그냥 넘어진 거예요."

"피도 나고."

"이 정돈 괜찮아요."

언제부터 자신을 생각해 줬다고 이러는 건지…… 본부장의 이런 행동이 그녀를 자꾸만 헷갈리게 했다.

"괜찮은데 다리를 절어?"

"여긴 어떻게 왔어요?"

"칠칠치 못한 이연수 약 발라 주려고."

"……"

이런 말을 하는 사람이 아니었다. 본부장은 친근한 표현을 단 한 번도 한 적이 없었기에 연수는 놀란 얼굴로 그를 보았다.

"감동할 필요는 없어. 교육 담당이기 때문에 온 거니까."

거짓말이란 게 티가 났다. 그는 연수를 따라온 것이었다. 그런데 왜? 그 이유가 궁금했다.

"아직 기획실로 발령 나지 않았어요."

"그건 나중 일이고, 지금도 난 연수의 교육 담당이야."

그가 자신의 차에 연수를 앉히고는 구급상자를 꺼내왔다.

"차에 별것이 다 있네요."

"안전에 관한 건 다 있어. 언제 무슨 일이 벌어질지 모르니까."

"대단한 준비성이네요."

그가 그녀 앞에 쪼그리고 앉았다. 차 문이 방패가 되어 사람들로부터 그들을 가려 주었다.

"아!"

그가 소독약을 바르자 너무 따가워 절로 비명이 났다.

"아파요."

"소독을 안 할 수 없으니까 참아."

그리고 그 위로 반창고를 붙여 주었다.

"정말 왜 온 거예요?"

"사람 찾으러."

"네?"

"아니야."

그가 자리에서 일어나려는 순간 연수가 그의 손을 잡았다.

"고마워요."

그리고 자리에서 일어섰다. 그들의 시선이 뜨겁게 얽혀 들었다.

"가 봐야……. 읍!"

그가 갑자기 그녀의 입술을 삼켜 버렸다. 그의 혀가 미친 듯이 그녀의 입안을 맴돌았다. 서로의 치아가 강하게 부딪힐 정도로 그들의 키스는 뜨거웠다. 그러다 그가 아쉬울 정도로 빠르게 그녀를 놓아주었다.

"들어가."

"……."

정신이 멍해진 연수는 갑작스러운 상황에 몸을 휘청했다.

"정말 괜찮은 거야?"

"조금 전까지 괜찮았는데……."

지금은 심장이 터져 버릴 것 같았다. 나쁜 인간…….

"혼자 갈 수 있겠어?"

"네."

"빨리 들어가서 일 봐. 난 가 봐야 해."

그는 그녀가 촬영장 안으로 들어갈 때까지 보고 있었다.

"왜 온 거지? 사람을 찾는다고?"

일을 하다말고 이곳까지 찾으러 온 사람이라면 아주 중요한 사람인 건 분명했다.

"촬영장에서 찾을 사람이 누구지?"

연수는 고개를 갸웃거리며 촬영장으로 향했다.

성훈의 눈이 바쁘게 움직이고 있었다. 촬영장에 연수보다 조금 늦게 도착했지만, 놈이 나타났다는 소식을 듣자마자 달려온 것이었다.

"박동철……."

그는 아마 지금이면 60대 초반이 되었을 것이다. 보통 키에 왜소한 몸을 가진 사람이었다. 이곳저곳 돌아다니면서 막노동을 한다는 소식과 함께 이 회장으로부터 받은 돈은 도박으로 탕진했다는 소식도 들었다.

확실히 어르신의 소식통들이 그들의 소식통보다 빨랐다. 부탁한 지 얼마 되지 않아서 그의 소식을 알게 되다니 아주 놀라운 일이었다. 아무리 찾아도 비슷한 나이 대의 사람은 찾을 수가 없었다.

"본부장님."

그가 개인적으로 고용한 직원이 그에게 다가왔다.

"여긴 다 젊은 사람들뿐입니다."

"그래?"

"그 정도 연령층의 사람은 밥 차 부부하고 트렉터를 운전하는 기사뿐이랍니다."

"트랙터?"

"그분은 오늘까지 일하고 갔답니다."

"언제?"

"30분쯤 전에요."

본부장은 사진을 들고 설비팀 담당자에게로 향했다.

"혹시 이 사람 아십니까?"

"너무 예전 사진이라……."

박동철의 젊은 시절 사진이었다.

"그렇다면 트랙터 운전하시던 분의 사진은 구할 수 있을까
요?"

"일용직이라서 없어요."

"그럼, CCTV라도……."

"그 사람, 화상을 가리려고 이 더운 날씨에도 꽁꽁 가리고 다
녀서 얼굴 확인이 불가능할 겁니다. 왜 그러시는데요?"

"본부장님, 아직 안 가셨어요?"

연수가 촬영 감독과 함께 나타났다. 그리고 그의 신분을 밝히
자 촬영 감독이 시설 팀장에게 도와줄 것을 지시했다. 덕분에 그
는 CCTV도 확보할 수 있었다.

"어, 이 사람 아까 저 넘어졌을 때 도와줬던 사람인데……."

옆에서 지켜보던 연수가 말했다.

"간발의 차이였어."

"손에 심한 화상 자국이 있었고 이 사진 보니까 같은 사람 같아요. 아주 오래전 사진이지만 눈매가 참 비슷해요."

"그래?"

"그리고 그 사람 검은색 쏘나타 타고 갔어요."

"쏘나타?"

"네, 어쩌다가 우연히 그 사람 가는 것도 봤거든요."

"고마워, 그런데 회사로 복귀 안 해?"

"아 참!"

연수는 그길로 회사로 향했고 그는 자신의 직원에게 CCTV 자료를 건네고 회사로 향했다. 박동철이 연수와 만난 건 우연의 일치일까? 아니면 기다린 것일까? 성훈은 불안한 마음이 들었다.

그만큼이나 고물인 자동차가 깔딱거리는 소리를 내며 도로 위를 달리고 있었다. 연수의 얼굴을 보고 말을 해야 했는데 타이밍을 놓쳤다. 촬영 일정을 보니 4일에 걸쳐 촬영이 진행될 예정이었다.

오늘이 첫날이니 연수와 마주할 기회는 아직 세 번이나 남았다.

이제 더는 버틸 돈이 없었다. 도박으로 돈을 싹 잃고 그는 생계를 위해 일용직을 전전해야 했다. 이 회장과는 이 나라를 뜨겠다는 약속을 하고 거금을 받았어서 다시 가서 손을 벌릴 수가 없었다.

아마 그가 이 회장에게 찾아간다면 그는 쥐도 새도 모르게 죽을 것 같았기 때문이었다. 이 회장의 차를 2년간 운전하며 그는 누구보다 이 회장의 포악한 성격을 잘 알았다. 그는 자신에게 방해가 되는 모든 사람을 쳐내 버렸다.

얼마나 많은 사람이 강승환처럼 자살로 위장한 살해를 당했는지 모르겠다. 그가 아는 것만 두 건이었다. 왜냐면 그 두 건은 그가 했기 때문이었다.

윽!

하지만 지금 그는 몸이 아팠다. 진통제라도 맞으려면 돈이 필요한데 지금처럼 일당을 받아서 병원비까지 대려면 돈이 턱없이 부족했다. 돈이 필요했다. 이 회장의 비밀을 연수에게 알려 주어 돈을 뜯어낼 생각이었다.

그는 촬영장 근처의 공원에 차를 세워 두고 잠을 청했다. 이렇게 집 없이 차에서 지낸 지도 오래되었다. 두 다리를 뻗고 잠을 잘 수 있다면 얼마나 좋을까?

동철은 38년 전의 악몽에서 아직도 시달리고 있었다. 그가 죽인 사람들의 망령이 매일 그를 찾아와 괴롭혔다. 강승환은 총무과에서 일하던 착실한 직원이었다. 그런데 그가 이 회장의 자금의 흐름을 알게 되었고 그걸 검찰에 넘기면서 이 회장에게 눈엣가시가 되었다.

이 회장이 발 빠르게 막아서 이슈화되지는 않았지만 결국 강승환은 그의 손에 의해 죽게 되었다. 그런데 정말 웃긴 게 사람들은 이 사실은 모르고 강승환에게서 성현아를 뺏기 위해 이 회장이 손을 쓴 줄 알고 있다는 것이다. 물론 그런 이유도 있지만 사실 더 큰 이유는 고발 사건 때문이었다.

그 사건에 연루된 사람이 또 있었다. 그건 지금의 성실 산업 회장의 동생이었다. 성실산업 동생에게 수면제를 먹이고 한강에 던진 게 그였다.

솔직하게 말하면 그땐 도박 빚 독촉에 시달려서 뭐든 할 수 있는 상황이었다. 사람을 더 죽일 수도 있었다. 그건 지금도 마찬가지였다.

도박판에 끼지 말아야지 하면서도 그는 적은 돈이라도 생기면 곧바로 도박하는 곳으로 향했었다.

"으윽!"

다시금 배가 아파 왔다. 혀를 깨물어 보지만 힘이 들었다.

"이연수……."

이 회장의 비밀을 지켜 주는 대가가 반드시 있을 거란 생각이 들었다. 그는 그 당시 이 회장에게 지시를 받았다는 증거를 가지고 있었다.

연수는 어제 야무지게 넘어진 결과 오늘은 치마가 아닌 바지를 입고 출근했다. 본부장은 어제 일이 있은 후로 아무런 연락이 없었다.

"괜찮으냐? 아프지 않냐? 밥은 먹었냐? 좀 물어보면 어디가 덧나? 핸드폰은 뒀다가 뭐에 쓰냐고! 답답하긴……."

연수는 사무실에 앉아서 이렇게 몇 번이나 구시렁거리고 있는지 몰랐다.

"팀장님, 정말로 부서 옮기세요?"

그때 직원이 다가와서 그녀에게 물었다.

"맞아요. 이번 주까지만 여기서 근무하고 다음 주부터는 기획실로 가요."

"기획실 팀장님으로 가시는 건가요?"

"아뇨, 전무로 가요."

"승진하셨네요. 본격적으로 경영 승계가 이루어지나 봅니다."

그녀의 부서 직원들이 저마다 질문을 해 대는 바람에 연수는
정신이 하나도 없었다. 그녀의 모든 일이 회사 내에선 화젯거리
였다. 그건 어쩔 수 없는 일이었다.

Rrrrrrr—

하나의 전화였다. 하나도 그녀의 소문을 확인하려고 전화를
한 것 같았다.

"여보세요?"

[사실이야?]

연수의 예상이 적중하는 순간이자 그녀가 귀찮아지는 순간이
었다.

"뭐가?"

[너 우리 부서로 오는 거 말이야.]

"맞아."

[언제?]

"다음 주 월요일."

[왜 말을 안 한 거야?]

전무로 가는 걸 안다면 더 기절할지도 몰랐다.

"나도 어제 알았다. 그리고 소문이 이렇게 빠르게 날 줄 몰랐
어. 조 팀장님이 좀 불편하실 거야. 둘이 사귀는데 내가 그걸 아
니까."

[비밀인 거 알지?]

"알아."

[사내연애는 좀 인식이 안 좋아서 말이야. 그리고 난 예나 지금이나 조 팀장한테 깨지기는 마찬가지거든. 사귀는데 봐주는 게 없다.]

"바랄 걸 바라."

[그러게 내가 너무 큰 걸 바랐다.]

"오늘 집에 와. 밥이나 먹게."

[알았어.]

전화를 끊은 연수는 촬영장에 가기 위해 준비를 했다.

"팀장님."

"네?"

"오늘은 다른 사람을 보내시고 팀장님은 홍보물 쪽으로 가시는 게 좋을 것 같습니다."

"왜요?"

"거기 공장에 불이 났는데 저희 홍보물 인쇄된 게 다 날아간 것 같아요. 물론 이번에 제작 들어간 건 아니고 사내 직원용이라서 다행이지만, 그것도 꽤 많은 양이라서……."

"일단 알았어요."

황 과장의 말에 그녀는 서 대리를 촬영장으로 보내고 화제 현장으로 달려갔다. 공장에 가 보니 완전히 엉망이 된 상황이었다. 사장은 바닥에 누워 울고 있었고 가슴이 아파서 견딜 수가 없었다.

"얼마나 탄 거예요?"

"반 정도 소실됐는데, 비싼 기계가 다 타서 거의 다 소실된 거나 마찬가지라고 하네요."

"우리 것은요?"

"탄 냄새가 나긴 하는데 희한하게 안 탔어요. 그런데 냄새 때문에 직원들이 싫어할 것 같습니다."

그때 갑자기 사장이 와서 그녀 앞에 무릎을 꿇었다.

"제가 보험도 들지 않아서요. 저걸 반품받으면 진짜 죽습니다. 한 번만 살려 주십시오."

난감한 상황이었다. 하지만 파라다이스의 사내 홍보물이라도 그 금액이 만만치 않은 일이었다. 거기다가 이곳은 오랫동안 거래해 온 곳이었다.

"여보세요? 황 과장님, 다행히 홍보물은 안 탔는데 탄 냄새가 심하긴 해요. 직원들에게 여기 상황을 얘기해 주고 이해해 달라고 하세요."

그녀의 말에 사장이 절을 하고 난리였다.

"보험은 왜 안 드셨어요?"

"그게 이렇게 될 줄은 몰랐거든요. 제 잘못이죠. 이제 뭘 먹고 살아야 하는지……."

"대출이라도 받으면……."

"집까지 담보 잡혀서 받을 건 다 받았어요. 그나마 파라다이스 같은 대기업을 상대하니까 살아남은 거지 여기 문 닫은 곳도 많아요. 저희는 파라다이스와 계속 거래할 줄 알고 무리해서 기계도 구입하고 해서 더 힘든 거죠."

"피해액이 얼마죠?"

"2억 원 조금 넘습니다."

사장이 울고 있는데 너무 마음이 쓰였다. 그리고 연수는 이런 딱한 상황에 마음이 약한 사람이었다.

"제가 대출해 드리죠."

"네?"

"물론 공짜는 아니에요. 은행 이자로 갚으시면 되고, 1년 후부터 갚으세요."

사장은 눈물을 흘리며 감사했다.

"팀장님……."

그녀와 같이 간 직원도 눈물을 글썽였다.

"한수정 씨, 여기 사장님하고 친분 있어?"

"아니요, 그런데 너무 감동받았어요. 역시 대단하세요."

"대단할 거 없어. 여기 사장님하고 차용증 써서 가지고 와."

"네."

"사장님, 그만 우시고 내일 계좌로 돈 송금해 드릴 테니 다시 잘해 보세요. 이번엔 보험도 드시고 이런 경우에 대한 대비도 철저히 하셨으면 합니다. 그리고 직원들 월급은 밀리지 마시고요."

"네, 감사합니다. 이 은혜는 평생 잊지 않겠습니다."

"네."

홍보물을 트럭에 싣고 회사로 보내고 나자 벌써 퇴근 시간이었다. 직원도 퇴근시키고 그녀는 집으로 향했다.

Rrrrr—

아버지의 전화였다.

"여보세요?"

[어디야?]

"집에 가는 중이에요. 집에 친구가 오기로 해서 빨리 가야 해요."

혹시나 아버지가 그녀를 본가로 부를까 봐 미리 말했다.

[그럼 전화로 말하마. 성훈이는 절대로 안 된다.]

"네?"

[성훈이는 날 제거하려는 놈이다. 그러니 절대로 성훈이는 너

와 미래를 함께할 수 없어.]

"아버지를, 왜요?"

[내 자리를 노리는 거지. 만약 네가 자신의 편이 되면 얼마나 쉽겠니? 돈 앞에서 자유로운 인간은 없어.]

아버지의 말이 이해가 되지 않았다.

"본부장님은 충성을 다하고 있어요."

[너도 나도 모두 속은 거야.]

"아버지, 아닐 거예요. 그럴 리가 없어요. 본부장님은 절 가르치신 분이에요."

[우리는 철저하게 속은 거야. 난 조만간에 놈을 자를 거다.]

"아버지……."

[너도 잘 생각해.]

아버지는 전화를 끊어 버렸다. 이게 무슨 소리인지 알 수 없었다. 본부장은 파라다이스를 위해, 아버지를 위해 최선을 다하고 있는데 아버진 왜 그러는지 이해가 되지 않았다. 굳이 이유를 생각해 보자면 그건 우진과의 결혼 때문일 것이다.

그럼 그녀가 우진과 결혼을 한다고 하면 본부장을 가만히 둘까?

아버지의 성정으로 봐서는 마음먹은 일은 반드시 하겠지만 그녀의 결혼으로 본부장은 약간의 시간을 벌 수 있을 것이다. 생각이 복잡해진 연수였다.

집에 도착한 연수는 밖에서 기다리고 있는 하나와 마주쳤다.

"너 탄 냄새 나."

"화제 현장에 다녀와서 그래."

"어디 불났어?"

"인쇄 업체가 불이 났어."

"그랬구나."

집으로 들어가자마자 연수는 샤워부터 했고 하나가 저녁을 준비해 주었다.

"미안⋯⋯."

"뭐가, 탄내 맡으면서 저녁은 못 먹겠으니까 내가 한 거야."

하나는 아무렇지 않게 답하고는 식탁에 앉았다.

"네가 주인 같아."

"그래?"

둘은 밥을 먹는 동안은 말을 하지 않았다. 각자 생각에 사로잡힌 것 같았다. 그녀는 그녀대로, 하나는 하나대로 복잡한 눈치였다.

저녁을 다 먹은 후에 그들은 소파에 앉아서 홍차를 마셨다. 오랜만에 집에 누군가가 있으니 좋았다. 원래는 결벽증 때문에 아무리 친해도 집에 잘 부르지 않았었는데, 본부장과 섹스를 한 이

후에는 조금 달라진 것 같았다. 섹스 때문에 결벽증이 고쳐진 건지 본부장에 대한 마음이 깊어져서 그렇게 된 건지는 알 수 없었다.

"난 혼자 살 성격은 아닌가 봐."

"왜?"

"하나 네가 있으니까 좋다."

오늘 하나가 있으니 기분이 좋았다.

"그래?"

"응, 내가 요즘 외로움을 타나?"

연수는 본부장과 섹스를 한 이후부터 부쩍 혼자 있는 게 싫어졌다.

"넌 조 팀장님이 잘해 줘?"

요즘 부쩍 예뻐진 하나를 보며 연수가 물었다. 사랑을 하고 사랑을 받으니까 그런 것 같았다.

"응, 잘해 줘."

"그런데 표정이 왜 그래?"

예상과는 다르게 하나의 표정이 갑자기 어두워졌다.

"좀 헷갈려서 그래."

"뭐가?"

"진짜 좋아하는 건지 결혼하기 위해서 날 선택한 건지. 내가 좀 만만해 보이나 봐."

결혼이라는 말에 깜짝 놀란 연수였다.

"어머니가 아프시대. 그래서 결혼할 사람을 구했나 봐."

하지만 연수는 그런 마음을 가진 사람이 하나를 이렇게 예뻐
할 수는 없을 거라 생각했다.

일이 겹친 거지, 결혼하기 위해서만 하나를 만나는 건 아닐 것
같았다.

"설마……."

"맞아."

하나는 확신하는 것 같았다.

"너도 걱정이겠다."

"어……."

하나도 머리가 복잡한 모양이었다.

"자고 가."

"그럴까?"

둘은 모처럼 한자리에 앉아서 수다를 떨었다. 연수는 처음으
로 하나에게 본부장에 대한 마음을 털어놓았다.

"너무 매달리는 것 같아."

"그건 알지. 어릴 때부터 좋아했잖아. 첫눈에 반했다고 그랬었
지."

"기억하네? 난 잊어버린 줄 알고 아닌 척했는데……."

"너에 관한 모든 건 다 기억해. 처음 만났을 때부터 우린 정말 잘 맞았잖아."

"맞아, 다른 애들이 네가 재벌 딸 비위나 맞추고 산다고 따돌렸을 때도 넌 끝까지 내 곁에 있었어. 고맙다."

"고맙긴, 너도 그랬을 텐데 뭐."

"그건 맞아."

둘은 차를 마시며 시간 가는 줄도 모르고 이야기를 나누었다.

"본부장님과는 어떻게 할 거야? 우진 씨는 어떻게 할 거고?"

"마음은 변하지 않았는데, 혼자서 이러는 거 너무 자존심이 상해."

"그 이유 때문에 우진 씨와 결혼한다면 난 반대야. 아무리 회장님이 결혼하라고 그래도 마음에도 없는 사람과의 결혼은 평생 지옥일 텐데. 그리고 넌 그렇게 고분고분한 성격도 아니잖아."

하나의 말에 웃음이 터졌다.

"맞아, 난 고분고분한 성격은 아니지."

"그건 회장님 닮은 것 같아."

"너랑 이렇게 이야기하니까 속이 다 시원하다. 맞아 내가 고집

스럽긴 하지."

"난 네가 본부장님이랑 잘됐으면 좋겠어. 본부장님은 어때?"

"……모르겠어."

"내가 보기에 본부장님도 너한테 마음이 있는 것 같아."

연수는 하나에게 한 번도 꺼내지 않았던 말을 했다.

"난 남자들이 날 사랑하는 것보다 돈 때문에 접근한 거면 어쩌지, 라는 생각을 해."

"연수야……."

"그게 본부장님과의 사이에 걸림돌이 될 것 같아."

"난 본부장님 정도의 남자라면 돈엔 관심이 없을 거라 생각해. 그리고 요즘 따라 난 본부장님이 널 보는 눈빛이 다르다는 걸 느껴."

"어?"

"예전에도 그랬는데 요즘은 더 진해진 것 같아. 조 팀장이 날 그런 눈빛으로 본다면 난 벌써 결혼했을 거야."

"날 보는 눈빛이 어떤데?"

"잡아먹을 듯이 바라봐."

본부장이 사람들 앞에서 그녀를 그렇게 볼 리가 없었다.

"그야 날 교육하니까……."

"내 말뜻이 그런 게 아니란 거 알잖아?"

연수는 뭐라고 할 말이 없었다.

"본부장님하고 무슨 일 있었지?"

"……."

"둘 사이가 예전보다 진전이 된 거지?"

하여튼 눈치가 빨랐다.

"그래, 하지만 가까워진 만큼 난 너무 힘들어."

"뭐가?"

"나만 사랑하니까."

"너만 사랑하면 안 되는 거야? 꼭 확인해야 하나? 꼭 어떤 결실을 보아야 해? 그러면 좋지만 그렇지 않아도 넌 지금 예쁜 사랑을 하고 있잖아."

"……."

"남들은 평생 가도 한 번도 못 할 사랑을 넌 지금 10년이란 세월 동안 변함없이 한다는 게 얼마나 좋은 거야. 부럽다."

"……."

하나의 말을 듣고 보니 조금 위안이 되었다.

"그래, 짝사랑이면 어때."

"맞아."

"재벌로 태어났으니 돈 보고 접근하더라도 이해해야겠지?"

"그래야 연수, 네 마음이 편해."

그렇게 둘은 한 침대에서 이야기를 나누다가 새벽이 되어서야 잠이 들었다.

5. 배신

하나와 출근 준비를 하고는 입에 토스트 하나씩 물고 바쁘게 집을 나섰다. 다행히 그들은 정시에 회사에 도착했다.

"이번 주 마무리 잘하고. 다음 주엔 한 팀이 되겠네?"

"맞아."

"오늘 김새별 배우 만난다며?"

"응, 몇 번 보긴 했는데 실물이 더 잘생겼어."

"부러운 것 같으니라고."

둘은 로비에서도 수다를 이어갔다. 하나와는 할 이야기가 많아서 좋았다. 그녀에 대해 다 알고 그녀를 아껴 주는 하나같은 친구가 있어서 연수는 많은 의지가 되었다.

"사인이라도 받아 주라. 난 완전 팬인데……."

"알았어."

"내가 술 한 잔 살게."

출근 후에 바로 회의가 있어서 정신없이 오전 시간을 보낸 연수는 직원과 함께 광고 촬영 장소로 향했다.

"김새별 씨 진짜 잘생겼더라고요."

"그래? 난 그냥 그렇던데."

"진짜요? 확실히 팀장님은 눈이 높으신 것 같아요. 전 서민이신지라 정말 멋져 보이더라고요."

촬영장에 도착한 연수는 그날 본부장이 애타게 찾던 남자를 보게 되었다.

"수정 씨 먼저 들어가."

"저요?"

"응, 난 만날 사람이 있어서. 금방 들어갈게."

"네."

수정이 들어가고 그녀가 자신을 바라보는 걸 안 남자가 연수에게 다가왔다. 온몸에 화상을 입었는지 남자는 모자까지 눌러쓰고 긴팔 옷으로 몸을 가리고 있었다.

"저한테 할 말 있으세요?"

사람들이 있긴 하지만, 그녀는 핸드폰에 긴급 호출 버튼을 누를 수 있도록 준비하고 있었다.

"여기는 곤란합니다."

"네?"

"당신이 누군지 알아요. 이연수 씨. 그리고 난 38년 전에 당신 아버지의 운전사였죠."

"……그런데요?"

"지금 몸이 너무 아파서 약값이 필요해요. 난 주민등록증이 말소되서 의료 보험도 안 되고……. 더 이상 약값을 감당할 수가 없어요."

남자는 자꾸 주변을 살폈다. 남자가 너무 불안해 보여서 그녀가 남자를 데리고 구석진 곳으로 갔다.

"말씀하세요."

"난 아버지의 비밀을 알아요."

"비밀이요?"

뭔가 심상치 않은 일일 것 같았다.

"내 이름은 박동철이고 38년 전에 아버지의 사주를 받아 사람을 죽였어요. 그것도 한 명이 아니라 두 명을 말이죠. 증거도 있어요."

"여봐요, 아버진 그런 일을 하실 분이 아니에요. 왜 다 가지신 분이 그런 일을 하시겠어요?"

"그건 파라다이스 그룹이 지금처럼 커지기 전입니다."

남자는 불안한 듯 주변을 두리번거리다가 오래된 녹음기를 틀었다.

–강승환이는 잘 처리했어?

–네, 수면제를 먹인 후 한강에 던져 버렸습니다.

–죽었는지는?

–확인했습니다.

–돈은 자동차 트렁크에 실어 놨으니까. 가지고 빨리 외국으로 떠나.

–네, 감사합니다.

녹음기의 목소리는 아버지와 비슷했다. 하지만 정확하지는 않았다.

"우리 아버지란 걸 어떻게 확신하죠?"

–이성범 회장님, 그동안 감사했습니다.

–동철이 너도 고생 많았다.

그래도 아직까지 확실한 느낌이 없었다.

"그런데 말입니다. 제가 놀라운 사실 하나 아가씨께 말씀드릴까요?"

"뭐죠?"

"강승환은 강성훈의 아버지입니다."

"네?"

"그래서 강성훈이 날 잡고 싶어 하는 거죠. 그리고 내가 잡히면 이 회장님도 끝장이고요. 살인 교사가 되겠죠. 그것도 둘이나 말이죠."

그럴 리가 없었다.

"거짓말……."

"난 이제 죽을 날이 얼마 남지 않았고 고통스럽게 죽고 싶지 않아서 부탁하는 겁니다. 약값만 주면 다시는 나타나지 않을 겁니다."

"왜 아버지에게 안 간 거죠?"

"날 죽일 테니까. 지금도 날 찾고 있다는 걸 압니다."

"얼마를 원하나요?"

"1억이면 될 것 같아요. 5만 원 권으로 주시면 감사하죠."

"일단 나도 알아봐야죠."

"그럼, 내일까지 시간을 드리죠. 만약에 내 말이 맞다는 걸 확인하면 12시에 내 전화를 받아요. 장소는 그때 알려 주죠."

"알았어요."

남자는 사라졌고 연수는 다리의 힘이 풀려 그 자리에 주저앉을 뻔했다.

정말 이 일이 사실이라면 그녀는 아버지의 편에 서서 감싸 줘야 하지만, 그렇게 하기엔 본부장의 억울함을 풀어 줄 방법이 없었다.

"어떻게 해야 하지?"

미칠 것같이 불안해지기 시작한 연수는 아버지에게 전화를 걸었다.

[바빠. 회의실로 이동 중이야.]

"박동철 아세요?"

[뭐? 본부장이 말하든?]

"아버지의 운전기사가 맞냐고요?"

[……38년 전의 내 운전사였지만 도박해서 잘랐다. 왜?]

대수롭지 않은 듯이 말했지만, 아버지의 목소리에는 불안감이 있었다.

"그 사람에게 무슨 일을 시키신 건 아니고요?"

[나야 매번 일을 시키지. 어디서 무슨 소리를 들은 거야? 오래전 일이야. 그런 인간 같지도 않은 녀석의 얘기를 왜 해?]

"강승환이란 사람은 아세요?"

[…….]

"아버지?"

[본부장이 너에게 뭐라고 한 거야?]

왜 아버지는 이 이야기를 본부장에게 들었다고 생각하는 것일까?

"본부장과는 관계가 없어요. 박동철을 만났어요."

[뭐? 너 어디야?]

"오시게요? 그게 더 이상한 거 아닌가요?"

[그 자식이 무슨 말을 했던지 그건 사실이 아니야.]

"알았어요. 일하세요."

[연수야…….]

아버지의 전화를 먼저 끊은 건 처음이었다. 그녀는 한참을 멍하게 있다가 본부장에게 전화를 걸었다.

"어디세요?"

[왜?]

"박동철 때문에 그러는데, 만날 수 있어요? 어디 있어요? 내가 갈게요."

본부장도 외부에 있었다. 그녀는 명동의 커피숍에서 본부장과 만났다. 본부장이 숨을 헐떡이며 커피숍 안으로 들어섰다.

그리고는 사람들이 있건 없건 그녀를 안았다.

"괜찮은 거야?"

그는 진심으로 걱정하고 있었다. 아버지도 안 물어본 말을 그가 물었다.

"난 사실을 알고 싶어요."

그가 그녀를 앉히고는 자신도 그녀의 맞은편에 앉았다. 그리고는 그녀의 안색을 살폈다.

"걱정하는 척하지 말아요. 박동철에 대해 말해요."

"······내 아버지를 죽인 놈이야."

박동철의 말이 맞았다. 어쨌든 아버지의 문제를 빼고서라도 그는 분명하게 강승환을 죽인 것 같았다.

"혹시 한강에서 발견되셨나요?"

"맞아, 그 당시에는 부검 기술이 지금 하고는 매우 달라서 그냥 외상이 없으면 자살로 본 것 같아."

"······수면제를 먹이고 던졌다고 했어요."

"뭐? 박동철을 만났어?"

"네."

"왜 박동철이 연수를 찾은 거지?"

그는 인상을 찡그리며 물었다.

"그건 나중에요. 본부장님이 아는 얘기를 해 주세요."

"······나도 들은 얘기야. 내 외할아버지가 이 회장님과 우리 어머니를 결혼시키려고 두 분을 갈라놓으셨고, 아버진 그것 때문에 자살하셨다고 해. 어머니는 나를 낳고 자살을 하셨지. 그리고 이 비극적인 이야기의 중심엔 이 회장이 있어."

"아버지를 어떻게 할 거죠?"

"사실 관계가 어떠냐에 따라 다르겠지만, 그 당시에 나뿐만 아니라 이 회장님은 많은 사람에게 원수가 되었지. 파라다이스를 차지하기 위해 많은 사람을 쳐냈어. 자리에서뿐만 아니라 목숨과도 관계가 있지."

"그래서, 복수하기 위해 우리 회사에 들어온 건가요?"

"아니라고는 못 해."

그는 솔직하게 말했다. 그런 그 때문에 연수는 마음이 아팠다.

"왜 나를 교육한 거죠? 원수의 딸인데?"

"……."

연수의 눈에 눈물이 차올랐다.

"사실을 알고 싶었어요."

"박동철이 돈을 요구했군."

"……."

연수는 말하지 않았다. 본부장을 생각하자니 아버지가 걸렸다. 아무리 그래도 아버지를 교도소에 가게 할 순 없었다. 그렇다고 양심을 속이자니 미칠 것 같았다.

"난 박동철을 찾아서 왜 그런 일을 벌였는지 알고 싶어. 세상의 소문이 맞는 건지, 아니면 또 다른 진실이 있는지 말이야."

"······생각할 시간을 줘요."

"······."

"난 아버지가 욕심은 많아도 그렇게 사악한 악마 같은 짓은 안 했을 거라고 믿고 싶어요. 부탁이에요. 아버지와 이야기를 나눈 다음에, 그때 결정할게요."

"······."

"난 본부장님의 말을 믿어요. 그렇지만 아버지의 말도 듣고 싶어요."

"알았어, 차가운 음료수라도 먹을래? 얼굴이 창백해."

"아뇨, 회사로 가서 아버지부터 만나야겠어요."

연수는 회사로 향했다. 본부장이 데려다준다고 했지만 사양했다. 지금은 아버지를 만나야 했다.

회사로 돌아온 연수는 회장실로 향했다. 아버지는 아직 회의 중이라고 했다. 그녀는 시원한 물을 마시며 생각을 정리했다.

뭔가 오해가 있지 않을까? 작은 기대를 해 보았지만, 왠지 자신이 없었다.

벌컥!

아버지가 급하게 회장실로 들어왔다. 아마 그녀 때문에 회의 중간에 나온 것 같았다.

"어떻게 된 일이야?"

아버지의 입술이 가늘게 떨렸다. 이렇게 당황한 표정의 아버지는 처음이었다.

"그건 제가 묻고 싶어요."

"뭘?"

"왜 그러셨어요?"

그녀의 말에 아버진 변명하지 않았다.

"파라다이스를…… 지키기 위해서였다."

"그런데 왜 사람을 시켜서 다른 사람을……."

"제거해야 했으니까. 안 그랬으면 넌 지금 네가 누리는 걸 하나도 갖지 못했을 거야."

"전 그냥 평범하게 살아도 행복했을 거예요. 오히려 그게……."

"닥쳐, 어디서 배부른 소리야?"

"아버지……."

"넌 내 딸이고 파라다이스를 물려받아야 해. 더러운 건 아버지가 다 처리했으니 넌 이걸 물려받아서 나보다 더 발전시키면 되는 거야!"

"그래서 남는 게 뭔데요? 그렇게 하면 행복해지나요?"

"이건 대기업을 경영하는 경영인들의 운명이야."

아버지는 지금 제정신이 아니었다. 어떻게 기업을 위해 사람을 죽일 수 있다는 말인가?

"왜 죽이신 거예요?"

"네가 안다니 내가 말해 주지. 강승환이 정치계로 흘러 들어간 내 자금의 흐름을 알아내고 그걸 검찰에 넘겼지. 다행히 멍청하게도 돈을 밝히는 검사에게 넘겨서 내가 중간에 가로채긴 했지만. 녀석이 거기서 멈췄으면 해고로 끝을 내려고 했지만 그걸 언론에 흘리겠다고 협박을 하는 바람에 어쩔 수 없었다."

"그래서 박동철에게 시킨 건가요?"

"맞아."

"아버지, 이건 살인이라고요."

"아니, 난 그렇게 생각하지 않아. 그리고 박동철이는 어디 있지?"

"왜요? 또 죽이시게요?"

"썩은 부위는 도려내야지. 안 그러면 다른 것들도 썩거든."

파라다이스가 전부인 것 같은 아버지의 모습에 연수는 놀랄 수밖에 없었다.

"박동철이 뭐라고 해? 돈 달라고 안 해? 어디 있는지 말하면 아버지가 처리할게."

"아버지!"

"빨리 말해!"

아버지가 소리를 질렀다. 이렇게 화가 난 모습은 처음이었다. 아버지의 이런 모습에 연수는 두려움보다는 측은한 마음이 들었다.

"아버지, 파라다이스가 다는 아니에요."

"아니, 이건 내 목숨을 걸고 지켜 낸 것들이야."

"……."

연수가 자리에서 일어나자 아버지가 그녀의 어깨를 붙잡고 다시 앉혔다.

"말해."

"몰라요. 우연히 만났을 뿐이에요."

"우연히?"

짝!

갑자기 아버지가 그녀의 뺨을 때렸다. 연수는 너무 놀란 나머지 아무 소리도 나오지 않았다.

"빨리 말 안 해?"

"악!"

이번엔 그녀의 다른 쪽 뺨으로 손이 날아들었다.

"빨리 말하라고. 그 자식이 어디 있어!"

"……."

"회장님!"

안에서 소란스러운 소리가 들리자 비서 실장이 뛰어 들어왔다.

"회장님, 이게 무슨……."

"저리 안 비켜!"

비서 실장이 아버지를 말리는 사이에 연수는 서둘러 밖으로 빠져나왔다. 그리고 무작정 밖으로 나왔다. 어디로 가는지도 모르고 정처 없이 걷기 시작한 연수는 한참을 걷다가 본부장에게 전화를 걸었다.

"나 좀 데리러 와 줄래요?"

[어디야?]

"여기가 어딘지 모르겠어요."

[거기 가만히 있어. 내가 갈 테니까.]

여기가 어딘 줄 알고 온다는 건지 모르겠지만 연수는 그 자리에 앉았다. 편의점 밖에 놓인 의자였다. 수많은 사람이 오가는 길인데 여기가 어딘지 정신이 없어 알 수가 없었다.

편의점 안에 들어가서 묻고 싶은데 이상하게 그것조차 되지 않았다.

연수는 지금 이 상황이 너무 버거웠다.

"연수야!"

거짓말처럼 그가 왔다. 그리고 그가 연수의 부어오른 뺨을 보더니 화를 내기 시작했다.

"누가 그런 거야? 이 회장이야?"

"……"

그는 한참을 연수의 볼을 쓰다듬어 주었다. 연수는 그런 그를 물끄러미 보다 말했다.

"어떻게 알았어요?"

"난 네가 어디에 있든지 다 알아."

"감시했군요."

"……"

"어쨌든 와 줘서 고마워요."

그녀는 성훈의 커다란 손을 잡고 일어났다.

"쉬고 싶어요. 집은 안 돼요. 내가 처리할 일이 있거든요."

"알았어."

그가 그녀를 데려간 곳은 어느 한옥이었다.

"우리나라에서 가장 안전한 곳이야."

연수는 그의 본가보다 큰 집은 처음이었다. 이렇게 커다란 한

옥은 학교 다닐 때 가 보았던 민속촌뿐이었다.

"여기서 지내. 어르신께는 차차 인사드리고."

"어르신?"

"나중에 얘기해 줄게."

그가 마치 자신의 집처럼 안내했다. 집 안으로 들어가는 데도 꽤 시간이 걸렸다. 그녀는 별채에 묵기로 했고 별채는 생각보다 넓고 좋았다.

마치 고급 펜션에 온 느낌이었다. 일하시는 분들이 그녀에게 편하게 입을 수 있는 생활 한복을 가져다주었다.

태어나서 생활 한복은 처음 입어 보는 연수였다. 하지만 입고 나니 상당히 편했다.

"다른 사람 같아. 예쁘다."

성훈이 그녀의 기분을 맞춰 주려고 노력했다. 하지만 연수는 정신이 하나도 없었다. 그리고 아버지의 화난 모습이 떠오르자 이상하게 몸이 떨리기 시작했다.

"연수야……."

그녀가 몸을 떨자 성훈이 그녀를 안았다.

"연수야, 왜 그래?"

"괜찮을 거예요. 지금은……."

"그래, 괜찮을 거야."

"미안해요. 오늘은 나랑 같이 있어 줄래요?"

"알았어."

그가 연수를 침대 위에 눕혀 주었다.

"내가 있을 거니까 한숨 푹 자."

"고마워요."

연수는 눈을 감고 있었지만, 생각이 많아 잠이 들지는 않았다. 성훈은 의자에 앉아 그녀 옆을 지켜 주었다. 연수는 눈을 감고 생각을 정리하기 시작했다. 아버지를 저대로 두었다가는 또 다른 살인을 부를 것 같았다.

일단 아버지를 막아야 했다. 그러기 위해서는 박동철도 같이 잡아들여야 했다. 마음을 굳힌 그녀가 눈을 떴다.

"본부장님."

"왜 안 자고?"

연수는 본부장에게 자신의 상황을 얘기하고 도움을 청했다.

연수는 12시 정각에 박동철과 통화를 하고 그가 알려 준 장소로 향했다. 차 안에는 본부장이 마련해 준 현금 1억 원이 든 가방이 있었다.

약속 장소는 바로 한강이었다. 그녀는 박동철이 사람들에게 수면제를 먹여 한강에 빠뜨렸다는 걸 알고 있어 찜찜한 마음이 들었지만, 그가 말한 장소로 향했다.

[연수야.]

귀에 꽂는 무전기를 하고 가슴에 마이크까지 달고 나니 무슨 첩보 영화의 여주인공이 된 것 같았다.

"네."

[멀리서 널 지켜보고 있으니까 안심하고.]

"알았어요."

성훈이 그녀에게 말을 걸었다.

[이제부터 너의 숨소리 하나까지 듣고 있으니까 너무 걱정하지 마.]

"네."

그녀는 알았다고 말하긴 했지만, 너무 긴장을 한 나머지 손에서 식은땀이 나고 있었다. 한강에 도착한 연수는 그날 보았던 소나타를 보았다.

인적이 드문 곳이었다. 한강인가 싶을 정도로 도심과는 멀리 떨어진 곳이었다.

"안녕하세요?"

그녀가 먼저 인사했다. 그는 고통스러운지 인상을 쓰고 있었다. 아프긴 한 모양이었다.

"돈은?"

마음이 급한 모양인지 박동철은 그녀에게 반말부터 하며 돈을 가져왔는지 물었다. 서서히 그의 더러운 본모습을 드러내려는 모양이었다.

"가져 왔어요. 녹음기는요?"

"여기, 다른 증거들도 가지고 왔지."

그가 작은 쇼핑백을 그녀에게 건넸다. 거기엔 사진 여러 장과 수첩이 있었다. 사진은 한강에 버려지기 전에 잠들어 있는 강승환과 또 다른 사람의 모습이었다.

"한 사람은 현 과장이야."

"현 과장?"

"그래."

"말해 봐요. 현 과장이란 사람은 왜 죽인 건가요?"

"강승환이 검찰에 자료를 넘길 때 현 과장도 다른 자료를 가지고 있었어. 당시에 이 회장은 정계에 대대적으로 로비를 했거든. 왜냐하면, 상속세에 대한 문제가 컸기 때문이야. 그리고 파라다이스를 대기업으로 키우고 싶은 욕망 때문에 여기저기 로비를 안 하는 곳이 없었지. 현 과장은 다른 쪽의 상황을 알고 있었던 것 같아."

"이분도 우리 회사인가요?"

"그래, 현 과장은 건설 쪽이었어. 형은 다른 회사 사장이었어.

성실 뭐라고 했는데…….”

“성실 산업?”

“맞아.”

“다른 방법으로 회유할 수도 있었을 텐데…….”

“둘 다 독종이었어. 다른 방법이 어디 있어. 피 한 방울 들어갈 사람들이 아닌데…….”

그렇다고 사람을 죽이다니 아버지라도 용서가 안 됐다.

“돈은?”

“여기요.”

“너무 아파서 그런 거야. 그리고 난 교도소에 가는 게 싫거든.”

그가 돈 가방을 확인하더니 입가에 미소를 지었다. 지금까지 고통스러워하던 모습과는 반대되는 미소였다. 연수는 온몸에 소름이 돋았다.

“아 참, 내가 줄 게 있어.”

치익…….

그녀의 얼굴을 향해 스프레이를 뿌렸지만 긴장의 끈을 놓지 않고 있던 연수가 얼른 손으로 입을 가렸다. 그리고 필사적으로 뛰기 시작했다.

“거기 서!”

그가 따라오면서 소리를 지르는 게 들렸지만, 연수는 앞만 보고 달렸다. 어제 성훈이 절대로 순순히 증거를 넘겨줄 놈이 아니라고 그녀에게 몇 번이고 조심하라고 했었다. 이렇게 실제로 남자에게 쫓기다 보니 연수는 더더욱 아버지가 원망스러웠다.

"헉헉헉……."

심장이 터져 버릴 것 같았다. 평소에 운동과는 담을 쌓은 연수였지만 지금은 살기 위해 달리고 또 달렸다.

박동철은 나이 든 남자치고는 빠르게 그녀를 따라오고 있었다. 그런데 그때 검은색 벤츠가 그녀 앞에 섰다. 본부장의 차였다.

"연수야!"

그리고 다른 차들이 서는 게 보였다. 남자는 방향을 바꾸어 도망쳤지만 곧 경호원들에게 붙잡혔다.

"헉헉……."

연수는 갑자기 하늘이 노랗게 변하는 걸 느꼈다. 저혈압이 있는 연수는 그대로 쓰러지고 말았다.

"연수야!"

그의 목소리가 희미하게 들렸지만, 눈이 떠지지 않았다.

성훈은 쓰러진 연수를 차에 태우고 박동철을 향해 걸어갔다. 그는 박동철 앞에 섰다.

"이렇게 만나게 되는군."

"누구지?"

"난 강승환의 아들이야."

"……."

그가 갑자기 발작하기 시작했다. 그의 몸이 고통으로 일그러지고 있었다.

"이게 필요한가?"

성훈이 진통제에 주삿바늘을 꽂았다.

"모르핀이지. 그 고통에서 너를 해방해 줄 약이야."

"제발……."

"맞고 싶다면 검찰에 가서 진술해."

"알았어! 다 말할게. 제발……."

그가 주사기에서 모르핀을 바닥을 향해 쏘아 내며 버려 버렸다.

"뭐, 하는 거야?"

"내가 왜 네 고통을 덜어 줘야 하는데? 이미 증거는 차고도 넘쳐."

"으으윽!"

동철이 고통에 몸부림쳤다.

"겨우 도박 때문에 죄 없는 사람의 목숨을 빼앗았어. 너도 고통이 뭔지를 느껴 봐야 해. 데리고 가."

일단은 어르신도 박동철을 보고 싶어 했고 현 회장도 보고 싶어 했다. 증거는 차고도 넘치니 굳이 증인까지 필요치 않았다. 그들이 어떻게 할지는 모르지만, 성훈은 아버지와 똑같이 그를 처리하고 싶었다.

연수를 안고 집으로 돌아가는 성훈의 마음은 무겁기만 했다. 어젯밤, 연수는 그에게 무릎을 꿇고 울면서 사과했다. 아버지를 용서하지 못하겠지만 자신이 아버지를 대신해서 용서를 빈다고 했다.

그리고 아버지의 잘못을 그녀가 대신 처리하겠다고 했다. 아버진 그녀에게 배신했다고 하겠지만 연수는 그렇게 생각하지 않는다고 말했다.

아버지가 더 큰 잘못을 저지르기 전에 그녀가 그 고리를 끊고 싶다고 했다. 그래서 그는 연수를 미워할 수가 없었다. 그가 10년 동안 연수를 교육하면서 연수의 내면의 매력을 누구보다 잘 알고 있었기 때문이었다.

이 회장을 용서해 달라고는 하지 않았다. 죗값을 받고 평생을 속죄하면서 살게 해 달라고 했다. 성훈은 쓰러진 연수를 품에 안고 그녀의 정수리에 입을 맞추었다.

6. 또 다른 삶을 시작하다

연수는 기절한 지 이틀 만에 눈을 떴다. 정신을 차렸을 땐 성훈이 아닌 도우미가 그녀의 곁을 지키고 있었다. 성훈은 회사 일을 봐야 했고 그녀는 아버지의 일을 생각하고 있었다. 일어나자마자 뉴스를 봤지만, 아직 조용했다.

병원은 아니었고 처음 보는 곳이었다. 드라마에서나 나오는 고급 펜션 같은 느낌이었다.

"일어나셔도 괜찮으시겠어요?"

"괜찮을 것 같긴 한데……."

어린 도우미가 그녀를 일으켜 주었다. 두통이 와서 연수가 인상을 쓰자 도우미가 약을 챙겨 주었다.

"고마워요."

"아니에요, 그리고 말씀 편하게 하세요."

10대의 도우미는 아주 귀엽게 생긴 여자아이였다.

"몇 살이야?"

"열여섯 살이요."

"학교는?"

"여기서 일도 하고 공부도 해요. 저보다 어린 애들도 있어요."

"왜 학교에서 안 하고?"

신기한 일이었다. 그녀와 같은 생활 한복을 입은 아이였다.

"부모님이 안 계셔서요. 태어나서 버려진 아이들을 어르신께서 성인이 될 때까지 돌봐 주세요."

"어르신?"

그에게서도 들은 적이 있었다. 어르신? 어쩌면 그분이 그녀에게 조언을 해 주실 수 있을 것 같았다.

"나도 만날 수 있을까?"

"그럼요."

아버지를 어떻게 만날지 자신이 없었다. 하지만 평생 속죄하는 마음으로 사시라는 말은 꼭 전하고 싶었다. 아버지의 욕심 때문에 많은 사람이 사랑하는 사람들을 잃게 되었다는 사실을 알고 있냐고 묻고 싶었다.

박동철이 두 명의 희생자를 만들었지만, 결과적으로 본부장의 어머니는 스스로 목숨을 끊었고 또 부모를 잃은 본부장까지 생겼으니 불행의 연속이었다.

"언제 만날 수 있을까?"

"제가 말씀드려 볼게요. 너무 바쁘신 분이라서 오늘은 안 될 수도 있어요."

"고마워."

"아니에요."

여자아이가 생긋 웃었다. 그 풋풋함이 연수의 입가에 미소를 띠게 했다. 핸드폰은 본부장이 처리한 모양이었다. 위치 추적 때문인 것 같은데 좀 답답하긴 했다. 그래서 연수는 별채를 나와 정원을 걷기 시작했다.

집이 너무 넓어서 이런 곳이 있나 싶을 정도였다. 집 담장 주변엔 경비가 삼엄했다.

"뭐 하는 곳일까?"

한참을 걷다가 보니 꽤 큰 규모의 밭이 있었다. 일하는 아저씨가 밀짚모자를 쓰고 앉아서 뭔가를 열심히 하고 계셨다.

"거기 아가씨."

"네? 저요?"

"이리 와서 이것 좀 들어 줘. 혼자는 못 들어서."

"네."

그녀는 아저씨가 있는 밭의 중간으로 향했다.

바구니에 담긴 건 무였다.

"무네요."

"맞아, 이것 좀 저기다가 가져다 놔."

"네."

연수는 아무 생각 없이 아저씨가 시키는 대로 했다. 밀짚모자와 수건으로 햇볕을 가린 아저씨와는 달리 연수는 하얀 피부를 그대로 드러내고 있었다.

"이런 일 한 번도 안 해 봤구먼."

"네."

"여긴 어쩐 일이야?"

일을 거들어 드리고 나자. 아저씨와 연수는 정자에 앉아서 잠시 햇볕을 피했다. 아저씨는 그녀에게 생수를 건넸다.

"잘 모르겠어요. 어쩌다 보니 왔네요. 아저씨께서는 여기서 일하세요?"

"맞아."

"어르신이란 분 아세요?"

"알지?"

"아침에 일어나 보니 아이들도 여기서 살면서 공부한다고 하던데, 아저씨도 여기서 사시면서 일하세요?"

"여기 있는 사람들은 다 그래. 여기서 일하면서 밥값들을 하지."

"혹시 저 같은 사람도 그럴 수 있을까요?"

아저씨가 그녀를 한참 동안 말없이 보았다.

"곱게 자란 아가씨 같은데……."

"안 되겠죠?"

"무슨 사연이 있는지는 모르겠지만 이곳에 한 번 들어온 사람은 자기 발로 나갈 때까지 내치진 않아."

"종교 단체인가요? 도를 아십니까, 뭐 그런 거……."

"하하하, 아니야. 그냥 여기 주인이 돈이 많아. 그래서 그냥 나누는 거지. 어차피 죽으면 가져가지도 못할 돈이니까."

"여기, 어르신이란 분은 참 대단하신 분인가 봐요?"

"아니, 죄 많은 인간이지. 사람 하나 용서하지 못하니 말이야."

그 말이 마치 그녀의 아버지를 두고 하는 말 같이 느껴지는 연수는 아저씨의 얼굴을 보았다. 얼굴에 칼자국이 크게 있었다. 이분은 무슨 사연이 있는 걸까?

"왜 다치셨어요?"

"아, 이 칼자국? 배신의 흔적이지. 죽을 뻔했고. 가장 믿었던

형이 사람을 시켜서 날 죽이려고 했어. 그때 살려고 버티다가 생긴 거지. 병원에선 못 살 거라고 했는데 기적적으로 살았어. 놈을 내 손으로 죽이겠다는 생각밖에 없었으니까."

"후……."

한숨이 절로 나왔다.

"왜?"

"죄송해요. 저의 일과 겹쳐져서 그만……."

그녀는 아저씨가 일하시는 데 방해가 되는 것 같아서 자리에서 일어났다.

"그만 가 볼게요. 일하시는 데 방해만 되는 것 같아서……."

연수는 다시 별채로 걸어왔다. 몸보다는 마음이 무거웠다.

늦은 저녁, 성훈은 그가 이끄는 사람들을 데리고 파라다이스 그룹의 본가를 습격했다. 경호원들을 제압하고 집 안으로 들어가 이 회장을 그의 앞에 무릎 꿇게 했다.

"뭐 하는 짓이야?"

거실에는 그의 부하들이 장악한 상태였고 그는 소파에 앉아 무릎 꿇은 이 회장과 마주했다.

"도대체 뭐야? 왜 나한테 이러는 거지?"

"몰라서 그러시는 건 아닐 테고, 그런데도 물어보시다니 놀랐습니다."

"뭐가?"

"모른 척하실 때는 아닌 것 같습니다."

모두를 물리고 오로지 이 회장과 단둘이 마주 앉아 있는 상황
이었다.

"뭘 원하는 거지?"

"다 내려놓고 물러나셔서 자수하세요."

"뭐?"

"아직은 검찰에 증거 자료를 내지 않았습니다. 마지막으로 드
리는 기회죠. 전 그냥 단칼에 처리하고 싶지만, 연수를 봐서 한
번의 기회를 드리는 겁니다."

"뭐라고? 내가 뭘 잘못했는데?"

그가 박동철이 찍은 사진을 이 회장 앞에 던졌다.

"누군지 아시죠?"

"내가 어떻게 알아?"

이 회장은 모른 척 딱 잡아뗐다.

"기억이 안 나십니까?"

이번엔 녹음 파일을 틀어 주었다.

"박동철이 녹음을 했더라고요."

"……내가 아니야."

음질이 좋지 않아서 그것도 충분히 부인할 수 있었다. 하지만 박동철을 마주한다면 빼도 박도 못 할 거란 걸 성훈은 알았다.

"그래요? 그건 검찰이 해결할 일이고."

"강성훈 내가 어떻게 널 키웠는데……."

"제가 알아서 컸죠."

성훈은 지금 당장이라도 부모님의 원수인 이 회장의 목을 비틀어 버리고 싶은 심정이었다. 아버지의 사진이 그의 눈에 띄자 속에서 뜨거운 분노가 올라왔다. 그는 이를 꽉 깨물었다.

"아버지를 한강에 빠뜨리기 전의 사진이라더군요."

"난 모르는 일이야."

"그래요? 그럼 검찰에 제출하죠. 난 당신처럼 사람을 사서 죽이라고 시키진 않아요. 죽여 버리고 싶으면 직접 하지. 내가 준 마지막 기회를 날려 버리는군요."

"미친놈."

"한 가지 말하자면 파라다이스 그룹은 내 손으로 뺏을 테니 걱정하지 말아요. 당시 목숨보다 소중하게 여기는 걸 내가 빼앗아 줄 테니까."

그는 경고하고 자리를 나섰다. 검찰이 부를 때까지 당분간 이 회장은 자유의 몸이었다.

폭풍이 휩쓸고 간 느낌이었다. 집 안은 녀석이 데리고 온 놈들 때문에 아수라장이 되어 있었다.

"회장님……."

김 집사가 그에게 달려왔다.

"놈들은?"

"다 가 버렸습니다."

"연수의 행방은?"

"그게……."

집을 나간 연수는 며칠째 연락이 되지 않고 있었다. 그가 때리긴 했지만, 집에까지 안 들어올 줄은 생각도 못 했었다.

"약해 빠진 것 같으니라고. 당장 연수 찾아."

"네."

거의 뜬눈으로 밤을 새운 이 회장은 아침 출근길이 아주 기분 나빴다. 뭔가 불길한 예감이 그를 사로잡고 있었다. 그는 자신의 잔일을 봐 주는 조폭 두목에게 전화를 걸었다.

"여보세요?"

[네, 회장님.]

"사람 하나만 손 좀 봐 줘."

[…….]

"아주 건방진 놈인데 돈은 얼마든지 줄 테니까 아주 병신을 만

들어 봐. 아니면 죽여 버리든가."

[회장님, 그게…….]

"왜?"

[지금 회장님의 일은 못 봐 드릴 것 같습니다.]

"뭐? 이 새끼가……."

[저희 쪽뿐만 아니라 다른 모든 곳에서 회장님의 일을 안 볼 겁니다.]

"왜?"

[지금 이 통화도 그간 회장님과의 거래도 있고 해서 받아들인 겁니다.]

"받아 줘?"

[다른 쪽에선 아마 파라다이스란 말만 나와도 전화를 끊을 겁니다.]

"도대체 어디서 이러는 거야? 강성훈이는 이런 힘이 없어."

[어르신께서 다 막으셨습니다. 강성훈이 어르신의 후계자라는 건 이 바닥에서 모르는 사람이 없습니다. 파라다이스 그룹과는 상대가 안 되는 분이죠.]

"어르신이 도대체 누구야?"

[곧 만나게 되실 겁니다.]

그가 전화를 끊기도 전에 녀석이 끊어 버렸다. 이런 일은 있을 수 없는 일이었다.

Rrrrrrr—

"여보세요?"

[형님, 무슨 전화를 그렇게 안 받으시는 겁니까?]

귀찮게 아침부터 동생의 전화였다.

[빨리 오세요. 지금 임시 주주 총회가 오늘 열린답니다.]

"뭐?"

[지금 본사 강당에 대주주들이 모여들고 있어요.]

"나도 모르는 무슨 임시 주총?"

[회장 해임 건의안을 두고 모인답니다.]

"뭐?"

지금 그는 사업 확장 때문에 경영에 필요한 주식을 얼마 전에 처분했다. 지금 만약 대주주들의 마음이 돌아선다면 경영에서 물러나게 될 확률이 높았다.

"안 돼."

그는 갑자기 속이 타들어 갔다. 어떻게 일군 회산데 남의 손에 넘어가게 할 순 없었다.

"빨리 가!"

그는 운전기사에게 소리를 질렀다. 이렇게 갑자기 일들이 터지니 감당이 되지 않았다.

성훈은 빠르게 움직이고 있었다. 어르신의 도움을 받아 그는 이 회장의 손발이 되는 조폭들과 흥신소, 하다못해 경호업체까지 모두를 막아 두었다. 그리고 조 팀장의 도움을 받아서 임시 주총을 빠르게 열었다.

모두 비밀리에 움직였다. 갑작스러운 주총 소식에 사람들은 놀랐지만, 오늘 주총에 빠짐없이 참석하기로 했다. 일단 그가 어르신의 뒤를 이을 사람이라는 게 소문이 나면서 사람들이 일사불란하게 움직였다.

파라다이스 그룹보다 나라를 주무르고 있는 어르신의 라인을 타고 싶어 하는 사람들이 많았기 때문이다. 어르신의 손이 안 뻗친 곳이 없을 정도였다.

그는 주총 준비를 마치고 사람들을 기다리고 있었다. 아니나 다를까? 이 회장이 주총장으로 들어오려는 걸 경호원들이 막아섰다. 성훈은 경호원들을 시켜 이 회장을 자신의 사무실에 감금했다.

"검찰에 넘기지 않은 이유가 뭐야?"

옆에 서서 그 장면을 지켜보던 태형이 그에게 물었다.

"자신이 무너지는 걸 보게 해야지."

"그 정도로 만족하겠어?"

"죽여 버릴 수도 있지만, 연수 때문에 안 돼. 이렇게 할 수 있게 해 준 게 연수잖아."

"하긴, 너도 복잡하겠다."

연수에게 미안한 마음이 드는 건 어쩔 수 없었다. 그도 부모를 잃어 본 경험이 있기 때문에 더 미안했다.

"주총 준비 다 됐습니다."

"알았어."

임시 주주 총회가 시작되었다. 대주주들이 거의 다 참석한 가운데 그가 말을 이어갔다.

"파라다이스 그룹은 이제 전문 경영인이 경영할 때입니다. 기업을 사유화하는 일은 더는 없어야 한다고 생각합니다."

"누구 마음대로?"

눈이 시뻘게진 이 회장이 강당 안으로 들어왔고 주주들이 웅성거리기 시작했다. 성훈은 일부러 이 회장을 자유롭게 놔주었다. 그가 이리로 와서 추태를 부릴 줄 알았기 때문이었다. 이 회장은 자신이 지금 얼마나 초라해졌는지를 알아야 했다.

"여긴 내 회사야. 감히 네가 뭔데……."

"여긴 회장님의 회사가 아닌 주주들의 회사입니다. 바른 경영을 위해 이제는 일선에서 물러날 때가 되신 것 같습니다."

"아니야, 내가 피땀 흘려서 일군 곳이 바로 파라다이스야."

"회장님, 파라다이스는 개인 소유물이 아닙니다."

주주들이 또 한 번 웅성거렸다.

"그리고 저희 그룹은 더는 범죄자를 회장으로 모실 수가 없습니다. 기업 이미지에 안 좋은 영향을 미칠 겁니다."

그렇게 말하며 증거 자료를 화면에 띄우고 녹음 파일을 틀었다.

"아닙니다. 전 억울해요. 아직 조사도 받지 않은 사건을 기정사실인 것처럼 보도하는 건 여러분들의 정신을 흩트려 놓기 위한 술책입니다!"

이 회장이 거품을 물었다. 주주들도 아직 확정이 안 된 상황이라서 혼돈이 오는 모양이었다. 그때였다. 강당 안으로 누군가 들어왔다. 성훈은 마이크에 대고 자신 있게 말했다.

"어르신이십니다."

"……."

갑자기 강당 안이 조용해졌다. 모두가 궁금해하던 인물이 강당으로 들어왔기 때문이었다.

"나도 한마디 합시다. 오랜만입니다, 형님."

"……."

이 회장의 얼굴이 파랗게 질려 있었다.

"기억이 나시나 봅니다."

"……."

"벌써 38년이나 지났는데, 아직 총기를 잃지는 않으셨습니다. 허허허."

사람 좋은 미소를 지으며 들어온 어르신의 눈빛은 차갑기 그지없었다.

"여러분, 제가 파라다이스 그룹의 최대 주주입니다. 나는 오늘 파라다이스 그룹의 최대 주주로서 강성훈 본부장을 새로운 회장으로 추천합니다."

"야!"

이 회장이 소리를 질렀다.

"체통을 지키세요. 여전히 사람들의 목숨을 파리 목숨으로 생각하십니까? 이제는 대신 죽여 줄 사람들도 없지 않습니까?"

갑자기 뉴스 채널이 모니터에 뜨고 박동철의 모습이 보였다.

"전 파라다이스 그룹을 살인자가 경영해서는 안 된다고 생각합니다."

강당이 소란해지기 시작했다.

"아닙니다. 아니에요!"

이 회장의 목소리가 처절하게 강당을 울렸다.

늦은 저녁이었다. 별채엔 풀벌레 소리가 들렸다. 연수는 어린 도우미가 가져다준 녹차를 마셨다.

"성훈 님이랑 결혼하세요?"

"성훈 님?"

"네, 연수 님을 너무 걱정하셔서 혹시 그런 게 아닌가 해서요."

"……아니야."

"오늘 늦게라도 오신다고 연락 왔어요. 핸드폰이 없으셔서 불편하시죠?"

연수는 어린 도우미의 얼굴을 손으로 쓰다듬어 주었다. 참 착한 아이였다.

"고마워."

"아니에요."

연수는 달빛이 스며드는 창가에 서 있었다. 뭔가 허탈한 기분이었다. 이제까지 그녀가 산 인생은 마치 꿈속 같았고 지금이 현실 같은 느낌이었다.

"혼자서 살 수 있을까?"

"혼자 사는 거 별거 아니에요."

도우미는 그녀를 보며 말했다.

"여기서 살아 보니까 부모님이 없어도 잘 살 수 있더라고요."

아이의 해맑은 말에 연수는 힘을 얻었다.

"혹시 지금 당장 어르신을 만날 수 있을까?"

"한번 여쭈어볼까요?"

"그래 줄래?"

"네."

아이가 잠시 후에 돌아와 그녀를 본채로 데리고 갔다.

"성암당이에요. 멋지죠."

"그렇네."

본채는 더 웅장했다. 그리고 아주 멋있었다. 완벽한 한옥이었다. 안에도 현대식이 아닌 전통 한옥 그대로였다.

"어르신."

"들어오라고 해."

"네."

도우미가 방문을 열어 주자 병풍 아래 곰방대를 입에 문 어르신이 앉아 있었다.

"어?"

어르신은 밭에서 무를 뽑던 아저씨였다.

"앉아."

"네."

"나를 보자고 했다고?"

"네, 도움을 청하고자 실례를 무릅쓰고 찾았습니다."

어르신은 그녀를 찬찬히 살폈다.

"오늘 이 회장 구속됐다."

"……."

가슴이 무너졌지만 내색하진 않았다. 아버지는 죗값을 치러야
했다.

"마음이 아픈가 보구나."

"제 아버지니 어쩔 수 없지요."

"내가 네 아비를 구속하게 시킨 것도 아느냐?"

"아버지가 어르신의 가족 중에 누군가를 죽인 게 아니길 바라
는 마음입니다."

"날 죽일 뻔했지. 그때의 상처다."

아버지의 죄가 어디까지인지 알 길이 없었다.

"떠나고 싶겠구나."

"네, 될 수 있으면 먼 곳으로 가고 싶습니다. 하지만 해외는 싫
고 국내에서 조용히 지내고 싶습니다."

"성훈이에게 부탁하지 않고?"

"그를 떠날 겁니다."

어르신이 그녀를 한참 동안 바라보았다.

"사랑하는구나."

"네, 제 전부보다 그를 사랑합니다. 하지만 전 그에게 죄를 지

었습니다. 제가 떠나는 게 맞습니다."

어르신은 한숨을 내쉬더니 그녀를 물끄러미 보았다.

"알았다. 네 부탁을 들어주마."

"감사합니다."

어르신의 방을 나와 별채에 들어서자 성훈이 소파에 앉아 있었다.

"어디 다녀와?"

"산책이요. 오래 기다렸어요?"

"아니, 그냥 걱정돼서."

연수는 성훈의 품 안으로 달려들었다. 오늘이 그와의 마지막 밤이었다. 다시는 안 볼 생각이었다.

"회장님은……"

"말하지 마요."

"연수야."

"오늘은 그냥 나와 있어요. 다른 말은 하지 말아요."

"알았어."

연수가 그의 목을 팔로 감고는 깊은 키스를 했다.

"연수야."

그가 연수를 떼어 냈다. 미안한 마음에 그녀를 안지 못하는 것 같았다.

"안아 줘요. 오늘은 당신이 필요해요."

성훈이 연수의 눈을 들여다보았다. 그의 회색 눈동자 안에 그녀가 온전히 들어 있었다.

"날 안고 싶지 않아요?"

"아니, 너무 안고 싶어. 하지만……."

"오늘은 아무 생각하지 말고 우리만 생각해요."

그녀가 그의 앞에서 한복 저고리를 벗었다. 그리고 치마도 같이 벗어 버렸다. 달빛에 그녀의 아름다운 라인이 그대로 드러났다.

그가 연수에게로 다가왔다.

"거칠지도 몰라."

"괜찮아요……. 읍!"

성훈이 연수의 입술을 삼켰다. 다급하면서도 애처로운 느낌이었다. 그는 연수 아버지 일이 마음에 걸린 것 같았다. 그가 회장이 된 날이었다. 아버지를 구속 시킨 것도 그였다. 하지만 연수는 그를 사랑하는 마음을 접을 수 없었다.

그리고 오늘은 그와 마지막 밤이었다. 연수는 다른 날보다 더그에게 매달렸다. 처음 사랑을 알게 한 사람이었다. 그리고 그들은 이루어질 수 없는 관계였다.

연수의 반쯤 벌린 입술을 그가 강하게 빨아들였다. 성훈도 오늘은 이성을 잃은 것 같았다.

"본부장님…… 하아……."

"넌 날 미치게 해."

성훈의 입술이 연수의 턱선을 따라 흐르듯이 움직였다. 그녀의 날카로운 턱선을 완전히 삼킨 그는 만족스러운 신음을 내뱉으며 연수의 목선을 따라 입술을 내렸다. 그의 강한 체취가 그녀를 자극했다.

그에게선 짐승의 야릇한 향이 났다. 그의 거친 몸보다 그녀는 그의 체취가 더 자극되었다. 그이 입술이 신음하며 벌어진 연수의 입술로 다시 돌아왔다. 두 번째는 부드럽지 않았다. 그의 혀가 난폭하게 그녀의 입안을 휘저었다.

서로의 타액이 입안에서 섞이며 연수의 몸을 뜨겁게 만들었다. 진득한 타액이 그녀의 입가에도 묻어났다.

"하아 하아……."

키스만으로도 미칠 것 같았다. 그이 입술이 귓바퀴를 핥자 온몸에 소름이 돋았다. 그는 키스만으로 그녀를 가게 할 것 같았다.

"하아앙……."

그가 목을 깊이 빨아들였다. 자신의 자취를 새기기라도 할 것처럼 그는 연신 그녀의 목에 키스 마크를 새겼다.

"다른 놈은 절대로 손대지 못하게 할 거야."

무서운 소유욕이었다. 연수는 몸이 붕 하고 뜨는 걸 느꼈다. 그리고 잠시 뒤에 침대 시트가 그녀의 뒤에 닿았다.

아직 슈트를 그대로 입고 있던 성훈이 옷을 벗기 시작했다. 뜨거운 눈으로 그녀를 보며 그는 재킷을 벗어 아무렇게나 던졌다. 입고 있던 셔츠는 찢듯이 벗어 버렸다. 단추가 튀었는지 바닥에 떨어지는 소리가 들렸다.

희미한 달빛 아래서 그는 너무나 섹시한 상체를 드러냈다.

"마음에 드나?"

"……."

답을 못하고 그저 성훈의 모습만 보고 있었다. 심장이 터질 듯이 뛰었다. 그가 바지와 속옷까지 빠르게 벗고는 그녀 앞에 섰다. 그리고 그녀의 손을 가져다가 자신의 남성을 만지게 했다.

"너무 하고 싶었어."

"저도요."

그의 거대한 남성을 연수는 그리워했다. 몸을 찢을 듯이 들어오는 그 느낌이 너무나 그리웠다. 그리고 그 느낌은 오늘이 마지막이었다. 그녀의 손으로 잡기도 벅찬 크기의 남성을 연수가 위아래로 움직이기 시작하자 그의 입에서 가는 신음이 터져 나왔다.

성훈이 그녀의 손의 리듬에 따라 허리를 움직였다. 그리고 손가락 하나를 그녀의 입안에 밀어 넣었다.

츄읍 츄읍—

그의 손가락을 연수가 빨자 그가 손가락을 움직이며 그녀를 자극했다. 연수는 그의 손가락을 사정없이 빨아댔다. 그의 남성을 빨고 싶었지만, 지금은 아니었다.

"사람을 홀리는 마녀 같아."

그는 이렇게 말하며 빠르게 자세를 바꾸었다. 어느새 연수의 두 다리가 그의 어깨에 걸쳐져 있었다. 그의 탐욕스러운 입술이 그녀의 여성을 빨기 시작했다.

"흐읏, 그만……."

놀란 연수였지만 그는 멈추지 않았다. 축축하게 젖은 그녀의 여성을 혀로 쓸어 오리고 있었다.

"하아하아……."

연수는 미칠 것만 같았다. 그녀의 여성이 움찔거리며 그의 혀에 반응했다. 성훈이 손가락을 그녀의 질에 넣고 끝까지 밀어 넣었다. 연수는 엉덩이를 들썩이며 그의 손가락을 받아 들였다.

"하아……. 제발……."

이제 더는 참기 힘이 들었다. 그가 몸을 일으켰다. 그리고 자신의 남성을 손으로 잡고는 그녀의 젖은 여성에 문지르기 시작했다. 연수는 저도 모르게 허리를 움직이며 그의 남성에 반응했다.

그들의 뜨거운 숨결이 방 안을 뒤덮고 있었다.

"윽!"

"아아악!"

그의 남성이 그녀의 안으로 들어왔다. 몸이 둘로 갈라지는 느낌과 온몸을 꽉 채우는 만족감이 동시에 밀려들었다. 연수는 성훈의 허리에 다리를 감고 목에는 팔을 감아 완벽하게 매달려 있었다.

"너무 조여……"

"아앙……"

그가 거칠게 허리를 움직이기 시작했다. 미칠 것 같은 격정이 휘몰아치고 있었다. 이런 그를 놓을 수 있을까? 연수의 눈에서 눈물이 흘러 그의 어깨에 타고 흘렀다.

"헉헉헉, 아파?"

그녀의 눈물을 느꼈는지 그가 물었다. 연수는 연속해서 고개를 흔들었다.

"힘 빼, 안 그러면 더 아파."

그의 부드러운 말에 연수의 울음이 터져 버렸다. 그가 마지막을 향해 달렸다.

"안에 뿌려 줘요. 당신을 느끼고 싶어요."

눈물을 삼키며 한 그녀의 말을 성훈은 들어주었다. 그녀의 몸 안이 따뜻한 그의 분신들로 차고 있었다.

"으윽!"

그는 신음하며 마지막까지 온힘을 다했다. 그가 그녀의 옆으로 쓰러졌다.

"아팠어?"

다정하게 땀에 젖은 머리카락을 넘겨 주는 성훈은 교육 담당이자 카리스마 넘치던 본부장의 모습이 아니었다.

"괜찮아? 오늘은 내가 너무 참지 못했어."

"아니에요."

그가 몸을 일으켜 물수건을 만들어서 그녀의 몸을 닦아 주었다.

"오늘은 샤워할 힘도 없다."

"자요."

"응."

그가 연수를 꼭 끌어안았다. 그리고 처음으로 그녀와 함께 잠을 잤다. 매몰차게 그녀만 두고 사라지던 남자의 모습이 아니었다. 연수는 잠든 그의 이마에 입을 맞추었다.

"안녕……."

이렇게 인사말을 하고는 그녀는 밤이 새도록 잠든 그의 모습을 마음껏 보았다. 그렇게 해서라도 그의 얼굴을 가슴속에 새기고 싶었다. 이제 두 번 다시 볼 수 없기 때문이었다.

7. 새로운 삶

3개월 후.

닭장의 닭들은 정말 얄미웠다. 달걀 하나를 양보하지 않았다. 다른 집의 닭들은 알도 잘 준다는데 그녀는 벌써 3개월째 씨름 중이었다.

연수가 바가지를 들고 닭장의 입구에 서 있기만 해도 무서운 암탉들이 옹기종기 모여 그녀를 노려보기 시작했다.

푸드득!

벌써 닭장에 들어서자마자 그녀를 공격할 기세였다. 수탉은 순한데 암탉들이 난리였다.

"째려보면 어쩔 건데?"

살금살금 들어가 보지만…….

푸드득!

날개를 거칠게 펼치며 저항이었다.

"아가씨, 나오세요."

오늘도 연지에게 신세를 져야 했다. 아직도 제대로 하는 게 하나도 없었다. 연수에게 산속 생활은 녹록하지 않은 게 없었다. 하지만 힘들 뿐이지 싫은 건 아니었다.

어르신의 도움을 받아 강원도에서 자연인이 된 지 3개월 차인 연수는 힘든 일이 너무나 많았다. 모든 걸 직접 해야 하는 산골의 생활은 너무 힘이 들었다.

산골의 겨울은 추웠다. 11월인데도 눈이 많이 내렸다. 그래서인지 눈도 쓸어야 하고 끼니마다 밥도 해야 하니 정신없이 하루가 갔다.

이곳은 인적이 하나도 없는 곳이었다. 슈퍼를 가려 해도 1시간 넘게 운전을 해서 나가야 했다. 우리나라에 이렇게 외진 곳이 있다는 게 신기했다.

어르신은 그녀 혼자 보내지 않으셨다. 그녀를 도와주었던 도우미 연지를 함께 보내 주셨다. 단, 조건은 연지의 공부를 가르쳐 고등학교 검정고시를 합격시키라는 것이었다.

다행히 그건 지킬 수 있을 것 같았다. 연지가 워낙 탁월한 학생이기 때문이었다.

낮에는 둘이서 집안일을 했고 밤에는 연지의 공부를 가르쳤다.

"시험을 앞당겨 봐도 될 것 같아."

"정말요?"

"응, 너무 잘하는데? 대학 갈 생각은 있어?"

"네, 공부는 끝까지 해 보고 싶어요."

기특한 학생이었다. TV는 없고 컴퓨터도 없었는데 연지의 공부를 위해서 둘 다 들여놓았다. 교육 방송도 봐야 하고 컴퓨터로 이것저것 찾아볼 정보들도 많았기 때문이었다. 전화기는 연지 걸 같이 썼다.

그녀는 전화할 곳이 없었기 때문이었다. 가끔 하나에게 통화하는 정도였다. 그녀가 어디 있는지 묻긴 했지만 답하진 않았다. 하나를 통해서 아버지 소식과 성훈의 소식을 들었다. 아버지는 1심에서 무기징역을 선고받았고 성훈은 회장이 돼서 파라다이스를 잘 이끌어 가고 있다는 말이었다.

하나도 조 팀장과 잘 만나고 있다고 했다. 모든 게 편안했다. 이제 다 제 위치인데 그녀는 마음이 아팠다.

"어? 성훈 님이에요."

연지가 손가락으로 TV를 가리키며 말했지만, 연수는 애써 피했다.

"언제 봐도 잘생기신 분이에요. 전 두 분이 아주 잘되실 거라 생각했는데……."

"연지야, 먼저 잘게."

"네, 아가씨."

연지를 놔두고 자신의 방에 들어간 연수는 침대 속으로 들어가 천장을 올려다보았다. 태어나서부터 이곳에 있었던 것처럼 산골의 생활은 좋았다. 내일은 연지와 난로에 고구마를 구워 먹기로 했다.

그리고 겨울엔 내년 봄에 심을 작물 공부하기로 했는데 아직 손도 대지 못하고 있었다. 잘 맞는 것 같지만 아직 부족한 게 많은 산골 생활이었다.

다 좋은데, 정말 다 좋은데 그가 없었다. 연수는 그게 가장 견디기 힘들었다.

눈을 감아도 쉽게 잠이 오지 않는 연수는 창밖에 밝게 빛나는 별을 보며 그리움을 참았다.

어르신 앞에 무릎을 꿇은 성훈이었다. 연수를 보낸 지 3개월이 되었다. 어르신은 연수를 어디로 보냈는지 알려 주지 않았다.

그게 야속하긴 했지만 언젠가는 말씀을 해 주시겠지라는 생각으로 3개월을 버텼다.

하지만 내일이 연수의 생일이었다. 그는 알아야 했다. 어르신에게 연수가 어디에 있는지 오늘은 기필코 들어야 했다.

"어르신."

그의 목소리에 잔뜩 힘이 들어갔다.

"요즘 파라다이스의 회장은 한가한가 보지?"

어르신이 그를 뚫어지게 바라보며 말씀하셨다.

"어르신, 한가하지 않습니다. 몸이 열 개라도 부족한 판입니다."

"그런데?"

"일에 몰입하기도 부족한 판에 다른 생각을 하고 있으니 일에 효율이 오르지 않습니다."

그의 말에 어르신이 보시던 책을 덮으셨다.

"말해."

"내일이 연수의 생일입니다. 연수가 어디 있는지 알려 주십시오."

"그 아이가 싫다고 했다."

"그래도 전 알아야겠습니다."

성훈의 얼굴이 열기로 붉어졌다. 속에서 화가 치밀어 올랐다.

어디에 있는지 알면서 가르쳐 주지 않는 어르신이 미웠다.

"지금은 그냥 내버려 둬."

어르신은 부드럽게 말하지만, 그 속엔 항상 뼈가 있었다.

"그만 가 봐."

어르신이 다시 책을 펼쳤다.

"어르신."

"연수가 원하지 않는다고 했어."

여전히 어르신의 눈은 책을 향해 있었다. 한 번 아니라고 하면 끝인 어르신이었지만, 성훈은 어떻게 해서든지 설득하고 싶은 마음이었다.

"제가 설득해 보겠습니다."

"마음이 떠난 아이야."

"마음은 떠나지 않았습니다. 몸이 떠난 거지요."

"네가 어떻게 알아?"

책을 소리 나게 덮으며 어르신이 호통을 쳤다.

"전 압니다. 연수는 절 사랑합니다."

"너의 원수의 딸이야."

다시 한 번 그의 아픈 곳을 건드린 어르신이었다. 사실이었지만 지금은 원수라는 생각보다 그녀를 사랑하는 마음이 더 컸다.

"죄는 연수가 지은 게 아닙니다."

"연수의 생각은 다르지."

연수의 생각이 다르다는 걸 알고 있었다. 연수는 자신의 아버지 대신에 죄책감을 느끼고 있었다. 지금도 희생된 사람들과 그의 가족들에게 미안한 마음에 떠난 것이었다.

"잘 있어."

"물론 잘 있겠죠. 하지만 몸이 잘 있으면 뭐 합니까?"

어르신이 인상을 썼다. 마음에 안 든다는 소리였다. 어르신은 두툼한 솜 한복을 입고 있었다.

"안 돼. 이건 연수와 약속이야."

"……."

더는 어르신과 얘기를 해 봤자 소용이 없을 것 같아 성훈은 자리에서 일어나 나와 버렸다. 시원한 공기가 그의 정신을 맑게 했다. 이곳의 공기는 서울의 것과는 차원이 달랐다.

"후……."

한숨이 절로 나왔다. 큰 기대는 하지 않았지만 이렇게 매몰차게 거절당할 거란 생각은 하지 못했다. 그는 태형에게 전화를 걸었다.

"어디야?"

[집.]

태형이 집에 있다니 다행이었다. 지금 그는 술이 강하게 당겼다.

"갈게, 술이나 한잔하자."

[하나가 와 있어서 안 돼.]

여기도 그의 염장을 지르는 소리를 하고 있었다.

"그래?"

[그러니까 다음에 와.]

그러곤 매정하게 전화를 끊는 녀석이었다. 성훈은 오늘따라 태형이 부러웠다.

"하나?"

혹시 하나라면 연수가 어디 있는지 알지 않을까 하는 생각이 들었다. 그는 부리나케 집으로 향했다. 그리고는 태형의 집의 벨을 눌렀다.

쾅쾅쾅!

빨리 나오지 않는 태형 때문에 그는 문을 주먹으로 두드렸다. 마음이 급한 성훈은 문을 부술 기세였다.

"야!"

"……."

태형이 소리를 지르며 문을 열었고 그는 문이 열리자마자 안으로 들어갔다.

"어머, 오셨어요?"

하나가 흐트러진 머리를 쓸어 올리며 그에게 인사를 했다. 방금전까지 무슨 짓을 했는지 알 것 같았다.

"죄송합니다. 저도 급해서요."

"아, 네."

하나가 서둘러 거울을 보고는 그에게 왔다.

"말씀하세요. 그런데 저도 연수가 어디 있는지는 모릅니다."

하지만 성훈은 하나가 알면서도 안 가르쳐 주는 듯한 느낌을 받았다.

"벌써 3개월이나 지났고 이 회장의 일도 처리가 다 되었습니다. 그런데 아직 연수와 연락되고 있지 않아서 걱정입니다."

"그러니까요……."

하나의 목소리가 떨렸다.

"알면 말씀해 주시죠."

"……물어는 봤는데 안 가르쳐 줬어요."

"어떻게 지낸다고 합니까?"

"그, 그게……."

하나의 얼굴이 울 것 같이 변했다. 그가 뭔가를 물으면 사람들이 보이는 아주 흔한 반응이었다.

"야, 하나 울 것 같잖아. 그만해."

"어떻게 지내고 있는지만 말씀해 주세요."

"그게, 산속에 있다고. 공기도 맑고 좋다고……."

"감사합니다."

그는 자리에서 일어났다. 이제 어르신의 별장들을 뒤지면 될 것 같았다. 화려하지 않고 아주 조용한 곳으로 말이다.

그가 자리에서 일어나자 하나의 울음이 터진 것 같았다. 태형이 그를 배웅도 해 주지 않고 하나를 달래기에 바빴다.

그도 연수가 그랬다면 달래 줬을까? 아마 이렇게 묻는 놈을 죽여 버렸을 것이다.

"괜찮아?"

태형의 얼굴에는 걱정이 한가득이었다. 눈에 넣어도 안 아픈 하나가 울고 있었다. 태형은 처음으로 성훈에게 화가 났다.

"아뇨."

하나가 울었다.

"별말 안 했는데 왜 그래? 진짜 아는데 안 가르쳐 주는 거야?"

"아니에요."

"그런데 왜 울어?"

"꼭 생각을 읽히는 것 같아서 뭔가를 들킨 것 같아요. 내가 모르는 뭔가를요. 그게 연수한테 안 좋을 것 같아서, 걱정돼서 운

거예요."

태형은 조용히 하나를 안아 주었다. 마음이 약한 하나였다. 강한 척은 혼자 다 하면서 마음이 정말 여렸다. 그게 매력이긴 했지만……

"와인 한 잔 줄까?"

"……네."

하나는 술을 잘 못하면서도 한 잔을 거의 한 번에 비웠다.

"괜찮겠죠?"

걱정이 되긴 하는 모양이었다.

"본부장님은 정말 사탄 같아요. 회색 눈동자가 마음을 읽어 내는 것 같아서 기분이 안 좋았어요……"

"괜찮을 거야. 성훈이 녀석이 신도 아니고 그 말 듣고 어떻게 찾아내겠어."

"그렇겠죠?"

"그래."

하나를 품에 안은 태형은 하나의 정수리에 입을 맞추었다. 다음 주에 어머니를 찾아뵙기로 했다. 어머니가 암이셔서 모든 게 조심스러웠다.

처음엔 그저 결혼할 여자로 하나를 골랐는데 요즘 그는 하나의 매력에 푹 빠져 꼭 바보가 된 것 같았다.

태형은 자신의 품에 안긴 하나의 머리를 쓰다듬었다. 아직 하나와는 끝까지 가지 않았다.

결혼할 사람이라서 그런지 결혼 후에 첫날밤을 맞이할 때까지 아껴 주고 싶은 마음이었다.

"팀장님."

하나가 그를 은근한 목소리로 불렀다.

"왜?"

"내가 그렇게 매력이 없어요?"

갑작스러운 질문에 태형은 당황했다. 매력이 흘러넘쳐 죽겠는데 무슨 소리를 하는 건지.

"뭐?"

처음엔 이게 대체 무슨 뜻인지 이해하지 못했다.

"우리 만난 지 4개월인데 왜 키스만 해요?"

"……."

하나의 말에 하마터면 웃을 뻔한 그였다.

"나한테 마음이 없으니까 키스만 하는 거죠. 결혼은 해야 하는데 마땅한 여자는 없고, 그냥 무난한 절 만나서……. 읍!"

그는 하나의 입술을 삼켰다. 자신이 얼마나 참고 참았는지 신만이 아실 일이었다. 그런데 하나의 엉뚱한 소리에 그는 꼭꼭 숨겨 두었던 욕망이 폭발해 버렸다. 이건 도저히 자제가 안 되는 상황이었다.

태형은 그녀의 입술을 거칠게 차지하며 혀를 밀어 넣었다.

"헉헉……. 오늘은 안 참을게."

"……."

"그동안 얼마나 참은 줄 알아?"

그는 이렇게 말하며 하나의 스웨터를 머리 위로 올려 벗겨 냈다. 가슴까지는 매번 차지했지만, 그 이상은 하지 않았다. 한번 시작하면 끝을 볼 걸 알았기 때문이었다.

하나의 아름다운 가슴을 볼 때마다 그는 미친 듯이 구구단을 외워야 했다.

얼마 전부터는 그걸로도 쉽게 진정되지 않아 조금 더 경건한 것들을 생각하기 시작했다. 하지만 오늘은 달랐다. 하나가 그에게 직격탄을 날렸기 때문이었다.

하나의 브래지어를 벗기고 그녀의 핑크빛 유두를 한 입 베어 물었다. 빨아도 빨아도 질리지 않는 맛이었다.

"하아……. 하나야……."

미칠 것 같았다. 그는 손을 아래로 내려 그녀의 바지를 벗겨 내고 급한 마음에 팬티 안으로 손을 넣어 그녀의 여성을 만졌다. 이미 젖은 그녀의 여성은 그를 맞이할 준비가 되어 있었다.

"벌려 봐."

그녀가 그를 위해 다리를 벌려 주자 그는 하나의 질에 손가락을 넣었다. 하나는 그를 뜨겁게 맞이했다. 이럴 줄 알았다면 참지 말걸 하는 생각이 들었다. 그는 하나의 팬티를 내리고 자신의 바지도 내렸다.

옷을 다 벗을 시간도 없었다.

"악!"

그가 자신의 남성을 단번에 하나의 여성에 밀어 넣었다. 그의 남성은 다른 남자들에 비교해 큰 편이었다. 그래서일까 하나의 질에 들어가는 게 몹시 힘이 들었다. 하나는 굉장히 타이트했다.

혹시 처음이 아닐까 하는 생각을 했지만 하나가 그의 리듬에 맞춰 움직이는 바람에 더는 생각할 수 없었다.

"하나야……."

태형은 하나를 강하게 안았다. 이렇게 여자에게 휘둘려 본적은 처음이었다. 그리고 그는 앞으로도 하나에게 휘둘릴 것 같다는 생각을 했다. 그들은 밤새 몇 번이고 뜨거운 섹스를 했다.

오랜 기다림의 보상을 받는 기분이었다.

오늘도 바쁜 하루였다. 하루에 몇 건의 회의를 하는지 몰랐다.

이건 다 요즘 일어나는 수출 규제 때문이었다. 아직까지 크게 영향은 없었지만, 만일의 사태를 대비하는 회의로 임원들은 분주했다.

분야별로 다 참석을 해야 하는 그로선 여간 힘이 든 게 아니었다.

거기에 연수의 문제까지 이어지니 그는 지금 안팎으로 힘이 들었다. 연수만 그의 곁으로 돌아온다면 조금은 진정이 될 것 같았지만, 그것도 자신이 없었다. 연수를 찾기 위해 많은 인력을 풀어서 전국을 뒤진 지 일주일이 흘렀지만 아무런 소식이 없었다.

하나에게 들은 단서를 기초 삼아 찾고 있는데도 범위가 너무 넓었다. 어르신의 별장은 알려진 곳보다 알려지지 않은 곳이 더 많았기 때문이다.

"이번 수출 규제에 저희 자동차는……."

회의가 한창임에도 성훈의 귀엔 내용이 들어오지도 않았다. 오늘은 유독 더 심한 것 같았다. 일이 손에 잡히지 않았다.

Rrrrrrr—

"여보세요?"

회의 중간에 전화를 받은 그였다. 모두가 놀란 얼굴로 그를 보았지만 성훈은 상관하지 않았다.

[찾았습니다.]

"뭐?"

[이연수 씨, 찾았습니다.]

"정말이야? 확실해?"

[네, 확실합니다.]

"어디야?"

[설악산 근처의 별장입니다. 그런데 너무 산속이라…….]

"지금 당장 출발 준비해."

[네, 알겠습니다.]

그는 자리에서 일어나 그대로 회의실을 나와 버렸다. 어안이 벙벙한 눈으로 그를 바라보는 임원진들을 뒤로하고 그는 무작정 자신의 차에 올랐다.

"연수야……."

심장이 거칠게 뛰기 시작했다. 제발 그곳에 연수가 있길 바랐다. 그래서 그는 가는 동안에도 정말 그곳에 연수가 있는 게 맞냐고 몇 번이나 물었고, 그쪽에서 연수의 사진을 보내 주고 난 다음에야 의심을 거두었다.

"빨리 가."

"네."

그는 마음이 급했다. 그들이 도착한 곳은 정말 산속이었다. 차가 들어갈 수도 없어서 성훈은 직접 걸어서 그녀가 있는 별장 쪽으로 향했다.

서울에선 보기 힘든 함박눈이 내리고 있었다. 산이라서 그런지 금세 발목까지 쌓였다. 그는 구두를 신은 채 겨우 쌓인 눈을 헤치며 안으로 들어갔다.

그리고 그의 눈에 연수가 보였다. 모닥불 앞에서 뭔가를 열심히 하고 있는 연수였다.

"연수야……."

오늘따라 많은 눈이 내려 차들이 오가기도 힘이 든 상황이었다. 하지만 연수는 이런 날이 좋았다. 모닥불을 피우고 연지와 함께 마당에 앉아서 고구마를 굽고 있었다.

"여긴 온 세상이 하얀 것 같아요."

연지가 웃으며 말했다. 연수나 연지나 도심에서 살아서 이런 경치에는 익숙하지 않았다. 한 폭의 그림을 보는 것 같았다.

"그렇네."

그 와중에도 연수는 고구마에 집중하고 있었다. 이렇게 모닥불에 직접 고구마를 굽는 건 연수 인생에 처음이었다.

"코에 그을음이 묻으셨어요."

"괜찮아. 누가 볼 것도 아니고."

결벽증이던 연수는 3개월 전과 많이 달라져 있었다.

"하긴, 저만 보는데요. 뭐. 그런데 계속 여기서 사실 거예요?"

"왜?"

"제가 대학에 가게 되면 혼자 남으실 텐데……."

연지는 연수가 걱정된 모양이었다.

"그땐 연지가 놀러 오길 기다리면서 닭들과 사투를 벌이면 되지."

그녀의 말에 연지가 웃었다.

"달걀이 다 부화돼서 아마 닭 농장이 되어 있을지도 몰라."

"하하하, 맞아요. 못 꺼내시잖아요."

연수는 갑자기 슬퍼졌다. 연지가 없으면 무서울 것 같았다. 밤이 두려운 게 아니라 혼자 남는 게 무서울 것 같았다.

"시험을 조금 일찍 쳐 보려고요."

"그래, 남들보다 조금 빠른 것도 재미있을 거야. 고구마 다 익었겠다."

"……."

그녀가 말을 하는데 연지가 답을 하지 않았다.

"크리스마스 땐 우리도 트리를 만들까? 얼마 안 남았으니까 내일 시내에 가서 사 오면 되겠다."

그녀는 고구마 껍질을 깐 후 연지에게 건넸다.

"호박고구마야. 먹어 봐."

"……"

연지가 답이 없자 고개를 들어 보니 연지가 놀란 표정으로 무언가를 보고 있었다. 연수는 자연스럽게 연지의 시선을 따라갔다.

그리고 그녀의 뒤에 서 있는 커다란 그림자를 보고는 고구마를 땅에 떨어뜨렸다.

"본부장님……"

머리가 하얗게 변했다. 어르신은 그녀가 있는 곳을 가르쳐 주실 분이 아니었다. 만약에 가르쳐 줄 생각이셨다면 그녀를 숨겨 주지도 않았을 것이다.

"연수야……"

성훈은 연수에게서 시선을 떼지 않았다.

"여긴 어떻게 오신 거예요?"

"오면 안 되는 곳인가?"

"가세요."

그들의 대화가 살벌해지자 연지는 어느새 사라져 버렸다.

"아름다운 곳에 숨어 있었군."

"전 편안하고 안전하니까 이제 가세요."

"내가 불안하고 위험해."

"……."

본부장과 그녀의 시선이 공중에서 뜨겁게 부딪쳤다. 온 마음을 다해 사랑한 사람이었다. 하지만 연수는 더는 미안한 일을 하고 싶진 않았다.

"네가 없으니까 내가 힘들어."

"본부장님……."

그는 꿈쩍도 하지 않았다. 정말 그 자리에서 그대로 굳어 버린 사람 같았다.

"가자."

"회장님이라고 불러야 하나요? 적응하려면 시간이 걸리실 텐데, 전 가면 짐만 될 거예요."

그녀는 매몰차게 뒤돌아섰다. 하지만 연수는 그가 어떤 남자라는 걸 깜빡 잊었다. 그녀의 몸이 땅에서 떨어졌다.

"뭐 하는 거예요?"

그가 자신의 어깨에 연수를 짐짝처럼 짊어졌다. 연수는 발버둥 쳤지만 날아오는 건 엉덩이를 때리는 그의 손이었다.

"아!"

"아프라고 때린 거야. 내가 얼마나 찾은 줄 알아?"

그는 성큼성큼 산을 내려가더니 아래에 주차되어 있던 차에 그녀를 태웠다.

"연지는요?"

그 와중에도 연지가 걱정된 그녀였다.

"벌써 다른 차에 태웠어."

"어디로 가는데요?"

"우리 집."

성훈은 자신의 집도 아닌 그녀의 집도 아닌 우리 집이란 말을 했다.

"우리 집이라뇨?"

"……."

그는 말하지 않았다. 그들은 서울에 도착할 때까지 한마디도 하지 않았다. 그가 왜 이러는지 알 수 없었다. 연지의 상황도 걱정이 되고 머리가 아프기 시작했다.

"어디 아파?"

그녀가 관자놀이를 누르며 인상을 쓰자 그가 물었다.

"두통이 와요."

"근처 약국에서 차 세워."

그가 운전기사에게 급하게 말했다.

"네."

그가 갑자기 리무진의 차단막을 올렸다.

"뭐 하는 거예요?"

"……."

그는 연수의 이마에 손을 올리더니 열이 있자 겉옷을 벗겨 버렸다. 그리고 자신의 무릎을 베고 눕게 했다.

"회장님, 굳이 이럴 필요는……."

"성훈 씨라고 불러."

"네?"

갑자기 성훈 씨라고 부르라니 어이가 없었다.

"결혼할 사이에 직함을 부르는 건 부자연스러우니까."

"……."

결혼이라는 말에 연수는 아무런 말을 할 수 없었다.

"우린 이른 시일 안에 결혼할 거야."

"회장님……."

"성훈 씨."

정말 못 말리는 사람이었다.

"나한테 이러는 이유가 뭔가요?"

"이제 보상을 받으려고."

"네? 보상이라뇨?"

두통이 더 밀려들고 있었다. 보상이라니…….

"내가 널 가르친 보상도 받아야 하고 38년 동안 혼자 지내야 했으니 그것도 보상을 받아야 하고. 그래서 널 집에 데려다 놓으려고."

"그럼 결혼하지 않아도 그렇게 해 드릴 수 있어요."

그녀는 평생 그의 노예로 살라고 해도 살 수 있었다. 그런 마음의 준비는 항상 하고 있었다. 하지만 결혼은 그녀가 바라는 바가 아니었다.

"결혼은 하지 않아도 돼요."

그때 차가 멈추었고 그가 차에서 내렸다. 그리고 두통약을 사가지고 왔다.

"먹어."

그가 친절하게 알약까지 먹여 주었다.

"이렇게 친절하게 하지 않아도 돼요."

"난 아직 아무것도 한 게 없어. 내가 너에게 마음속으로 생각하는 친절함을 보인다면 넌 너무 놀라서 도망가고 말 것 같아."

"지금도 놀라고 있어요."

연수가 이렇게 말하며 두통 때문에 인상을 쓰자 그가 살며시 그녀를 안아 주었다.

그렇게 그의 품에 안겨 그녀는 서울의 '우리 집'이란 곳에 도착했다. 정말 그의 예전 빌라도 아니었고 그녀의 주택도 아니었다.

그녀 본가 근처의 커다란 저택이었다.

"여기는……."

"우리 집이야. 너와 내가 살고 우리의 아이들이 뛰어놀 곳."

"성훈 씨!"

"맞아, 그렇게 부르니까 얼마나 좋아."

솔직히 말해서 보통 집은 아니었다. 규모도 상당히 컸지만 인테리어도 신경을 많이 쓴 것 같았다. 파라다이스 본가와 비교해도 월등히 좋은 곳이었다.

"오셨습니까?"

김 집사님이 그녀를 맞이했다.

"집사님."

"아가씨!"

김 집사님은 연수에겐 삼촌 같은 분이었다. 그러고 보니 일하는 사람들이 다 낯이 익었다.

"회장님이 그렇게 되시고 저희가 다 짐을 싸고 나가게 생겼는데 강 회장님께서 저희를 거두어 주셨습니다."

"본가는요?"

"본가도 연수의 집도 다 그대로 있어."

"이렇게 다시 보니 좋네요."

"네, 아가씨."

작은 부분까지 신경을 써 준 성훈에게 고마운 마음이 들었다.

"고마워요."

"뭘, 머리는 어때?"

"약 먹었더니 좋아졌어요."

그가 연수의 어깨를 감싸고는 집 안으로 들어갔다. 집 안은 온통 화이트였다. 그녀의 취향을 존중해 준 것이었다.

"다 하얗네요."

"좋아하잖아."

"성훈 씨는 블랙을 좋아하잖아요?"

"그래서 내 공간은 다 블랙이야. 예를 들어 서재나 헬스장 같은 곳은 온통 까맣게 했어."

너무 어이가 없어서 웃음이 터질 뻔했다.

"언제부터 준비한 거예요?"

"두 달 전, 난 빨리 찾을 줄 알았는데 너무 늦게 찾았어."

"어떻게 알아냈어요? 어르신이 말씀하실 리도 없고……."

"하나 씨가 산속에 있다고 해서 어르신의 산속 별장을 다 뒤졌지."

말썽은 하나였다. 하나에게 산속에 있다는 말을 하는 게 아니었다.

"하나 씨한테 뭐라고 하지 마. 내년 3월에 하나 씨와 태형이가 결혼할 거야."

"정말요?"

"그래, 우리는 내년 1월에 할 거고."

"네?"

"우리가 먼저 해야지. 난 지는 건 싫어."

기가 막히는 말을 참 잘도 하는 사람이었다. 정신없이 집에 들어온 연수는 그들의 침실로 향했다.

"우린 여기서 같이 지낼 거야. 옷은 연수 집에서 다 빼 왔어. 필요한 거 말하면 집사님이 집에서 가져다줄 거야."

"성훈 씨……."

"그렇게 불러주니까 좋아."

그가 연수를 끌어안았다.

"왜 이러는지 알고 싶어요."

"보상받고 싶어. 그동안 너무 외롭고 힘들게 살았으니까."

연수는 그의 눈을 바라보았다. 그는 지금 진심을 말하고 있었다.

"좀 쉬어. 난 연지 데려다주고 올게. 연지는 여기보다는 어르신 집이 편할 거야."

"……알았어요. 저도 같이 가요."

"안 돼. 두통 있다며."

"그럼 인사라도 할게요."

그녀는 연지가 있는 1층 거실로 갔다. 그리고 연지를 품에 꼭 안아 주었다.

"고마웠어."

"아니에요."

"꼭 대학에 가고. 입학금은 내가 줄 테니까, 연락해."

"감사해요. 그리고 행복하세요. 두 분은 너무 잘 어울리세요."

연지와 인사를 한 후에 연수는 침실로 올라가 소파에 멍하게 앉았다. 이게 무슨 일인지 알 수 없었다.

똑똑!

"네."

김 집사가 안으로 들어왔다. 쟁반에는 따뜻한 허브티가 놓여 있었다.

"아가씨, 연락도 안 되고 얼마나 걱정한 줄 아십니까?"

"죄송해요. 저만 생각했던 것 같아요."

"회장님이 그렇게 잡혀가시고 집 안이 완전 초상집 분위기였어요."

"아버지는 만나 보셨어요?"

"네, 아가씨는 어디 있냐고 아주 난리이셨어요. 무기징역을 받고 나서는 더 무서워지신 것 같아요."

"집사님이 종종 찾아가 주세요."

"안 그래도 강 회장님이 사식이랑 용돈 챙겨 드리라고 부탁하셨어요."

성훈의 마음 씀씀이에 그녀는 감동하고 있었다.

"두 분 정말 결혼하시는 거죠?"

"왜요?"

"너무 잘 어울리셔서요. 회장님의 문제만 없었어도 저희도 마음껏 축하해 드리고 싶은데, 그게 좀……."

"결혼할지 어떨지 모르겠어요. 하지만 성훈 씨가 원하면 전 할 거예요. 전 말을 할 자격이 없으니까요."

"아가씨……."

김 집사가 눈물을 훔쳤다.

"지금은 강 회장님께 잘하세요. 부탁드립니다."

"네."

김 집사가 나가고 그녀는 침실에서 멍하게 앉아 벽에 걸린 그녀의 대형 사진을 보았다. 밝게 웃고 있는 얼굴이었다. 이걸 왜 침대 앞에 붙여 놓았는지 알 수 없었다. 침대만 한 크기의 사진이었다.

"왜?"

성훈은 참 이상한 구석이 많았다. 그가 왜 이러는지 정말로 이해가 가지 않았다.

8. 사탄의 여자

성훈은 커다란 상자를 가지고 어르신의 앞에 무릎을 꿇고 앉았다. 황금 보료에 앉아 오랜만에 장죽(長竹)을 입에 문 어르신은 그와 상자를 번갈아 보셨다.

"오랜만에 인사드립니다. 어르신, 제가 오늘 연수를 데려왔습니다. 그리고 연지도 같이 데려 왔습니다."

"그래?"

"네, 연지는 행랑어멈에게 보냈습니다."

"행랑어멈이 연지 걱정을 많이 했는데 좋아하겠구먼. 그래서, 따지러 온 거냐? 어디 있는지 안 가르쳐 줘서? 어차피 찾을 녀석에게 가르쳐 주면 뭐 하누."

"아닙니다. 감사의 인사를 드리러 온 겁니다. 연수가 없을 때 연수가 얼마나 소중한지 제가 느끼게 해 주셨습니다. 그리고 연수를 잘 돌봐 주셔서 감사의 인사를 드리고 싶었습니다."

"잘 봐 준 거 없다."

"경호원들을 곳곳에 배치해 주셨을 줄은 몰랐습니다. 여자 둘이 있는 산은 위험한데 감사합니다."

"눈치가 너무 빠른 놈들은 재미가 없어."

이게 어르신의 매력이었다.

"그래서 이거 받으십시오."

"이건 뭔데? 선물 같은 거 필요 없어. 산삼 뭐 이런 거면 너나 가져다 먹어라. 사람은 때가 되면 죽어야지. 오래 살아 뭘 해."

"기쁘실 겁니다."

그의 말에 상자 안이 궁금했는지 뚜껑을 열어 본 그였다. 그리고 어르신의 코끝이 붉어졌다.

"이걸 어떻게……."

"어렵게 구했습니다."

본가에서 발견한 것이었다. 이 회장이 숨겨 두었던 것인데 어르신의 가문의 가보였다. 어르신이 상자에서 백자를 꺼내 들었다.

"내가 이것이 사라지고 얼마나 속이 상하던지……."

어르신의 눈가가 점점 더 촉촉해졌다.

"이 회장의 본가 서재에 있었습니다."

"이제야 제자리를 찾는군."

그가 백자를 들고는 그것과 똑같이 생긴 백자의 옆에 가져다 놓았다.

"내가 왜 그리 이것을 찾은 줄 아나?"

"아니, 모릅니다."

그가 바닥을 들어 보였다.

"이건 화병이네."

"아, 네……."

솔직하게 성훈은 백자보다는 화려한 청자가 좋았다.

"아내를 사랑하는 지아비의 마음이 이 바닥에 쓰여 있지. 도 공에게 특별히 부탁해서 바닥에 사랑하는 마음을 적은 시가 있 어."

"낭만적이네요."

"우리 가문의 가보 중에 내가 가장 아끼는 것이었지. 그런데 이 회장이 사람을 보낸 날 다른 건 다 있는데 이것 하나만 없어졌 어. 비싼 도자기가 더 많은데도 말이야."

"이유는 아십니까?"

"이 회장이 우리 집에 와서 아버지와 사업에 대한 이야기를 나눈 적이 있지. 그때 아버지가 이 도자기를 아끼신다는 이야기를 하셨어. 물론 나도 그 자리에 있었고. 아버지는 지금의 나처럼 큰손이셨고 파라다이스는 자금이 필요했어."

"……."

"하지만 아버진 파라다이스에 자금을 주지 않으셨어. 이 회장의 욕심을 보시고 안 주기로 결정하신 거지."

본래 표정이 거의 없으신 어르신의 낯빛이 좋지 않았다.

"그게 못마땅했던 이 회장이 아버지에게 사람을 보냈고, 출장 중이던 아버지를 대신해서 내가 죽을 만큼 다친 거지. 아버진 충격으로 병상에 누우셨고 죽을 뻔한 나는 살았지만, 내가 죽었다고 생각하신 아버진 충격으로 돌아가셨어. 이건 그때 사라진 거야. 아마도 전리품 같은 것이었겠지."

이 회장은 파라다이스를 물려받는 과정에서 많은 희생자를 만들었다. 그에게 반기를 든 사람들은 모두가 처단하는 식이었다. 자신이 제국의 왕쯤 되는 줄 아는 모양이었다.

"고마워, 이걸 찾을 줄은 몰랐어."

"아닙니다. 그런 의미가 있는 물건일 줄은 몰랐습니다."

"난 이성범이 죽도록 미웠어. 그런데 생각해 보면 이성범이 아니었다면 오늘의 내가 있을 순 없었겠지. 아주 고마운 인간이야."

어르신이 누군가를 비꼬는 것도 처음이었다.

"연수는 이성범과는 달라."

"압니다."

"함부로 다루지 마."

"전 연수를 함부로 다룰 생각 없습니다. 연수와 결혼을 하고 싶습니다."

"연수가 안 할 거다."

"그래서 도움이 필요합니다. 전 연수의 껍데기만 가지는 게 싫습니다."

어르신은 연수가 마음에 드신 모양이었다.

"미안한 마음에 결혼하는 건 싫습니다. 그래서 어르신의 도움이 필요합니다."

성훈은 어르신과 이야기를 나눈 후에 집으로 향했다. 모두가 잠든 시간이었다. 연수도 그의 침대에 누워 잠을 자고 있을 거라고 생각했지만, 그녀는 침대 옆 소파에 앉아서 책을 읽고 있었다.

"왜 안 자고?"

"오셨어요?"

그녀가 자리에서 일어나 그의 재킷을 받아 주었다.

"기다려야 한다고 생각했어요."

"왜?"

"어머니는 아버지의 재킷을 받아드리기 위해 항상 밤늦게까지 안 주무시고 기다리셨죠. 그런 모습을 보고 자라서 그런지 이러는 게 맞는 것 같아서요."

"힘들면 먼저 자도 돼."

"제가 알아서 할게요."

연수는 3개월 사이에 많은 것이 달라져 있었다. 뭔가 더 여성스러워진 것도 같고 깊어진 것도 같고, 뭔가 더 자신을 알아 버린 것 같기도 하고. 그녀를 다시 본 후로 그는 정신이 없었다. 왜 갑자기 연수에게 이렇게 미친 듯이 끌리는 걸까?

물론 이전에도 그랬지만 지금과는 다른 것이었다. 그땐 자신을 통제할 수 있었다. 그때는 연수와 섹스를 한 후에 집에 갈 수 있었지만, 지금은 연수와 섹스를 한다면 한 번으로 만족 못 할 거라는 것에 전 재산을 걸 수도 있었다.

"안 씻어요?"

"샤워해야지."

"씻으세요."

연수는 이상하게 표정이 굳어 있었다. 성훈은 그의 옆을 지나치는 연수의 허리를 잡아 그와 벽 사이에 가두었다.

"뭐가 달라진 거지?"

"뭐가요?"

"달라졌어."

연수는 차가워졌다. 그는 손가락으로 연수의 얼굴을 들어 올려 그를 보게 했다. 그는 마치 달리기를 끝마치고 나온 것처럼 거칠게 숨을 쉬고 있었다.

"왜?"

그의 코가 그녀의 코와 맞닿았다. 그의 숨결에 연수의 머리카락이 살짝 움직였다.

"달라진 건 없어요."

연수가 고개를 돌리며 말했다.

"아니, 달라졌어."

성훈은 연수의 턱을 잡아 다시 그의 얼굴을 보게 했다. 연수는 흔들리는 눈으로 그를 바라보았다.

"놔줘요."

"나도 널 놓아줄 수 있었으면 좋겠어."

"읍!"

성훈은 연수의 섹시하게 벌어진 입술을 삼켜 버렸다. 이렇게 키스하고 싶었던 적은 단 한 번도 없었다. 그녀의 입술을 빨아들이며 그는 미칠 것 같은 쾌감을 얻었다.

"으으읍!"

서로의 치아가 부딪히고 그녀의 혀를 뽑을 듯이 빨아들이며, 성훈은 지금 연수를 갖지 않는다면 죽을 것 같았다.

"헉헉, 미칠 것 같아."

연수의 목을 한 손으로 잡으며 그가 말했다.

"도대체 왜……."

이렇게 날 미치게 만드는 거지? 란 말은 하지 못했다. 그녀의 입술을 삼키고 싶어서 견딜 수가 없었기 때문이었다.

그는 연수가 입고 있는 하얀색 가운을 바닥으로 떨어뜨렸다. 그리고 연수의 하얀 어깨에 걸쳐진 슬립 끈을 어깨 아래로 내렸다.

그러자 연수의 풍만한 가슴 한쪽이 드러나며 그를 미친 듯이 흥분하게 만들었다.

"하아……."

연수의 드러난 어깨 위에 입을 맞추자 연수가 몸을 가늘게 떨었다. 그리고 슬립의 끈을 마저 내려 그녀의 상체가 완전히 드러나게 만들었다.

"흡!"

그는 숨을 들이마셨다.

"아름다워……."

저도 모르게 찬사가 나왔다. 세상에서 이토록 아름다운 가슴은 없을 것이다. 그의 구릿빛 피부와는 완전히 반대되는 투명한 흰색 피부는 천사와 같았다. 그의 손이 그녀의 가슴을 움켜잡았다.

"너는 나를 짐승이 되게 해."

"성훈 씨⋯⋯. 하아⋯⋯."

그가 연수의 가슴골에 얼굴을 묻었다. 그리고 고개를 돌려 그녀의 분홍색 유두를 빨기 시작했다. 흥분으로 인해 단단해진 유두를 그의 혀로 마음껏 희롱했다. 연수의 호흡도 빨라지기 시작했다.

그는 연수를 벽으로 더 몰아붙인 다음에 그녀 앞에 무릎을 꿇었다. 그리고 그녀의 마지막 옷인 팬티 위에 입을 맞추었다.

"하아⋯⋯."

그녀의 팬티가 애액으로 젖어 있는 게 보였다.

"여기는 솔직하군."

그가 그녀의 젖은 부위에 입을 맞추자 연수가 거친 호흡을 삼켰다. 성훈은 이빨로 팬티를 내리고 검은 숲에 입을 맞추었다.

쫘악!

허벅지에 걸린 그녀의 팬티를 단번에 찢어 버린 그는 연수의 한쪽 다리를 그의 어깨 위에 올려놓았다. 그리고 검은 숲을 삼켜 버렸다.

"하아아……."

연수는 숨이 넘어갈 정도의 신음을 내뱉었다. 그는 혀를 세워 연수의 여성을 가르며 그 안에 숨어 있는 클리토리스를 자극하기 시작했다.

"아아악!"

그녀는 예민하게 반응했고 그는 연수의 엉덩이를 잡으며 더 깊이 혀를 밀어 넣었다.

지금까지는 섹스를 해도 여자를 위하기보다는 그의 만족을 우선시했지만, 연수와의 섹스는 달랐다. 그녀가 자신으로 인해 만족하기를 바랐다.

성훈이 몸을 일으켰다. 그리고 자신의 남성을 그녀의 여성에 대고 문지르며 키스하기 시작했다. 연수의 거칠어진 호흡이 마음에 들었다. 그는 연수를 안아 들고는 침대로 향했다. 그리고 부드러운 시트 위에 그녀를 눕혔다. 하얀 천사가 그의 침대에 있는 것 같아 너무나 가슴이 뛰었다.

그는 연수의 다리를 벌렸다. 밝은 조명 아래서 섹스는 처음이었다. 다리를 벌리자 그녀의 분홍색 여성이 그의 앞에 드러났다. 너무 예뻤다. 그는 손으로 그녀의 촉촉하게 젖은 여성을 만졌다.

연수 안으로 빨리 들어가고 싶어 미칠 것 같았지만 그는 연수가 다칠까 봐 연수의 질에 손가락부터 넣었다. 그의 손가락까지 타이트하게 잡는 연수였다.

"너무 타이트해."

"빨리……."

"안 돼."

그는 손가락으로 그녀의 질 벽을 긁었다. 연수는 허리를 활처럼 휘며 그의 손을 깊이 받아 들였다. 더는 버티기 힘이 들었다. 그는 연수의 여성에 자신의 굵은 남성을 위아래로 비비기 시작했다.

"아아흐……."

연수의 여성은 욕망으로 흘러넘쳤다. 성훈은 자신의 남성의 끝을 그녀의 클리토리스부터 시작해서 촉촉한 질까지 길게 문지르기를 반복했다.

"하아……."

연수의 질 안에 남성을 집어넣는 순간 연수는 그에게 매달렸다. 그들의 신음이 뒤섞였다. 연수의 안에서 그는 미친 듯이 움직이기 시작했다. 그냥 이대로 밤새 있고 싶은 마음이었다. 연수의 눈에서 눈물이 흘러내렸다.

너무 격하게 움직인 것일까? 그는 마음이 쓰였다. 가쁜 숨을 몰아쉬며 그가 연수를 내려다보았다.

"연수야……."

"아아앙……."

하지만 연수는 아픈 것이 아니라 쾌감에 젖어 있는 것이었다. 그는 강하게 허리를 움직이며 그녀를 쾌락의 끝으로 몰아붙였다.

"으윽!"

그는 연수의 안에 자신의 분신들을 쏟아냈다. 그리고는 연수를 품에 안았다.

"같이 씻을까?"

"아뇨."

"물은 내가 바보지."

그는 자리에서 일어나 연수를 번쩍 안아 들었다. 그리고는 욕실로 가서 샤워기 아래에 연수를 세웠다.

쏴아악!

따뜻한 물줄기가 연수의 머리 위로 떨어졌다. 떨어지는 물줄기가 연수의 가슴을 타고 흘러내리자 성훈은 자신의 숨을 삼키며 연수의 입술을 삼켰다.

머리가 이상해진 게 분명했다. 이렇게 연수의 몸에서 손을 뗄 수 없다는 게 이상했다.

연수와의 3개월의 공백기가 그를 이상하게 만든 건지, 아니면 연수가 너무 섹시해져서 온 건지 도저히 알 수 없었다.

"혹시 산에서 이상한 약초 같은 거 캐서 먹었어?"

"네?"

"남자들을 홀리게 하는, 뭐 그런 거?"

"……."

연수의 표정을 보니 그가 미친 게 확실했다.

"아니야, 괜한 소리를 했어."

그리고 그는 다시금 그녀의 입술을 삼켰다. 연수의 입술과 물이 한꺼번에 그의 입안으로 들어오고 있었지만, 그는 정신을 차릴 수 없을 만큼 지금 이 순간이 좋았다. 비누 거품을 내서 연수의 몸을 닦기 시작한 그는 부드러운 손길로 연수의 가슴을 만졌다.

하얀 피부에 하얀 거품은 뭔가 묘한 느낌을 주었다.

"샤워 부스 짚어."

그는 연수를 돌려세우고 샤워부스를 짚게 했다. 그리고 야릇한 손길로 그녀의 등을 닦아 주기 시작했다. 그가 뒤에서 연수를 안았다. 그리고 가슴을 만지며 엉덩이에 자신의 남성을 비비기 시작했다.

미끈거리는 느낌이 너무나 야릇했다.

"연수야……."

그는 절대 참지 못하고 연수의 허리를 숙이게 한 다음에 뒤에서 그의 남성을 그녀 안에 넣었다.

퍽퍽퍽!

욕실 안에 그들의 살 부딪치는 소리가 요란하게 들렸다. 그는 연수를 놓칠 수 없었다. 성훈은 연수를 밤새도록 탐했다.

"연수야!"

너무 피곤해서 정신을 놓고 있는데 어디선가 환청이 들렸다. 사실 밤새 섹스를 하고 나니 정신이 없었다.

"연수야!"

환청이 아니었다. 그녀를 향해서 하나가 달려왔다. 그리고는 꽉 끌어안아 주었다.

"괜찮아?"

아침 일찍 출근도 하지 않고 그녀의 집으로 찾아온 하나는 연수의 건강이 걱정된 모양이었다.

"여긴 어떻게 알고, 시간은 또 어떻게 내서 온 거야?"

"특별히 오전에 시간을 냈지."

"어떻게?"

"회장님 이름 좀 팔았지. 주소도 회장님을 통해 알아냈고. 내가 얼마나 걱정한 줄 알아?"

하나의 눈에서 눈물이 흘러내렸다.

"나 괜찮아."

하나는 그녀의 손을 꼭 잡고 놓지 않았다.

"커피 한잔 줄까?"

그녀는 김 집사에게 커피를 올려 보내 달라고 했다.

"여기서 살 거야?"

"응, 아마도 그렇게 될 것 같아."

"회장님이랑은 잘된 거야?"

"……자기랑 결혼하자고 했어."

하나는 놀라서 입을 다물지 못하고 있었다.

"잘됐는데 표정이 왜 그래?"

"난 잘 모르겠어."

연수는 다시 그를 보고 나서는 미안한 마음에 다른 걸 생각할
수가 없었다. 그리고 그를 보면 아버지가 생각이 나서 견딜 수가
없었다. 그녀는 아버지를 배반했다.

"왜 그러는데……."

"미안해서 그가 하자는 대로 하고 있는데……. 자꾸 마음에 뭔
가가 걸려."

"아버지 때문에?"

"그런 것 같아."

"네가 마음이 편한 게 더 이상한 거지. 하지만 시간이 다 해결 해 줄 거야."

정말 그랬으면 좋겠다는 생각이 들었다.

"난 괜찮으니까 커피 마시고 가. 그리고 주말에 다시 만나자."

"그럴까?"

"응."

이렇게 와 준 하나에게 다시 한 번 고맙다는 말을 한 연수였 다. 연수는 집에 조용히 앉아 있다가 이대로는 안 되겠다는 생각 이 들었다. 뭐라도 해야 할 것 같았다. 집에만 있다가는 미쳐 버 릴 것 같았다.

연수는 집에서 나와 동네를 한 바퀴 돌았다. 어떻게 하는 것이 맞는가 생각을 하는 중이었다. 회사로 돌아가 그를 도울 것인지, 아니면 집에서 그를 도울 것인지 말이다.

연수는 그녀가 회사에 나타나지 않는 게 그를 돕는 길이라고 생각했다.

그래서 고민 끝에 다른 일을 해 보기로 마음먹었다. 그게 지금 은 나았다. 그리고 그녀는 집 근처에 있는 자선 단체의 구인 광 고를 보게 되었다. 그리고 정말 아무 생각 없이 사무실로 들어갔 다.

"안녕하십니까?"

"네, 안녕하세요?"

젊은 여자가 그녀를 보더니 반갑게 인사를 했다.

"밖에 붙어 있는 구인 광고를 보고 왔습니다."

"네, 앉으세요. 지금 실장님께서 잠깐 자리를 비우셔서요. 금방 들어오실 거예요."

그녀는 벽에 붙어 있는 수많은 사진을 보며 도움의 손길이 필요한 사람이 많다는 것을 깨달았다. 이렇게 봉사를 한다면 아버지가 지은 죄를 조금이라도 씻을 수 있지 않을까? 라는 생각이 들었다.

"여기는 주로 무슨 일을 하나요?"

"저희는 사무실에서 일정 관리를 하고, 사람이 부족할 땐 봉사 현장에 투입이 되기도 하죠."

"그래요?"

"네."

산속에 있을 때부터 생각하긴 했다. 연지를 가르쳐 보니 보람도 있었다. 어떻게 해서든지 그녀 마음의 짐을 조금이라도 덜어 내고 싶은 마음이 컸다.

"그런데 이런 일은 해 보셨어요?"

그녀를 아래위로 내려다본 직원이 물었다. 지금 연수는 편안한 원피스 차림이었지만 명품에 대해 아는 사람이라면 그녀가 입은 옷이 억 소리 나는 옷이란 걸 알아볼 것이다. 거기에 신발과 지갑까지, 그녀의 몸에 걸친 것만 해도 지금 그녀 앞에 있는 여자의 연봉보다 비쌀 것이었다.

"아뇨, 초보는 안 되는 건가요?"

"그런 게 아니라 힘든 일은 안 해 보신 것 같아서요. 여기 많이 힘들어요. 가끔 연탄도 날라야 하고 쪽방촌에 김치도 배달 가고 노인분들 목욕도 시켜야 하고, 언제나 일손이 부족하죠."

"열심히 할게요."

"그러다가 한 달도 못 버틴 사람들이 많아요."

"전 안 그럴 거예요."

그때 밖에 나갔다가 들어 온 실장이라는 사람이 그녀를 보았다. 젊고 잘생긴 남자였다.

"안녕하세요? 대표님."

"실장이 아니었다."

"최 실장님은?"

"밖에 볼일이 있으셔서요."

"누구……?"

그녀를 본 남자가 환하게 웃었다.

"면접 보러 왔습니다."

"반갑습니다. 들어오시죠."

대표가 직접 면접을 볼 모양이었다.

"앉으세요."

"감사합니다."

"이런 일은 해 보셨습니까? 자선 봉사 단체 같은 데 말입니다."

"아뇨, 초보도 가능하다고 해서……."

"이력서는요?"

"오늘은 알아보려고 들어왔습니다. 이 근처에 살거든요."

대표는 그녀를 찬찬히 보았다. 이곳 성북동은 아주 부자이거나 몹시 가난하거나 둘 중의 하나인 사람들이 살았다.

"그럼 이력서는 다음에 제출하는 거로 하고, 구두로 이력을 들어 볼까요?"

"파라다이스 홍보실에서 근무했습니다."

"대기업에 다니셨는데 왜 그만두셨습니까?"

"사정이 있어서 몇 개월 전에 그만두고 잠시 여행을 했습니다."

"그랬군요."

"네."

"좋아요."

"네?"

"내일부터 출근하세요. 저희가 일손이 너무 없어서요. 대신, 마음은 단단히 먹어야 할 겁니다."

생각보다 빠르게 채용이 되었다. 좀 얼떨떨한 마음이 들었지만, 연수는 열심히 해 볼 생각이었다. 저녁에 성훈에게 새로운 직장에 대해 말해야겠다고 생각했다.

성훈은 회사 일이 끝나기가 무섭게 집으로 향했다. 퇴근하면 매일같이 오는 집인데 연수가 오고는 많은 것이 달라 보였다. 오늘은 정원에 눈이 가득 내렸다. 크리스마스가 얼마 남지 않아서일까?

이번 크리스마스에는 트리를 만들어야겠다는 생각이 들었다. 연수가 산에서 트리를 만들고 싶어 한 말이 생각났기 때문이었다.

"다녀오셨습니까?"

"네, 집사님. 내일 정원에 커다란 트리를 좀 만들어 주세요."

"트리요?"

"네, 연수하고 의논하셔서요. 제가 말했다고는 하지 마시고요."

"네, 알겠습니다."

"연수는 어디 있죠?"

그가 목을 길게 빼고는 거실을 두리번거렸다. 퇴근하고 오면 연수가 버선발로 뛰어나올 거란 기대를 해서인지 좀 서운한 마음이 들었다.

"2층에 계십니다."

"……."

성훈은 마치 뭔가에 홀린 사람처럼 2층으로 달려갔다.

"헉헉……."

뛰어 올라와서 그런지 아니면 아름다운 모습의 연수를 봐서 그런 건지 심장이 터질 것 같았다. 연수는 하늘거리는 원피스 차림에 방금 샤워를 했는지 머리카락은 촉촉하게 젖어 있었다. 그를 본 연수는 깜짝 놀랐다.

"다녀오셨어요? 벌써 시간이 이렇게 된 줄 몰랐어요."

"……."

그가 성큼성큼 연수에게 다가갔다. 걸음을 옮길수록 그녀의 향이 짙어지고 있었다.

"코트 주세……. 읍!"

그는 연수의 얼굴을 양손으로 잡고는 입을 맞추었다. 그녀의 말랑한 입술이 그의 입안에 들어왔다. 그는 거칠게 연수의 입안에 자신의 혀를 밀어 넣었다.

연수는 그의 키스를 적극적으로 받아들이지는 않지만 거부하지도 않았다.

왠지 그를 살짝 밀어내는 기분이 들었지만 그게 묘하게 그를 자극했다. 연수는 이제 그에겐 치명적인 무기가 되어 그를 죽일 수도 있겠다는 생각이 들게 했다.

"으으읍!"

연수의 치마를 걷어 올려 그녀의 팬티 안으로 손을 넣었다. 이미 젖어 있는 그녀의 여성이 그를 반기고 있었다.

"하아……. 종일 이 생각만 했어."

"……."

"이상하게 연수, 네 생각만 나."

그의 입술은 연수의 입술에 닿을 듯이 붙어 있었다. 연수의 입술이 파르르 떨리는 게 느껴졌다. 왜냐면 그의 손가락이 연수의 질 안에 들어가 있기 때문이었다. 질척이는 소리가 그들의 귀에만 들렸다.

"하아……. 식사, 하셔야죠."

연수가 붉어진 얼굴로 그에게 말했다. 사랑스러워 죽을 것 같았다. 그의 심장이 연수를 향해 뛰고 있었다. 이런 느낌은 처음이었다.

그가 연수의 팬티에서 손을 빼고는 호흡을 가다듬었다.

"코트 벗어 주세요."

연수는 아무렇지 않은 표정이 되어 그의 코트를 받았다. 조금 전까지 그에게 반응하던 모습은 완전히 사라졌다.

"여기."

그가 코트를 벗어서 연수에게 주었다. 그리고 그녀 보는 앞에서 슈트를 전부 벗었다. 마지막 팬티까지도. 그가 바라던 대로 연수의 얼굴이 붉어졌다.

"마음에 들어?"

"……네."

"난 이렇게 솔직한 연수가 좋아."

그가 연수의 정수리에 입을 맞추고는 욕실로 향했다. 차가운 물에 뜨거워진 몸을 식히지 않는다면 저녁도 못 먹고 연수를 안고 침대로 뛰어들 기세였기 때문이었다. 그가 이렇게 자제하는 이유는 연수 때문이었다.

"너무 말랐어."

그가 밥을 먹지 않으면 연수도 안 먹을 게 분명했기 때문이었다. 강성훈이 이렇게 여자를 생각하다니 본인이 생각해도 아주 웃기는 일이었다.

식탁에 앉은 그는 연수가 밥을 먹는 걸 한참 동안 지켜보았다.

"왜요?"

그의 시선이 부담스러웠는지 연수가 물었다.

"많이 먹어야 할 것 같아서."

"많이 먹을게요. 성훈 씨도 빨리 식사하세요."

"알았어."

그가 갈비찜을 연수의 앞으로 쓱 밀었다. 그걸 본 김 집사가 웃음이 났는지 조용히 자리를 피했다.

"이거 먹어."

김 집사가 없는 틈을 타서 그가 갈비를 연수의 밥 위에 올려 주었다.

"드세요."

"먹을 테니까 얼른 먹어. 난 살집 있는 여자가 좋아."

"……."

그의 말에 놀란 연수가 눈을 크게 뜨고 그를 보았다. 사랑스러운 표정이었다.

"저기……."

우물쭈물 거리는 연수는 뭔가 할 말이 있는 것처럼 보였다.

"말해."

"저 내일부터 일해요."

거의 폭탄선언이었다. 집에서 편하게 쉬고 있기를 바랐는데 일이라니. 이건 그가 생각지도 못한 일이었다.

"뭐?"

아주 놀라운 말이었다.

"파라다이스는 안 될 것 같아서, 집 앞에 있는 조그만 자선 단체에 취업했어요."

연수는 놀란 그와는 다르게 차분하게 설명했다. 연수가 이렇게 행동력이 있는 줄은 몰랐었다.

"무슨 일을 하는데?"

성훈은 애써 침착한 표정을 지으며 물었다.

"일정 관리하고 어르신들 식사도 챙겨 드리고, 연탄도 나르고……."

"뭘 날라?"

연수의 말에 성훈은 저도 모르게 수저를 내려놓았다.

"연탄이요."

"안 돼."

안 그래도 마른 몸에 무슨 그런 고된 일을 한다고 그러는지 이해할 수 없었다.

"그래야, 마음이 편할 것 같아요. 아버지의 죄를 그렇게라도 갚고 싶어요."

"연수야……."

"부탁이에요. 안 그러면 정말 미쳐 버릴 것 같아요."

"……."

성훈은 더는 그녀를 말리지 못한다는 걸 깨달았다.

"제발……."

연수의 눈가가 촉촉해졌다. 저런 표정의 연수를 보면 그는 마음이 약해질 수밖에 없었다.

"좋아, 그런데 조건이 있어. 만약에 아프면 그만두는 거야."

"알았어요."

연수가 모처럼 웃었다.

"웃으니까 예쁘다."

"안 본 사이에 많이 이상해졌어요."

이상해진 건 그가 아니라 그녀였다. 그의 심장을 자꾸만 조이게 했다. 3개월 사이 둘 중에 달라진 건 그일까? 아니면 그녀일까?

"내 별명이 뭔 줄 알아?"

"사탄?"

"맞아, 이제 연수는 사탄의 여자야. 아무도 널 건드릴 수 없다는 말이야. 그러니 아버지의 일이 어떻든, 연수 아버지가 과거에 우리 아버지에게 했던 그 모든 일은 연수의 잘못이 아니야. 더는 죄책감을 느끼지 않길 바라."

"난……."

"내 여자는 강해야 해."

"성훈 씨……."

"그러니까 기죽지 마. 당당해져. 알았지?"

"알았어요."

그는 연수를 집으로 데려온 후로도 그녀의 표정이 풀리지 않은 걸 알았다. 그래서 연수에게 자신의 마음을 처음으로 조심스럽게 말했다. 연수는 그의 여자였다. 그가 유일하게 가슴에 담은 여자였다.

"도와줄 일이 있으면 말해."

"고마워요."

그들은 밥을 먹고 커피를 마시기 위해 거실로 향했다. 향긋한 헤이즐넛 향과 연수의 야릇한 향기가 그의 코끝을 자극했다.

"향수 뭐 사용해?"

그녀의 옆에 앉은 성훈이 연수의 목덜미에 코를 박으며 말했다.

"안 써요. 외출할 때만 뿌리는데, 왜요?"

"향기가 좋아서."

이번엔 입술로 연수의 목선을 더듬었다.

"커, 커피 향이에요."

"아니야, 연수에게서 나는 향이야."

"픕!"

연수가 그를 보며 웃었다.

"사탄이라는 별명은 잘못 지어진 것 같아요. 버터로 지었어야 해요."

그녀가 느끼하다고 말하고 있었지만, 그는 입술을 움직이는 걸 멈추지 않았다.

"뭐?"

"요즘 상당히 느끼한 거 알아요?"

"아니, 몰라."

그녀가 피식 웃으며 커피 잔을 내려놓았다. 그는 연수의 가슴에 얼굴을 묻었다.

"얼마나 느끼한지 알려 줄까요?"

"……."

그리고 유혹적인 미소를 지으며 2층으로 향했다. 성훈은 마치 홀린 사람처럼 연수의 뒤를 따랐다. 연수는 느끼해졌다고 하지만, 그는 짐승이 되어 있었다.

아무도 없는 2층에 올라가자마자 그는 연수를 안고는 깊은 입맞춤을 했다. 그녀의 엉덩이를 손으로 받치고 있는 바람에 연수가 그의 목을 끌어안으며 강하게 입맞춤에 응했다.

"오늘은 나를 유혹하는 건가?"

"주인님의 분부대로 움직일 거예요."

"그래?"

"네, 주인님."

그녀가 성훈의 입술에 대고 은근히 속삭였지만, 키스하진 않았다.

"키스해."

그녀의 입술이 그의 입술을 삼켰다. 촉촉하고 부드러운 키스가 아니었다. 연수의 키스는 그의 짐승 같은 키스보다 더 거칠었다. 그를 뜨겁게 원하는 연수의 마음이 그대로 느껴지고 있었다.

쿵!

침실로 들어가기 전이지만 그는 지금 당장 연수를 갖지 않으면 죽을 것 같았다.

그래서 창가의 콘솔 위에 연수를 올려놓았다. 그녀가 눈을 야릇하게 뜨며 그의 남성을 손으로 감쌌다.

"윽!"

그리고 그의 남성을 움켜쥔 손에 힘을 줘 강하게 위아래로 움직였다.

"다음은 어떻게 할까요?"

"……옷을 벗어."

그녀가 입고 있던 원피스를 단번에 머리 위로 벗어 버렸다. 흰색 레이스 속옷이 아름다운 그녀를 더 돋보이게 했다.

"완전히 벗어."

"이렇게요?"

그녀가 브래지어 훅을 풀고 팬티를 벗어 그에게 던졌다. 그리고 과감하게 다리를 벌리고 앉았다. 그녀의 여성이 그의 눈을 자극하기 시작했다.

"헉!"

"어때요? 많이 젖어 있나요?"

"연수야……."

"네, 주인님."

그는 알았다. 자신이 평생을 연수라는 지옥 불에 빠져 살 거란 걸 말이다. 그가 연수의 다리 사이로 들어가자 그녀가 다리로 그의 허리를 감쌌다.

"너무 예뻐."

그녀의 가슴을 만지며 그가 뜨겁게 호흡했다. 성훈은 연수의 유두를 혀로 핥으며 그녀의 여성을 손으로 만졌다. 촉촉하게 젖어 있는 그녀를 보자 그는 참을 수가 없었다. 성훈은 자신의 남성을 단번에 그녀의 여성에 넣었다. 연수가 몸을 활처럼 휘었고 그는 연수의 끝까지 공격했다.

그의 허리 짓이 강해지자 연수의 신음도 점점 커졌다.

그렇게 그들의 밤은 뜨겁게 타올랐다.

9. 숨길 수 없는 마음

첫 출근이었다. 파라다이스가 아닌 다른 곳에 출근하니 기분이 안주 이상했다. 사무실의 인원은 그렇게 많지 않았지만, 생각보다 관리하는 자원봉사자들이 많은 단체였다. 사무실엔 20명 정도의 직원이 있었다.

연수의 자리는 가장 구석이었다. 그녀의 옆자리는 아주 덩치가 좋은 남자 직원이 앉아 있었다. 연수는 최대한 평범한 의상을 입고 출근을 했다. 청바지에 니트를 입고 중저가의 패딩을 입고 왔기 때문에 그녀는 다른 사람들과 별로 다를 게 없었다.

물론 그건 어디까지나 연수의 혼자만의 생각이었다. 그녀는 옷이 아닌 존재만으로 단연 돋보였다.

"조회 시작하겠습니다."

대표가 직접 조회를 하는 작은 회사가 신기하기만 한 연수였다. 사람들이 사무실 한가운데로 모였고 연수도 그들 가운데 섰다.

"오늘 새로 식구가 들어왔습니다. 모두 환영해 주세요. 이연수 씨?"

그녀가 대표의 옆으로 섰다.

"안녕하십니까? 이연수라고 합니다. 앞으로 잘 부탁드립니다."

"예쁘다."

누군가 그녀를 보고 그렇게 말하자 연수가 환하게 미소 지었다.

"예쁜 분이 들어오셨습니다. 물론 제 눈엔 여러분 다 예쁩니다."

"에이……."

야유가 터져 나왔다.

"오늘도 활기차게, 우리보다 어려운 이웃을 생각하며 힘찬 하루를 보냅시다."

"넵."

파이팅을 외친 그들은 자리로 돌아왔다.

"아침엔 인사를 못 했죠? 윤호섭 대리입니다."

"잘 부탁드립니다. 윤 대리님."

"저도 잘 부탁드립니다."

"전 무슨 일부터 해야 할까요?"

"아 참, 제가 일을 가르쳐 드려야 하는데 정신 줄을 놓고 있었네요."

얼굴이 빨개진 윤 대리는 굉장히 귀여운 사람이었다. 파라다이스의 딱딱함과는 많은 차이가 있는 곳이었다.

"오늘은 이것부터 살펴보세요. 이건 우리 단체에 관한 자료니까 이해하는 데 도움이 될 거예요. 그리고 이건 보통 한 달 동안 우리가 하는 행사예요."

"그런데 우리 단체의 이름이 누가인가요?"

"맞아요, 누가."

"누가?"

"기독교인이 아니시구나."

"네, 전 무신론자예요."

그녀는 종교가 없었다. '누가'란 연수에겐 'WHO'의 의미였다.

"누가는 '빛을 준다.'는 뜻이에요. 사도 바울은 누가를 '사랑을 받는 의사'라고 불렀다고 해요. 가난한 사람들과 소외된 사람들을 누구보다 아낀 누가였다고 하네요."

"아……."

"놀라실 필요는 없어요. 저도 아는 건 이게 다니까요."

그는 웃으며 농담을 했다. 좋은 사람인 것 같았다. 윤 대리가 준 자료를 읽고 난 다음에 연수는 오후부터 후원 업체들의 리스트들을 뽑기 시작했다.

"뭐가 그렇게 바빠요?"

"제가 다른 건 몰라도 광고 하나는 기가 막히게 하거든요. 주신 자료를 읽고 난 후의 생각은 '돈'이었어요."

윤 대리가 그녀를 의아한 눈으로 보았다.

"돈이란 건 다 알죠. 봉사는 돈과 사람이 있어야 해요. 하지만 세상엔 많은 단체가 있고 우린 훌륭한 후원사를 찾지 못하고 있어요. 기부해 주시는 분들에 의해 간신히 운영되죠. 대표님은 상속받은 재산을 다 털어 넣으셨어요."

연수는 윤 대리의 말에 대표가 다시 보였다. 그리고 더는 말을 하지 않고 기획안을 만들기 시작했다. 일단은 후원을 해 줄 만한 업체들을 선정해서 그곳들을 공략해 볼 생각이었다.

"뭘 그렇게 열심히 합니까?"

대표가 밖으로 가는 도중에 그녀 곁에 다가와서 물었다.

"후원사 리스트를 만드는 중입니다."

"……."

대표는 놀란 얼굴이었다.

"일단 기존의 후원사들을 조사하고 그다음에 조금 더 재정 상태가 좋은 후원사들을 살펴보는 중입니다."

"쉽게 후원이 오는 게 아닙니다."

"후원하게 만들어야죠."

연수이 당찬 말에 대표가 조금 놀라는 것 같았다. 그리고 더는 말을 하지 않았다.

"우리 대표님 잘생겼죠?"

"네?"

"예전에 배우였어요."

"대표님이요?"

"네, 대학을 연기 전공하고 한동안 연기하다가 이곳을 만드신 거예요. 대단하시죠?"

잘생기긴 한 것 같았다. 그래서 연수는 인터넷에서 대표의 이름을 쳐 보았다.

"전우인?"

어디서 들어 보긴 했는데 달리 기억나지 않았다. 그녀는 다시 후원사를 찾는 일에 몰두하기 시작했다.

퇴근 후에 연수는 집으로 걸어가다가 붕어빵 가게를 발견했다. 차로만 다니다 보니 이런 길거리 음식들을 사 먹어 볼 기회가 없었다.

"붕어빵 얼마예요?"

"세 개에 천 원."

아주머니가 웃으며 말해 주었다. 연수는 붕어빵 이천 원어치를 달라고 하고 어묵 꼬치도 하나 집어 입에 물었다. 이런 길거리 음식은 익숙지 않은데 참 맛있었다.

"맛있네요."

"고마워요. 이 근처 사는 아가씨는 아닌가 봐?"

"이 동네 살아요."

"그동안 이렇게 예쁜 아가씨를 왜 못 봤지?"

"……"

아주머니는 연수가 예쁘다며 난리였다.

"이모님, 붕어빵 이천 원, 어묵 이천 원어치 싸 주세요."

"어?"

오뎅을 입에 문 연수가 대표를 보고는 깜짝 놀랐다.

"연수 씨."

"여기 단골이세요?"

"네, 연수 씨도?"

"아뇨, 오늘 처음이에요. 너무 맛있어 보여서 왔는데 정말 맛있어요."

그녀가 웃자 그가 연수를 부드러운 눈길로 바라보았다. 대표의 눈길은 깊었다.

"집이 이 근처세요?"

"아마도."

"연수 씨도 이 근처라면서요? 데려다줄게요."

"아니에요. 신경 써 주셔서 감사해요."

연수는 붕어빵을 들고 집으로 향했다. 낯선 경험이라서 더 기분이 좋은 것 같았다. 특별한 붕어빵을 들고 집에 도착하자 성훈이 와 있었다. 거실에 앉아서 서류를 보고 있는 그가 보였다. 연수는 밖에서 잠시 그를 보았다.

예전엔 무작정 좋기만 했는데 지금은 그를 너무 사랑했다. 너무 사랑해서 아버지의 일들이 미안했고, 그래서 그를 대하는 게 어려워졌다.

"아가씨, 밖이 춥습니다."

김 집사가 그녀를 발견하고는 그녀가 있는 곳까지 뛰어왔다.

"다녀왔습니다."

"오늘 고생하셨어요. 내일은 제가 모시러 갈까요?"

"아뇨."

"그냥 쉬시지 왜 일을 한다고 하셔서 이 고생을 하세요."

"괜찮아요."

김 집사님은 걱정이 이만저만이 아니었다.

"강 회장님께서 오늘 굉장히 일찍 들어오셔서 같이 식사하시려고 기다리고 계세요."

"정말요?"

"네."

그녀는 서둘러 안으로 들어갔다.

"다녀왔어요?"

"너무 늦게 끝내 주는 거 아니야?"

"아니에요. 오늘은 오다가 딴짓을 했더니 늦었어요."

그녀가 봉지를 그에게 보였다.

"뭐야?"

"붕어빵이요."

"뭐? 붕어빵?"

그가 그녀에게 가까이 오라는 손짓을 했다. 연수가 가까이 가자 그가 연수의 손에 들린 종이봉투를 가져가 붕어빵 하나를 입에 물었다.

"오랜만에 먹으니 맛있네."

"식사 안 하셨다면서요."

"밥은 밥이고 붕어빵은 붕어빵이지."

연수는 그를 멍하게 보았다. 요즘 들어 그는 연수에게 아주 잘 해 주고 있었다. 그런 그가 부담스럽기만 한 연수였다.

"밥 먹을까? 나머진 디저트로 먹고."

"네."

그들은 그대로 식탁으로 가서 앉았다. 씻고 밥을 먹기엔 성훈 이 너무 오래 기다린 것 같았기 때문이었다. 밥을 먹는 내내 성 훈은 오늘 회사가 어땠는지 물었다. 연수는 더 다녀 봐야 알 것 같지만 그녀를 필요로 하는 것 같아서 기뻤다고 말했다.

저녁을 다 먹은 그들은 어울리는 조합은 아니지만, 붕어빵을 안주 삼아서 와인을 마셨다.

"풋!"

고급 와인을 마시며 붕어빵을 입에 문 그를 보고 웃음이 터진 연수였다.

"안 어울릴 것 같은데 어떻게 보면 괜찮은 것 같기도 하 고……."

"……."

그가 웃고 있는 연수를 빤히 보았다.

"어……. 기분 나빴다면 죄송해요."

그가 와인을 테이블 위에 놓고는 그녀에게 다가왔다. 연수는 한 손엔 와인을, 다른 한 손엔 붕어빵을 들고는 그가 다가올수록 뒷걸음질 쳤다.

"그러니까……."

그가 더는 도망가지 못하게 연수의 허리를 잡았다. 그리고 그녀의 입술을 삼켰다. 놀란 연수는 눈을 동그랗게 뜨고 양손에 든 것들을 떨어뜨리지 않기 위해 노력하고 있었다.

"으으음, 잠깐 이것 좀……. 으음……."

입술이 잠깐 떨어진 사이에 연수는 간신히 붕어빵과 와인을 옆에 놓을 수 있었다.

"요즘 널 보면 미칠 것 같아."

"……."

"회사에서도 종일 너의 옷을 벗기는 생각만 해."

그의 손이 그녀의 스웨터 안으로 들어가 한 번에 머리 위로 벗겨 냈다. 침실이 춥지는 않았지만 그녀의 온몸에 소름이 돋았다.

"하아……."

그가 브래지어 위로 그녀의 가슴을 입안 가득 물었다. 그의 혀가 브래지어를 축축하게 적셨다. 그의 손이 브래지어의 훅을 열었다. 그리고 빠르게 그녀의 몸에서 사라지게 했다. 연수의 하얀 가슴에 입술을 묻으며 그는 신음했다.

그리고는 그녀의 청바지의 단추를 이빨로 물었다. 그대로 단추를 풀고는 바지를 아래로 내렸다. 하얀 다리가 세상에 드러났다. 그는 연수의 허벅지를 강하게 빨았다. 마지막으로 남은 팬티까지 내리고는 연수의 검은 숲에 입을 맞추었다.

"헉!"

연수는 짜릿함에 죽을 것 같았다.

"너무 예뻐."

"성훈 씨……."

그가 연수를 안아 들었다. 그리고는 침실이 아닌 욕실로 향했다. 그녀는 옷을 입고 있지 않았지만, 성훈은 슈트 차림이었다. 그는 옷이 젖는 것도 상관하지 않고 샤워기의 물을 틀었다. 그리고 그 아래서 그녀를 끌어안고는 짙은 키스를 했다.

서로의 혀가 뜨겁게 얽히고 손이 서로의 몸을 어루만졌다. 그의 젖은 슈트를 만지는 느낌은 묘한 자극이 되었다. 연수는 점점 몸이 뜨거워짐을 느끼고 있었다.

그가 신경질적으로 넥타이를 풀고 물에 젖은 슈트를 힘겹게 벗었다. 흰색 와이셔츠가 젖어 그의 몸을 적나라하게 드러내 주었다.

연수는 저도 모르게 그의 유두를 입에 물었다.

"헉, 연수야……."

연수의 입술이 점점 아래로 내려가자 그가 연수의 머리를 잡았다. 연수는 물에 젖은 그의 바지를 내리고 그의 남성을 입에 물었다.

"으윽!"

그리고는 본능적으로 입술을 움직였다.

"연수야……."

그는 계속해서 신음을 내뱉었다. 그를 이렇게 만들 수 있다는 게 좋았다. 연수가 그의 남성을 입에 넣고는 목젖까지 깊게 넣었다가 뺐다가를 반복했다. 그가 연수를 일으켰다.

"그만! 하마터면 너의 입에……."

"괜찮아요."

그가 자신의 모든 옷을 벗고는 샤워기 아래에서 연수의 여성을 손으로 감쌌다.

"하아 하아……."

연수가 거친 숨을 몰아쉬었다.

"내가 마녀를 가르쳤어."

"아흐……."

그가 손가락을 그녀의 질 안으로 밀어 넣었고 연수는 그의 목에 필사적으로 매달렸다. 그가 연수를 차가운 타일 벽과 그 사이에 가두고 한쪽 다리를 들었다. 그리고 자신의 남성을 그녀 안에 밀어 넣었다.

"아악!"

그의 남성이 들어올 때면 연수의 여성은 언제나 불에 덴 듯 홧홧했다. 욕실 안이 요란하게 그들의 소리로 물들었다. 그럼에도 그는 멈추지 않았다.

욕실에서의 샤워가 끝이 나고 침대에서 다시 한 번 한 후에 그는 연수를 강하게 끌어안았다.

"계속 이렇게 있고 싶다."

"……."

그가 연수의 정수리에 입을 대고 계속해서 말했다.

"주말에 파티가 있어. 연수 너도 같이 가야 해."

"전……."

"계속해서 숨을 수는 없어."

"……."

연수는 두려웠다.

"연수야, 네 옆에는 내가 있어."

"하지만 사람들이……."

"내가 지켜 줄게."

그건 그가 지켜 주는 것과는 관계가 없었다. 사람들이 무서운 게 아니라 연수는 스스로 부끄러웠기 때문에 그들 앞에 나설 수 없었다.

"난…… 못 갈 것 같아요."

"……."

"성훈 씨……."

하지만 성훈은 그녀의 말을 끝까지 듣지 못한 채 잠이 들어 버렸다. 많이 피곤한 것 같았다. 연수는 그의 얼굴을 한참 동안 보았다.

그리고는 손으로 그의 뺨을 쓸었다. 까끌까끌한 수염이 그녀의 손바닥을 자극했다. 그렇게 연수는 성훈을 바라보다 잠이 들었다.

연수는 아침부터 떨렸다. 대표에게 어제 정리한 것을 보여 주기 위해서였다.

"하여튼 대단해."

윤 대리도 칭찬해 주었다.

"이 정도면 대표님도 아무 말 못 할 거예요."

"그럴까요?"

"그럼요, 대표님은 열정적인 사람을 좋아하시거든요."

"떨려요."

윤 대리가 그녀에게 기를 불어 넣어 주었다. 웃기는 표정에 연수는 웃음을 터트렸다. 이곳의 자유로운 분위기가 굉장히 마음에 들었다.

"갑니다."

"아자!"

연수는 어제 선별한 놓은 후원사들을 정리해서 대표실로 향했다.

"대표님."

그녀가 자신의 방으로 들어오자 그가 깜짝 놀라 표정을 지었다.

"이거 한번 검토해 주시면 안 되겠습니까?"

대표가 서류를 받고는 말없이 내용을 읽기 시작했다. 연수는 이 단체에 도움이 되기를 바랐다. 당장이라도 기부할 수 있지만 그건 그녀가 이 회사를 그만두는 날 하고 싶었다. 사람들과 불편해지는 게 싫었기 때문이었다.

"좋아요. 이다음은?"

"다음은 제가 직접 찾아가 볼 예정입니다."

"혼자서?"

"제가 벌인 일이니 끝까지 책임져야죠."

"좋아요. 해 봐요."

어제는 탐탁지 않아 하는 것 같아 오늘 쓸데없는 짓을 했다고 혼날 줄 알았는데 뜻밖이었다.

"감사합니다."

연수가 함박웃음을 지었다.

"점심 약속 있어요?"

"아뇨."

"나하고 같이 먹어요."

"저하고 대표님하고 둘이서요?"

"네, 할 말도 있고."

연수는 알겠다고 하고 대표실에서 나왔다.

"뭐래요?"

윤 대리가 그녀가 나오자마자 물었다. 연수는 다행히 대표님의 허락을 받아 냈다고 답했다.

"잘됐다."

"네……."

"그런데 표정이 왜 그래?"

"아니에요."

연수는 점심시간에 대표를 따라 근처의 생선 구이 집에 갔다. 이곳은 방마다 분리가 되어 있어서 얘기하기 좋은 곳이었다.

"여기 자주 오세요?"

"아니요."

"그럼, 오늘은 왜?"

"연수 씨와 함께 밥을 먹고 싶어서요."

그는 담백하게 말했지만, 왠지 그 속에 다른 의미가 있는 느낌이었다.

"남자 친구 있어요?"

연수의 불길한 예감이 적중하는 순간이었다. 그의 질문은 가벼운 질문이 아니었다. 그의 진지한 표정이 그걸 말해 주고 있었다.

"네."

"남자가 없을 거라고는 생각하지 않았어요."

이 남자가 뭐라고 하는 건지 이해가 되지 않았다. 연수의 표정이 점점 굳어졌다.

"연수 씨는 매력이 많은 사람 같아요."

"감사합니다."

상이 차려지고 그들은 잠시 말이 없었다. 연수는 불편하기 짝이 없었다.

"토요일에 뭐 해요?"

왜 자꾸 이러는 것일까? 연수는 불편한 표정으로 대표를 보았다.

"약속이 있습니다."

연수는 그의 말을 정중하게 거절했다.

"매정하군요."

"네?"

"천천히 해야 하는데, 마음에 드는 사람이 있으면 '천천히'가 안 돼요."

지금 대표가 그녀에게 마음에 든다는 말을 하는 중이었다. 이 럴 땐 어떻게 해야 하는지 알 수 없었다.

"전 사랑하는 사람이 있습니다."

선을 확실히 긋는 편이 나았다.

"그래요?"

"네."

"밥 먹어요. 여기 생선이 아주 맛있어요."

"……."

그가 연수의 밥 위에 갈치 살을 올려 주었다.

"부담스럽습니다."

"연수 씨의 말은 알아들었으니까 밥 먹어요. 그래야 후원사를 얻죠."

난감한 상황이었다. 점심을 먹은 후부터 연수는 바쁘게 일했 다. 괜히 점심시간의 일을 생각하고 싶지 않았기 때문이었다.

퇴근하고 연수는 곧바로 집으로 왔다. 괜히 붕어빵 집에서 그 와 마주치고 싶지 않았다.

토요일은 휴일이라서 편하게 집에 있으려고 했는데 오늘 저녁에 있을 파티 때문에 연수는 분주했다. 성훈은 어제 출장을 가는 바람에 곧바로 파티장으로 오기로 했다. 파티의 드레스 코드는 블랙이었다.

오전에 마사지를 받고 점심을 먹자마자 연수는 헤어와 메이크업을 받았다. 그리고 드레스는 발렌시아의 블랙 드레스를 골랐다. 심플한 블랙 드레스였다. 끈으로만 되어 있는 드레스 때문에 어깨에 밍크코트를 걸친 그녀였다.

오늘은 힐을 신어 모델처럼 커 보였다. 그녀는 굵은 웨이브의 머리를 한쪽 어깨로 몰아서 내린 스타일을 했고 섹시한 레드 립을 했다. 단연 눈에 띄는 모습이었다. 거기에 한쪽에만 롱 귀걸이를 해 언밸런스하면서 세련된 느낌을 줬다.

그녀가 준비를 마치자 성훈이 보낸 차가 도착했다. 그녀는 검은색 벤츠 리무진에 몸을 싣고 약속 장소로 향했다. 성훈은 이미 도착해서 그녀를 기다리고 있다고 했다.

그녀가 도착하자 성훈이 그녀의 차 문을 열어 주었다.

"다시 태우고 가고 싶어."

그녀를 보고 성훈은 한동안 말을 잇지 못했다. 그리고 사람들이 보든 말든 그녀의 입술에 살짝 입을 맞추었다.

"오늘 립스틱 색은 마음에 안 들어."

"왜요?"

"키스를 못 하잖아."

"……."

그가 무심하게 하는 이런 말들이 그녀에게 어떤 영향을 미치는지 그는 모르는 모양이었다. 성훈이 자신의 입술을 혀로 핥았다. 그 모습이 너무 섹시해서 연수는 잠시 넋을 놓았다.

"그런 표정 짓지 마. 먹고 싶으니까."

성훈이 연수의 귀에 대고 속삭였다. 연수는 사람들 앞에서 너무 솔직한 성훈 때문에 얼굴이 붉어졌다. 정말 못 말리는 사람이었다.

그들이 파티장에 들어서자 사람들의 시선이 둘에게 향했다. 그가 왜 평소에 하지 않은 일을 했는지 알 것 같았다. 그는 연수를 응원하고 있었던 것이었다.

사람들 사이에서 그녀가 주눅 들지 않게, 그가 곁에 있음을 그녀가 알기를 바란 거였다.

"겁먹지 마."

"전 겁먹지 않았어요."

하지만 연수의 손은 파르르 떨리고 있었고 지금 그 손은 성훈의 팔짱에 끼워져 있었다. 재벌가의 딸에서 살인자의 딸이 되어 사람들 앞에 서자니 자꾸만 위축되는 기분이었다.

"넌 내 부인이야."

"우린 아직 결혼하지 않았어요."

그녀의 정수리에 입을 맞추며 그가 말하자 연수는 그만 들릴 수 있게 작은 소리로 말했다. 오늘 파티는 성실 그룹이 주관하는 파티였다. 송년회 겸 성실 그룹의 성장을 축하하는 자리였다.

"저기 회장님이 계시는군."

"인사드리고 와요."

"연수는……."

"저는 아기가 아니에요."

"그럼 잠깐 다녀올게."

그가 자리를 잠시 비운 사이에 연수는 사람들을 피해서 화장실로 갔다. 사람들이 그녀에게 말을 걸지는 못했지만 안 좋은 시선으로 바라보고 있었다.

연수는 잠시 화장실에 앉아 있었다. 긴장했더니 종아리 근육이 뭉친 것 같았다. 힐을 신는 게 아니었는데 실수였다. 화장실에 앉아 종아리를 주무르고 있는데 사람들이 들어오는 소리가 들렸다.

"봤어요? 참 뻔뻔하지 않아요?"

"맞아, 살인자의 딸이 여기가 어디라고 오는 거야?"

"성실 그룹 현회장님의 동생도 죽인 거잖아요."

"그러니까. 진짜 낯짝도 두껍지 않아?"

"맞아요. 나 같으면 여기 못 오죠."

성실 그룹의 파티인 걸 알았다면 그녀는 오지 않았을 것이다. 그런데 그는 왜 그녀를 데려온 것일까? 성훈의 의도를 알 수 없었다.

설마 그녀에게 아버지의 죗값을 느끼라는 것일까? 아니면 극복하라는 것일까?

오늘은 물어봐야 할 것 같았다.

"어머! 깜짝이야."

그녀가 문을 열고 나가자 여자들이 깜짝 놀란 얼굴로 그녀를 보았다.

"저도 미안하게 생각해요. 하지만 제가 태어나기도 전에 있었던 일이잖아요. 그리고 오늘 파티를 성실 그룹에서 주관하는지도 몰랐고요."

"……."

힐까지 신은 그녀는 여자들보다 머리 하나는 더 컸다.

"앞으론 뒤에서 말씀하지 마시고 직접 물어보세요. 답해 드릴게요."

"그, 그게……."

"그래요, 전 살인자의 딸이에요. 그 피가 어디로 가겠어요?"

그녀의 으름장에 여자들이 화장실을 급하게 빠져나갔다.

"풋! 혼자 못 견딜 줄 알고 왔더니……."

여자 화장실 안으로 성훈이 들어왔다.

"여긴 여자 화장실이에요!"

당황한 연수가 그에게 말했다.

"알아, 지금은 공사 중이고."

"네?"

"밖에 경호원들이 사람들 못 들어오게 막고 있어."

성훈이 위험스럽게 그녀 앞으로 다가왔다.

"뭐, 뭐 하는 거죠?"

"아무것도."

그녀가 화장실 벽과 그 사이에 갇혔다. 그가 양손으로 화장실의 벽을 짚었다.

"왜 데려온 거죠?"

"우진이가 부탁했어. 사과하고 싶다고."

"우진 씨를 알아요?"

"예전엔 현 회장님만 알았는데 지금은 현우진을 더 잘 알지. 그리고 우리 연수가 사람들 사이에서 주눅 들 줄 알았는데 이런 면이 있다는 것도 알았고."

그가 위험스럽게 그녀 앞에 서 있었다.

"립스틱은 가지고 왔어?"

그녀의 클러치에 립스틱이 있었다. 연수가 고개를 끄덕이자 그가 언제 가지고 왔는지 티슈를 그녀에게 건넸다.

"닦아."

너무 붉은색이라서 그냥 키스했다가는 사람들에게 키스했다고 광고를 할 수밖에 없는 상황이었기 때문에 그가 티슈를 건넨 것이다. 연수가 느리게 입술을 닦았다.

"나머진 내가 닦아 주지."

"읍!"

그가 거칠게 입술을 삼켰다. 촉촉한 그녀의 입술을 빨아 당기는 그는 조급한 것 같았다.

"널 가지고 싶어."

"여기선 안 돼요."

"알아, 그래서 미칠 것 같아."

그는 요즘 너무 노골적으로 그녀의 몸을 원하고 있었다. 뜨거운 성훈의 입술이 귓불을 타고 목덜미를 지났다. 그리고 연수의 입술을 지나 가슴골에 머물렀다.

"으윽, 연수야……."

"잠깐, 제발 여기서는……."

연수는 너무 걱정되어 그의 머리를 살짝 밀어냈다. 그가 조금 더 애무한다면 그녀도 자제력이 무너질 것 같았기 때문이었다. 그가 연수의 가슴에 입을 맞춘 후에 몸을 일으켰다.

"그렇겠지? 여기서는 가지면 안 될 것 같아."

그가 몸을 돌려 밖으로 나갔다. 왠지 화가 난 것 같았다. 그녀가 거부했기 때문일 것이다. 연수는 서둘러 립스틱을 바르고 거울 앞에 섰다.

겉모습은 들어올 때와 다른 게 없는데 지금 거울 속의 여자는 더 아름다워 보였다.

그녀는 파티장으로 가서 당당한 눈빛으로 서 있었다.

"안녕하세요."

우진이었다.

"우, 우진 씨……."

아무렇지 않은 척해도 우진은 피해자 가족이었다.

"죄송해요."

눈물이 왈칵 쏟아질 것 같았다.

"사과는 제가 해야죠. 나쁜 의도로 연수 씨와 선을 본 거니까요."

우진은 이미 알고 있었던 모양이었다.

"걱정 마세요. 성훈이 형에게 자세한 이야기를 듣고 이제 더이상 연수 씨에 대한 편견은 없으니까요. 우리 가족은 이성범을 미워하는 거지, 연수 씨를 미워하진 않아요."

"우진 씨……."

"그러니까 힘내요."

"감사해요."

우진이 가자마자 누군가 샴페인 잔을 그녀에게 내밀었다.

"대표님."

턱시도를 입은 대표는 배우 출신답게 많이 돋보였다.

"여긴……."

뜻밖의 만남에 놀란 연수가 우인 앞으로 다가갔다.

"초대받고 왔죠. 혹시 후원사 때문에 온 거예요?"

우인은 그녀의 모습을 넋을 잃고 바라보며 말했다.

"아뇨, 성실 산업은 대상에 없어요."

"그렇군요. 그런데 여기는 기업의 자제들만 오는 곳인데……."

"대표님은……."

그가 연수를 보며 웃었다.

"아버지가 성실 산업의 사장님이세요."

"아……."

"연수 씨는······."

"연수야."

그때 성훈이 그녀의 허리를 팔로 감았다. 성훈은 우인에게 연수는 내 여자라는 소유욕을 강하게 드러내고 있었다.

"성훈 씨······."

당황한 연수가 성훈을 올려다보며 손을 풀라고 사정의 눈빛을 보냈다. 하지만 그는 이젠 그녀의 가슴까지 은밀하게 손가락으로 건드리고 있었다. 그런 성훈의 손을 우인이 바라보자 연수는 민망해서 죽을 것 같았다.

"누구?"

"우리 대표님이세요."

"아, 안녕하십니까? 전 강성훈입니다."

"안녕하십니까? 전 전우인입니다."

"반갑습니다. 한번 뵙고 싶었습니다. 우리 연수가 민폐를 끼치고 있는 건 아닌지 걱정했거든요."

성훈이 그녀의 정수리에 보란 듯이 입을 맞추었다.

"잘하고 있습니다."

"그렇군요. 실례지만 저희는 이만 가 봐야 할 것 같아서요."

그 말에 많은 것이 암시되어 있었다.

"가자."

그가 우인을 자리에 놔두고는 연수를 데리고 밖으로 향했다.

"어머!"

그가 갑자기 연수를 안아 들었다.

"뭐 하시는 거예요? 사람들이 우리만 본다고요."

"보면 어때? 힐 때문에 연수의 걸음이 너무 느려서 그래. 난 지금 폭발할 것 같아."

"왜요?"

연수는 두 눈을 질끈 감으며 말했다. 눈이라도 감아야지, 안 그러면 사람들의 놀란 표정이 그대로 그녀의 눈에 보이기 때문이었다.

"차 안에서 널 가질 거야."

정말로 못 말리는 남자였다.

"성훈 씨."

"안 그러면 정말 미칠 것 같아."

그는 연수를 차에 내려놓자마자 차단막을 올리고 덮치기 시작했다. 차는 출발했고 성훈의 이성도 날아가 버린 것 같았다.

"다시는 파티에 데려오지 않을 거야."

"네?"

"늑대 같은 놈들이 너의 몸만 보고 있었다고!"

그가 으르렁거리며 그녀의 드레스는 단번에 찢어 버렸다.

"헉!"

드레스 안에는 아무것도 입지 않은 연수였다. 그를 놀래 주고 싶은 마음에 이벤트로 준비한 건데 이렇게 빨리 보여 주게 될 줄은 몰랐었다.

"연수야……."

"난 여기서 하길 바란 게 아니에요……. 읍!"

그가 미친 듯이 그녀의 입술을 빨았다. 그들이 섹스해도 될 만큼 차 안은 넓었다. 밖으로 차들이 달리는 게 보였다.

"밖에 사람이……."

트럭 운전사가 차 안을 뚫어지게 보고 있는 게 보였다.

"안 보여."

"저 사람이 보는 게 맞아요."

"아니야, 그리고 본다고 해도 신경 쓰지 마."

밖에서 차 안은 보이지 않았다. 하지만 차 안에서 밖이 보이니 여간 신경이 쓰이는 게 아니었다.

"으으읍!"

그가 다시금 그녀의 입술을 덮었다.

"하아……."

그의 손이 그녀의 여성을 강하게 잡았다.

"넌 내 거야."

오늘따라 강한 소유욕을 보이는 성훈이었다. 그가 손가락을 연수의 젖은 질 안으로 밀어 넣었다.

"헉!"

그가 손가락을 움직이자 질척이는 소리가 차 안을 울렸다. 연수는 허리를 흔들며 그의 손가락을 깊게 들어오게 했다. 질 벽을 긁어 대는 그의 손가락 때문에 연수도 미칠 것 같았다.

"아아앙……."

신음이 계속해서 터져 나왔다. 그가 입술을 내려 그녀의 유두를 삼켰다. 어찌나 강하게 빠는지 유두가 떨어져 나갈 것만 같았다.

"하아 하아, 넣어 줘요."

연수는 저도 모르게 그의 남성을 손으로 잡았다. 그리고 그도 몹시 흥분했다는 걸 알았다. 그는 연수의 말을 들어주는 대신에 유두를 빨던 입술을 점점 아래로 내려 움푹 파인 배꼽에 혀를 집어넣었다.

"넌 안 예쁜 곳이 없어."

그가 혀를 좀 더 아래로 내리자 연수는 몸을 활처럼 휘었다. 차 안은 불편했지만 그만큼 자극적이었다. 성훈이 갑자기 그녀의 다리를 벌리고는 그 가운데 얼굴을 묻었다.

"이러고 계속해서 파티장에 있었던 거야? 내가 먹어 주길 바라면서."

"맞아요······."

연수는 부인하지 않았다. 그가 호흡을 거칠게 내뱉었다.

"벌을 받아야겠어."

그가 연수의 여성을 삼켰다. 그가 혀로 연수의 여성을 끝까지 단번에 핥았다.

"아아앙······."

연수는 그의 머리를 밀어내는 대신에 다리를 더 벌리고 그의 머리를 더 끌어당겼다. 그가 깊게 들어올 수 있게 만들었다. 그는 기대를 저버리지 않고 혀로 그녀의 여성을 가르며 들어와 클리토리스를 자극하기 시작했다.

" 하아아······."

그가 혀를 세워 클리토리스를 강하게 건드리자 연수는 참을 수 없는 쾌감에 사로잡혔다. 성훈도 참지 못하고 신음을 흘렸다.

"이연수, 넌 마녀야."

그가 다시 그녀의 여성 전체를 핥았다. 그리고 젖어 있는 질 안에 혀를 밀어 넣었다. 축축한 혀가 질 안을 파고들자 연수는 몸을 뒤틀었다.

"성훈 씨······. 제발······."

이제는 거의 애원하는 상황이 되어 버렸다.

"미칠 것 같아요. 빨리……. 읍!"

그가 몸을 일으켜 연수의 입술을 삼켰다. 그리고 급하게 바지를 내린 후에 자신의 남성을 단번에 그녀 안에 넣었다.

"아흐……."

연수는 손톱을 세워 그의 등에 자국을 만들며 강한 쾌감에 몸을 떨었다. 이제 고통보다 쾌감이 그녀의 몸을 강타했다. 그가 빠르게 허리를 움직였다. 성훈도 지금은 완전히 이성을 잃은 것 같았다. 격렬한 그의 리듬에 연수도 같이 허리를 움직였다.

"으윽!"

드디어 그가 분신을 쏟아 내고 그녀의 몸 위로 쓰러졌다.

"당신, 정말 미친 것 같아요."

거친 숨을 쏟아 내며 연수가 말했다.

"헉헉, 맞아. 난 너에게 미친 것 같아."

그가 연수를 꼭 끌어안고는 한참이나 그대로 있었다. 그사이 집에 다 왔는지 차가 멈추었다.

"입어."

그가 코트를 그녀에게 입혀 주었다.

"내가 너무 짐승 같았어."

그는 찢어진 그녀의 드레스를 팔에 걸치며 말했다.

"다음부턴 싼 거로 입어야겠어요."

"아니, 비싼 것일수록 잘 찢어져."

"못 말려요."

"2차전은 집에서……."

그는 이렇게 말하고는 코트만 입은 그녀를 안아 들고 집 안으로 들어갔다. 그들의 밤은 뜨겁게 타올랐다.

우인의 얼굴이 굳어져 있었다. 연수는 어떻게 말을 꺼내야 할지 몰랐다. 주말이 지나고 월요일, 그들은 아침부터 서먹했다. 오늘은 하필이면 연탄 나르기 봉사를 하는 날이었다. 유명 연예인들이 오고 방송사에서 취재도 와서 현장은 정신이 없었지만, 그들은 서로 어색해서 눈도 못 마주치고 있었다.

"저기 혹시……."

그녀를 알아본 기자가 연수 곁으로 다가오자 우인이 그 앞을 막았다.

"김 기자님, 오늘 박상미 씨 가족이 왔는데 그쪽으로 가시죠. 우리 직원 힘들게 하지 말고."

"직원이요? 이연수 씨 아니고?"

"아니에요. 그런 분이 우리 단체에 있을 리가 있겠어요?"

우인은 기자를 끌고 가다시피 했다. 그녀가 누군지 알기 때문이었다.

"하긴, 재벌이 뭐가 아쉬워서……."

"맞아요."

그들은 이렇게 말을 하고는 연예인 박상미가 있는 쪽으로 갔다.

"연수 씨."

"깜짝이야."

"왜 그렇게 놀라요?"

"연탄을 나르는 데 마스크까지 블랙으로 하고 오셨으니까 그렇죠."

오늘 윤 대리는 완전 산적 같았다.

"제가 옷을 잘 못 입어서……."

모태솔로인 윤 대리는 귀여운 구석이 있었다.

"기자들이 왜 연수 씨 보고 재벌이라고 하는 거야?"

"네?"

"파라다이스 그룹의 딸같이 생겼다고 다들 난리예요."

"……."

역시나 기자들이 알아본 모양이다.

"그런데 대표님이 막 아니라고 하던데?"

"그래요?"

"우리 대표님이 연수 씨 아주 끔찍하게 챙기시는 것 같아요."

"아니에요."

"아니긴, 눈에 다 보이는데……."

연수는 한숨을 푹 쉬었다. 우인이 그녀에게 관심을 드러내고 부터는 머리가 아팠다. 우인은 좋은 사람이었고 상처받는 건 원치 않았다.

"가죠. 만 장 다 나르려면 허리 빠질 것 같으니까."

"그럴까요?"

그녀의 말에 윤 대리가 같이 움직이기 시작했다. 그런데 그때 갑자기 또 한 대의 연탄 트럭이 그들 앞에 정차했다. 그리고 건장한 청년 스무 명이 차에서 내렸다.

"뭐지?"

윤 대리가 놀란 눈으로 그들을 봤다.

"파라다이스 그룹에서 왔습니다. 연탄 만 장과 함께요."

조 팀장이었다. 물론 옆에는 하나도 있었다.

"연수야!"

하나가 뛰어 왔다.

"기획팀이 웬일이야?"

"오늘 홍보팀이 행사 때문에 전부 자리를 비우는 바람에. 우리가 가장 만만하지 뭐."

윤 대리가 하나를 넋을 놓고 보고 있었다.

"임자 있어요."

"아……."

우인이 담당자로 보이는 조 팀장에게로 향하자 윤 대리도 우인을 따라 조 팀장 쪽으로 향했다.

"뭡니까?"

"말 그대로 파라다이스 그룹에서 보낸 겁니다. 자원봉사자들과 함께요."

건장한 사람들은 누가 봐도 아르바이트생들이었다.

"연수 씨……."

"팀장님 오랜만이에요. 그런데 왜 팀장님이……."

"제가 한가한 줄 아는 사람이 제일 꼭대기에 계시지 않습니까?"

"네……."

조 팀장과 사람들이 열심히 연탄을 날랐다. 처음엔 만 장이 지원되었는데 이렇게 된 김에 두 배로 연탄을 놔 드리기로 결정이 되었다. 연수는 보람을 느끼며 힘들지만 열심히 일을 했다.

"연수 씨."

"네, 대표님."

"감사 인사드립니다."

"그건 파라다이스……."

"아뇨, 이건 연수 씨 때문에 온 거라는 거 압니다. 그분이 저한 테 오전에 전화하셨어요."

"성훈 씨가요?"

"네, 그런 눈빛으로 자기 마누라 쳐다보지 말라는 경고와 함께 요."

하여간 성훈도 실없는 사람이었다.

"원래 그렇게 장난을 치는 사람이 아닌데……."

"장난이 아닌 경고였습니다."

"어쨌든 죄송해요. 제가 대신에 사과할게요."

"연수 씨도 그런 겁니까?"

"네?"

"그분을 사랑하시는지 묻는 겁니다. 전 그 사람이 연수 씨를 사랑하든 말든 관심 없습니다. 혼자서 그러는 걸 수도 있으니까 요."

대표는 얼굴에 연탄재가 묻은 채로 진지하게 물었다.

"네, 저도 그 사람을 사랑해요."

"알겠습니다. 제가 마음을 접어 보도록 노력하죠."

그는 차갑게 말을 하고는 자리를 떴다.

"그 사람은 아니고 저만 사랑하는 거예요."

그녀는 대표의 뒷모습을 보며 씁쓸하게 아무도 듣지 못하는 말을 했다.

10. 사탄의 유혹

크리스마스는 아무래도 혼자 보내야 할 것 같았다. 성훈은 그때 유럽 출장이 잡혀 있었고 같이 가자고 말은 했지만 지금이 자선 단체가 가장 바쁠 때여서 휴가를 간다고 말도 못 했다. 요즘 우인과 관계가 서먹한 관계로 그녀는 아쉬운 소리도 하기 힘이 들었다.

사무실 사람들이 모처럼 다 모여서 크리스마스 때 보육원에 들고 갈 선물을 포장했다. 과자와 장갑, 그리고 학용품이 주된 것들이었다.

"이런 건 아이들에게 실질적인 도움이 안 돼요."

윤 대리가 선물을 포장하며 투덜거렸다.

"왜요? 좋아할 텐데……."

"좋아는 하겠지만 일회성이 강해요. 연탄이나 쌀은 직접적인 도움이 되지만 선물은 그렇지 않다고 전 생각해요. 차라리 이 돈으로 겨울 난방비를 지원해 주거나 아니면 학비를 대 주는 게 더 좋다고 생각해요."

"하긴 저도 동감이에요."

연수와 윤 대리는 손발이 잘 맞았다. 둘은 한 조가 되어 열심히 선물들을 포장했다.

"연수야!"

어디서 많이 듣던 목소리가 들렸다.

"하나야!"

그녀가 일어나서 문 앞에 서 있던 하나를 보았다. 오늘이 토요일이니 직장인인 하나는 쉬는 날이었다. 갑자기 여긴 무슨 일로 온 건지 궁금했다.

"여긴 어쩐 일이야?"

"너 도와주려고 왔지."

"정말?"

"응, 어제 네가 그랬잖아. 오늘 단순 노동한다고."

그렇게 말을 하긴 했지만 정말로 이렇게 올 줄은 몰랐다.

"일단 물어보고."

"알았어."

하나는 밖에서 기다리고 있기로 했다. 연수는 동료들에게 허락을 받고는 하나를 데리러 밖으로 나갔다.

"들어와."

"맞다, 도와줄 사람들이 더 올 거야."

"사람들?"

"응. 많이는 아니고."

"그래? 일단 너 먼저 들어와."

그녀는 하나를 직원들에게 인사시켰다.

"지난번 파라다이스 직원 기억하시죠? 제 친구 하나예요."

"알지, 하나 씨."

"안녕하세요?"

모두 하나를 반갑게 맞아 주었다.

"어쩐.일이야?"

"오늘 저희도 도와드리려고요. 그리고 저희도 선물을 준비했으니까 그것도 전달드릴 겸 겸사겸사해서 왔어요."

연수는 불안했다. 또 성훈이 도움을 주려는 건 아닌가 해서였다. 연수가 조용히 하나에게 속삭였다.

"회장님 지시야?"

"아니, 이건 우리 파라다이스 직원들의 정성이야."

"그래?"

"응."

하나는 사우회에서 임원으로 일하고 있었다.

"그럼, 온다는 사람들은?"

"당연히 회사 사람들이지."

"다행이다."

연수가 대표의 표정을 살폈다. 대표는 별말 없이 계속해서 선물을 포장하고 있었다.

"대표님, 저희도 선물하는 데 보탬이 됐으면 합니다."

"저희야 감사하죠."

봉사 단체의 대표답게 그는 별다른 티를 내지는 않았다. 그리고 잠시 후에 파라다이스 회사 직원들이 사무실에 도착했다.

"안녕하십니까?"

"……."

모두가 입을 벌리고 경악했다. 파라다이스 그룹의 총수이자 유명한 격투기 선수 출신의 강성훈이 그들 앞에 서 있었다. 다들 입을 다물지 못하는 상황이었다.

그런데 그는 눈치도 없이 그녀에게 다가와 정수리에 입을 맞추었다.

"성훈 씨……."

"왜?"

"……아니에요."

너무 해맑은 성훈에게 연수는 뭐라고 말을 하기 어려웠다. 조 팀장과 다른 직원들도 사무실 안으로 들어왔다. 다행히 10명 정도만 와서 사무실이 그렇게 좁게 느껴지진 않았다.

다만 성훈이 그녀의 옆에 딱 붙어 있는 바람에 모두의 시선이 그녀에게 쏠려 있었다.

"이렇게 하면 되는 거야?"

"네."

생각보다 성훈은 단순 노동도 잘했다. 성훈이 화장실에 간 사이에 궁금함을 참지 못한 윤 대리가 그녀에게 물었다.

"연수 씨, 어떻게 된 거야?"

"그, 그게……."

"뭔데? 어떻게 회장님을 알아?"

"네……."

"응?"

그때였다. 유 비서가 그녀에게 뭔가를 건넸다. 피로 회복제였다.

"사모님, 드세요. 회장님께서 사 오신 겁니다. 물론 다른 분들

께도 드릴 겁니다."

유 비서는 그녀에게 먼저 피로 회복제를 건넸다. 성훈은 화장실에 간 게 아니라 약국에 간 거였다.

"사모님?"

"네, 저 결혼했어요."

"누구랑?"

"저랑 했습니다."

"……."

연수는 눈을 감아 버렸다. 윤 대리의 표정은 안 봐도 훤했다.

"이, 이연수 씨가 파라다이스 그룹의 안주인?"

"아마 그럴 겁니다."

"그런데…… 여기는 왜?"

"그냥 조용히 봉사하고 싶어 해서 보냈습니다. 근데 제가 가만히 지켜보고만 있기 힘드네요."

윤 대리는 입을 다물지 못하고 있었다. TV에서만 보던 사람을 가까이서 보니 놀란 모양이었다.

"미안해요. 지금처럼 이럴까 봐 미리 말하지 못했어요……."

"……."

윤 대리가 조용히 핸드폰을 들고는 성훈에게 다가갔다.

"사진 한 장 부탁드려도 됩니까? 제 인생 롤모델이십니다. 저도 복싱을 했거든요."

"그렇습니까?"

성훈이 윤 대리와 편하게 사진을 찍어 주었다. 벌레 씹은 얼굴을 하던 전 대표도 성훈과 사진을 찍었다. 봉사 단체를 하려면 인맥이 중요했다. 그녀와의 관계는 끝이 났지만, 성훈과의 관계는 이어갈 모양인 것 같았다.

"앞으로 잘 부탁드립니다."

"이건…… 뭡니까?"

"제 성의입니다. 우리 연수도 있고 해서 제 정성을 담았습니다. 우리 파라다이스에서 이 단체를 돕고 싶습니다."

"정말입니까?"

"네, 전 실없는 소리는 하지 않습니다. 하지만 조건이 있습니다. 우리 연수, 잘 부탁드립니다. 지금처럼 평직원으로 부리시면 됩니다."

그의 말에 연수는 코끝이 시려 왔다. 정말 고마운 말이었다. 그리고 그녀가 바라는 일이기도 했다.

"고마워요."

"고맙긴."

그가 연수를 보고는 윙크를 했다. 그에 연수도 그를 보며 미소

지었다.

일을 마치고 모두가 배가 고프다고 해서 그들은 근처의 삼겹살집으로 향했다. 저녁은 그녀가 내기로 했다. 연수는 일하면서 이렇게 보람을 느낀 적은 없었다. 아이들이나 홀로 사는 노인들에게 관심이 많은 연수였다.

삼겹살집에서 배부르게 먹고 그들은 피곤한 몸을 이끌고 집으로 향했다.

"오늘 고마웠어요."

"연수가 좋았으면 된 거야."

그는 갑자기 너무 부드러워졌다. 이런 마시멜로 같은 부드러움과 달달함이 그에게 있는 줄은 미처 몰랐었다. 하지만 연수는 마음 한구석이 무거웠다. 예전처럼 그를 무작정 좋아할 수가 없었다.

천방지축이던 그녀는 요즘 많이 어른스러워졌다. 그만큼 연수는 아버지의 일이 마음에 걸렸다.

"피곤하지?"

"아뇨."

"괜찮아?"

"네."

연수는 별말 없이 차에서 내려 그의 손을 잡고 집으로 들어가려고 했다. 그러다 정원을 보고는 깜짝 놀랐다.

"언제 했어요?"

"오전에."

"⋯⋯너무 예뻐요."

"조명 전문가들의 작품이지. 우리 연수가 마음에 들어 하니까 좋다."

정원의 나무들이 온통 화려한 조명으로 빛이 나고 있었다. 그리고 그녀를 가장 감동시킨 건 조명의 문구였다.

「연수야, 메리 크리스마스!」/서체/

연수는 조명 한가운데 전구로 쓰인 문구를 보고 감동을 받았다.

"너무 멋있어요."

"내가 좀 그렇지."

그녀가 그를 보고 웃자 성훈이 그녀의 얼굴을 잡고 짧은 입맞춤을 했다.

"같이 크리스마스를 못 보내는 줄 알았어요. 출장 간다고 했잖아요?"

"연기였어."

"네? 정말요?"

"응, 잘했지?"

"고마워요. 쓸쓸한 크리스마스를 보낼 줄 알았거든요."

"내가 연수를 쓸쓸하게 보내게 하겠어?"

"후후, 그러게요."

그는 이렇게 말하고는 연수의 어깨를 감싸 안았다.

"우리, 평생 이렇게 좋은 일만 있었으면 좋겠다."

"맞아요……."

성훈은 연수의 입술에 입을 맞추었다.

"추운데 그만 들어갈까?"

"네."

그들은 집 안에 들어섰다. 그런데 성훈이 준비한 크리스마스 이벤트는 이게 다가 아니었다.

"어머!"

집 안도 온통 크리스마스 트리였다.

"너무 예뻐요. 이것도 저 출근한 다음에 꾸민 거예요?"

"응."

그동안 성훈이 이렇게 낭만적인 사람이라는 건 미처 알지 못했다.

"피곤한데 잘까?"

"네."

연수는 성훈의 손을 잡고 2층으로 향했다. 그녀는 성훈과 뜨거운 밤을 보낼 줄 알았지만, 그들은 조용히 잠을 이루었다.

　　성훈은 정신이 없었다. 어떻게 해야 연수가 예전으로 돌아갈 수 있을까? 온종일 그 생각뿐이었다. 지금의 조용한 연수도 좋았지만, 예전의 명랑했던 연수가 그리웠다. 그래서 나름 이벤트를 꾸며 보았지만, 아직 역부족이었다.

　　"무슨 고민 있어?"

　　점심시간에 태형과 밥을 먹게 된 그였다.

　　"연수 때문에……."

　　"연수 씨가 어때서. 봉사도 잘하고 예쁘게 잘 지내던데."

　　"예전의 연수와는 많이 달라졌어."

　　"뭐가?"

　　연수는 달라졌다. 그는 연수가 왜 달라졌는지 그 누구보다 잘 알았다.

　　"예전의 연수가 세상 물정 모르는 아가씨였다면, 지금의 연수는 살인자의 딸인 거야."

　　"그런데?"

　　태형은 이해가 안 간다는 표정이었다.

　　"살인자의 딸인 것도 힘든데, 하필이면 사랑하는 남자의 부모를 죽인 거야. 너 같으면 마음이 편하겠어?"

"……아니."

"연수가 내 눈치를 봐."

"그랬구나……."

"그래서 마음이 좋지가 않아."

"그러면 어떻게 할 건데?"

그게 고민이었다. 어떻게 하면 연수에게 그의 진심을 전할 수 있을까?

"너는 괜찮아?"

"뭐가?"

"연수 씨의 아버지가 너의 아버지를 죽인 살인자잖아."

이제 성훈에게 그런 건 아무런 상관없는 일이었다.

"연수는 연수야."

"많이 변했네."

"그래."

"그럼 어떻게 하려고?"

"연수의 마음을 돌려야지."

성훈은 단호하게 말했다.

"그래?"

"응, 난 이제 연수 없이는 안 될 것 같아. 뭐 좋은 방법이 없을까?"

그는 몹시 심란했다.

"크리스마스를 잘 이용하면 되지 않을까?"

"어떻게?"

"크리스마스 날까지 연수 씨가 바쁘니까. 연수 씨 모르게 일을 벌여도 될 것 같아."

그들은 한참을 크리스마스 이벤트에 관해 논의했다.

"속을까?"

"그럼, 아주 잘 속을 거야."

이제 크리스마스까지 5일이 남은 상황이었다. 그동안은 연수가 그를 유혹하기 위해 노력했다면, 이번에 그가 연수를 유혹해 보려고 했다. 잘돼야 할 텐데, 걱정이었다.

다음날, 출근한 그는 오랜만에 어르신을 찾았다. 내년 초에 연수와 조촐하게 결혼식을 올릴 생각이었다. 그때 그의 집에서 열릴 결혼식에 어르신을 초대하고 싶었다.

"안녕하십니까?"

"성훈이 왔구나."

"네, 그동안 안녕하셨습니까?"

"나야 늘 편안하지. 어쩐 일이야?"

"도움을 받고자 왔습니다."

어르신이 그를 물끄러미 바라보셨다.

"또 안 되는 거야?"

"아닙니다. 연수의 기가 많이 죽어서 기를 좀 살려 주고 싶습니다."

"그럴 만도 하지. 아버지가 살인자라는 건 충격일 거야. 본인의 죄가 아닌데도 사람들은 부모의 죄를 자식에게 전가시키니 말이다."

"네……."

"그래서?"

"오늘 여기에 온 건, 어르신의 기를 받고 싶어서 왔습니다."

"나쁜 놈. 난 아직 혼자다, 이놈아."

"그래서 연수에게 청혼을 한 날에 이곳 별채를 빌려주셨으면 합니다."

"왜?"

"이상하게 이곳에 오면 연수가 예뻐 보여서……."

"실없는 놈. 알았다, 네 마음대로 써라."

"감사합니다. 결혼식에는 제일 먼저 초대하겠습니다."

"그래, 이놈아."

성훈은 어르신께 인사를 드리고 연지에게 별채를 깨끗하게 단

장해 달라는 부탁을 한 뒤 집으로 돌아왔다. 그는 요즘 크리스마스 이벤트 때문에 너무 바빴다.

크리스마스이브에 연수는 정신이 없었다. 그동안 준비했던 선물을 아이들에게 나누어 주고 혼자 사시는 노인분들에게는 반찬과 김치를 나누어 드렸다. 이렇게 일을 할 때는 아무런 생각도 할 수 없어서 좋은데, 집에만 들어가면 연수는 기분은 우울해졌다.

성훈은 날이 갈수록 잘해 주는데 왜 이렇게 가슴 한쪽이 허전한지 연수는 알 수 없었다.

"미안해서……."

눈물이 날 것 같았다. 정신없이 바쁘게 지내다가 이렇게 혼자 집에 가는 길은 늘 쓸쓸했다. 크리스마스이브에 맞게 연수는 아이스크림케이크를 하나 사서 집으로 터덜터덜 가고 있었다.

성훈에게 오늘까지는 바쁠 거라고 말한 그녀였다. 연수가 집 근처에 도착해 보니 다른 집들은 환한데 그녀의 집만 어두웠다. 크리스마스트리도 꺼져 있는 모양이었다.

"뭐지?"

연수는 처진 어깨를 하고 안으로 들어갔다.

팍!

그런데 그녀의 등장과 함께 모든 조명이 환하게 켜졌다. 그리고 정원에 신나는 음악도 흘러나왔다.

"무슨 일이지?"

마치 파티를 하는 것 같았다. 하지만 집 안은 아직 불이 꺼져 있었다.

"뭐 하는 거야?"

연수는 기대 반, 걱정 반의 얼굴로 현관문을 열었다.

"메리 크리스마스!"

불이 켜지면서 집 안에서 친구들이 쏟아져 나왔다.

"어?"

그녀와 친한 사람들이 다 모였다. 연수는 갑자기 울컥하는 마음에 눈물이 났지만, 가까스로 참았다.

"연수야!"

하나와 대학 동기인 선미가 그녀를 보며 반갑게 뛰어왔다.

"오랜만이야!"

"보고 싶었어……"

그동안 친구들에게 무심했던 게 마음에 걸린 연수였다.

"응. 이제 자주 연락하자."

"그래."

연수의 말에 선미가 고개를 끄덕였다.

"우리는 안 보여?"

"어? 아니 보이지."

다른 친구들이 벌떼처럼 그녀 앞에 나타났다. 이렇게 오랜만에 친구들을 보니 혼자라는 기분이 안 들었다.

"힘들었지?"

갑작스러운 선미의 말에 연수가 참았던 울음을 터트렸다.

"야, 너는 애를 왜 울려?"

"연수야, 미안. 난……."

"아니 괜찮아……."

연수는 눈물을 닦았지만 쉽게 그쳐지지 않았다. 하나와 선미가 그녀를 꼭 안아 주었다.

"성훈 씨는?"

"오늘 우리끼리 놀라고 하셨어."

"그래?"

"응."

"……."

성훈이 그녀를 배려해서 자리를 피해 준 모양이었다. 파티는 성대하게 열렸다. 다들 평안한 복장이라서 퇴근을 하고 온 그녀도 자연스럽게 어울릴 수 있었다.

"보고 싶었다. 우리 모두를 위하여 건배!"

한바탕 맥주 파티가 열리고 있었다. 연수는 진작에 친구들을 만날 걸 하는 생각을 했다

"요즘 봉사한다며?"

"응."

"우리도 도와줄까?"

"그럼 고맙지."

"안 그래도 모인 김에 우리가 모임을 하나 만들기로 했어. 이름이 뭔 줄 알아?"

"몰라."

친구들이 키득키득 웃었다. 친구들은 '연수 기 살려 주는 모임.'이라고 적힌 현수막이 보여 주었다.

"이게 뭐야?"

"강 회장님께서 어찌나 부탁하시는지, 우리 귀에 못이 박힐 것 같아서 아예 모임 이름으로 하기로 했어."

"……."

"널 너무 아끼시더라. 보기 좋았어."

선미가 웃으며 말했다.

"난 네가 재벌이라도 하나도 안 부러웠는데, 이번엔 좀 부럽더라. 멋진 신랑감을 둬서 말이야."

"……."

성훈이 친구들에게 부탁했다는 게 놀라웠다. 그녀는 성훈에게 고마움을 느꼈다.

"선미야. 잠깐 나 좀 봐."

"왜?"

"너 성훈 씨 만났어?"

"응, 친구들을 일일이 찾아다니면서 부탁하신 거야."

성훈의 마음 씀씀이에 너무 감동한 연수였다.

"성훈 씨가 뭐라고 했어?"

"우리 연수가 요즘 아버지 때문에 의기소침한 게 마음에 걸린다고, 만나서 좀 풀어 주면 안 되겠냐고 하더라."

"……."

"부럽다."

"뭘, 남자 친구들이 다 그렇지 뭐."

"너랑 결혼할 거라던데?"

"어……."

"너를 많이 사랑하는 것 같더라."

"……."

사랑이라는 단어에 갑자기 의기소침해진 연수였다. 그는 연수를 사랑까지는 아니지만, 많이 예뻐해 주고 있었다.

"어쨌든, 다들 널 부러워해."

친구들은 음악에 맞춰 춤을 추기도 했고 요리사가 준비한 저녁을 배불리 먹었다. 그런데 이상하게 그녀는 허전했다. 그건 성훈이 없기 때문이었다.

"전화해 볼까?"

용기 내어 핸드폰을 든 연수였다. 하지만 신호가 가는데도 전화는 받지 않는 그였다.

"빠져 주는 거야."

하나가 그녀의 표정을 보고는 눈치껏 말했다.

"그럴까?"

"그래. 그리고 넌 왜 그렇게 불안해하는 거야?"

"어?"

"아버지의 일은 너의 일이 아니야. 그리고 넌 너 나름대로 사건에 관계된 사람들에게 사과했고 충분한 보상도 약속했어. 또 봉사하면서 아버지 대신에 반성도 하고 있는데, 더 이상 뭘 어떻게 해."

"하나야."

"그만 털어 버려. 오죽했으면 회장님이 이렇게 신경을 써 주셨을까? 넌 회장님 안 사랑해?"

"……사랑해."

그녀는 그를 사랑했다. 너무 사랑해서 그의 유년 시절을 빼앗은 아버지 대신에 참회하는 마음으로 그를 대하고 있었다. 하지만 그건 사랑이 아니었다.

연수는 그제야 자신이 그동안 죄책감으로 그를 대하고 있었다는 걸 깨달았다.

"네가 지금 하는 건 사랑이 아니야. 용서를 비는 거지. 그런데 회장님은 다 용서하시고 널 사랑하는 거거든."

"넌 언제부터 성훈 씨 편이 된 거야?"

"이번에 너한테 하는 거 보고 감동 받았어. 부러운 년."

하나가 연수를 안아 주며 그녀의 등을 토닥여 주었다.

"다 알아. 그러니까 이제 마음의 짐을 좀 내려놔."

"하나야……."

연수가 울기 시작했다. 신나는 음악과는 반대되는 상황이었다. 그렇게 하나의 품에 안겨 울고 나니 기분이 풀렸다.

"너 때문에 내 옷 다 젖었어."

"사 줄게."

"됐어."

그때였다. 갑자기 음악과 불이 꺼지더니 2층에서 그가 케이크를 들고 내려왔다. 음악은 크리스마스 노래였다. 친구들이 환호성을 질렀다.

"이제 네가 잘할 차례야."

"어?"

"네 마음을 마음껏 표현하라고."

하나가 그녀의 등을 떠밀었다. 친구들에게 밀려 연수는 성훈의 앞으로 다가섰다.

"메리 크리스마스."

"메리 크리스마스……."

그가 촛불을 끄라고 그녀에게 눈짓했다.

"후!"

촛불이 꺼지자 친구들이 키스하라며 휘파람을 불고 난리였다.

"키스해! 키스해!"

그녀가 그의 앞으로 가서 살짝 입을 맞추었다.

"에이……. 약해."

아주 난리도 이런 난리가 없었다. 그가 케이크를 옆에 놓고는 그녀의 허리를 꽉 끌어안았다.

"만인의 기대에 힘입어……."

"……."

그의 말에 연수가 웃음을 터트렸지만, 그의 입술에 의해 웃음기는 금방 사라졌다. 그는 친구들을 의식하지도 않은 듯 진한 키스를 했다.

"으으읍!"

친구들이 손뼉을 치고 난리였다. 파티가 끝이 나고 그는 그녀의 손을 잡고 주차장으로 향했다.

"어디 가요?"

"응, 이제부터 우리의 시간이야."

그녀를 데리고 간 곳은 어르신 집의 별채였다.

"여기는……."

"이곳이 그렇게 명당이라고 하더라고."

"뭐가요?"

"여기가 아이가 빨리 생기는 곳이라고 소문이 자자해."

"네?"

"사실이에요."

오랜만에 만난 연지가 밝게 웃으며 나타났다. 연지의 손엔 수건이 들려 있었다.

"여기서 밤을 보내면 아들을 낳는다고 해서 어르신께 부탁드리고 밤을 보내는 집안사람들이 많아요."

"그래?"

"네."

연지가 환하게 웃었다.

"좋은 시간 보내세요."

연지가 얼굴까지 붉어지며 인사를 하고는 사라졌다.

쪽!

그가 연수의 목에 입을 맞추었다.

"아기 때문에 온 거예요?"

"그것도 있지만, 여기가 유명한 또 한 가지의 이유가 있지."

"뭔데요?"

그가 연수의 손을 잡고는 집 안으로 이끌었다. 전통 한옥 같은 이곳은 사람의 마음을 편하게 하는 곳이었다.

"연수야."

"뭐예요, 갑자기?"

그가 갑자기 그녀 앞에 무릎을 꿇었다. 그리고는 주머니에서 뭔가를 꺼냈다. 프러포즈를 하려는 것 같았다.

"이거 받아."

하지만 반지가 아니었다. 그냥 편지 봉투였다.

"읽어 봐."

그의 낡은 편지 봉투를 받아 든 연수는 편지를 읽어 내려갔다. 한참 읽다 연수는 급기야 눈물을 흘리고 말았다. 그 편지는 사랑하는 아들에게 보내는 엄마의 유서였다.

"난 못 읽겠어……."

그녀의 아버지 때문에 돌아가신 분의 유서였다.

“읽어야 해.”

“……”

이건 지독한 고문이었다.

“나한테 왜 이래요?”

“제발…… 읽어 줘.”

“……”

연수는 천천히 편지를 읽었다.

“아들아, 엄마는 이렇게 가지만 아빠와 너무나 행복했단다. 우리 아들도 커서 엄마처럼 꼭 사랑하는 짝을 만나길 엄마가 항상 하늘에서……. 기도할게.”

목이 메서 말이 나오지 않았지만, 연수는 이를 악물고 읽어 내려갔다.

“우리 성훈이가 사랑하는 사람이 생긴다면 왜 엄마가 떠났는지 알 수 있을 거야. 아빠가 없는 삶을 엄마는 살 수 없거든…….”

그가 연수의 허리를 안고 그녀의 배에 얼굴을 가져갔다. 그는 여전히 무릎을 꿇은 상황이었다.

“연수야, 나도 어머니에게 목숨보다 소중한 여자를 만났다고 말했어.”

“……”

"연수야, 사랑해. 난 너 없으면 안 될 것 같아. 나랑, 결혼해 줄래?"

"으아아앙……!"

연수가 큰소리로 서럽게 울기 시작했다. 그녀는 마치 아기처럼 슬피 울었다.

"미안해요. 난…… 결혼 못 하겠어."

"연수야."

"나 성훈 씨 사랑하는데, 너무 미안해서……."

성훈이 일어나서 그녀를 꼭 끌어안았다.

"나도 너 사랑해. 네가 계속해서 이러면 난 미칠 것 같아. 예전의 연수로 돌아와 줘."

그의 눈에서 눈물이 흘러내리고 있었다.

"성훈 씨!"

"연수야……."

그들은 서로를 안고 한참을 울었다. 겨우 진정이 된 그녀의 손에 성훈이 다이아몬드 반지를 끼워 주었다.

"사랑해."

"저도…… 사랑해요."

그들의 입술이 뜨겁게 부딪쳤다. 사랑하는 마음과 미안한 마음이 아직 공존했지만, 연수는 그와 약속했다. 이제 더는 미안해

하지 않기로……

그의 사랑으로 그들의 밤은 충만했고, 뜨거웠다. 밤하늘의 별들도 그들의 사랑을 축복해 주었다.

에필로그

"어디 가는 거예요?"

"가 보면 알아."

"꼭 이렇게 눈을 가려야 해요?"

그는 한 손으로 그녀의 눈을 가리고는 다른 한 손으로는 연수의 어깨를 잡고 있었다. 말을 하지는 않았지만, 그는 신이 난 아이 같았다.

"뭔지 많이 궁금하다."

결혼한 지 한 달이었다. 그들의 집은 넓었고 그녀는 그동안 가보지 않는 방들을 둘러보았다. 그러다가 두 개의 방이 잠겨 있는 걸 보고는 그에게 물었다.

"뭐예요?"

하지만 그는 답하지 않았다. 그리고 일주일이 흐른 후에 그녀는 오늘 그 방에 성훈과 함께 가는 중이었다. 저녁을 먹고 와인을 마신 후의 일이었다.

"가르쳐 주면 안 되는 일이에요?"

너무 가르쳐 주지 않으니까 불안했다.

"난 이제 당신이 이벤트를 하는 게 무섭단 말이에요."

프러포즈를 어머니의 유서로 한 사람에게 뭘 바라겠는가? 연수가 그의 손을 치우려고 하자 그가 손에 더욱 힘을 주었다.

"알았어요. 알았다고요."

그제야 그가 걸음을 멈추었다.

"지난번처럼 유서나 그런 거면 당신 가만 안 둘 거예요."

그녀가 호기롭게 경고했다.

"그런 거 아니야."

그가 방문을 열고 연수의 눈을 가린 손을 내렸다. 연수는 밝은 빛 때문에 눈을 찡그렸다. 겨우 빛에 익숙해지고 난 후 본 방은 아기 방이었다.

"어머!"

연수는 너무 놀라 입을 다물지 못했다. 온통 노랑으로 물든 방이었다.

"병아리 같아요."

"아들인지 딸일지 모르니까."

"그래서 노란색이에요?"

"응."

연수는 그의 목에 팔을 두르고 입을 맞추었다.

"당신은 멋진 아빠가 될 거예요. 그런데 아기부터 만들어야 하지……."

그가 갑자기 그녀를 안아 들었다. 그가 뭘 할지 너무나 잘 알기 때문에 그녀는 피식 웃었다. 하지만 그는 그들의 침실 대신에 가장 끝에 방으로 그녀를 안내했다.

"여기도 무서운 건 아니죠?"

"……."

이번엔 그에게서 답이 없었다.

"무서운 건 싫어요."

그가 문을 열고 안으로 들어갔고 연수는 눈을 감아 버렸다. 사방이 조용한 게 무언가 튀어나오는 건 아닌 것 같아 연수는 겨우 눈을 떴다. 그리고 연수는 그대로 입을 다물지 못했다. 그가 깜짝 놀라 얼어붙은 연수를 바닥에 내려 주었다.

붉은색 카펫이 깔린 바닥은 커다란 침대만 달랑 놓여 있었다. 그리고 벽에는 온갖 종류의 기구들이 비치되어 야릇한 상상을 불러일으켰다.

"아니죠?"

"뭐가?"

그의 목소리가 잠겨 있었다.

"그거……?"

"맞아, 여기는 부부를 위한 방이야."

그의 말에 기가 막히긴 했지만 틀린 말은 아니라서 아무런 말도 하지 못했다.

"정말 사용할 거예요?"

"해 보고 싶어……."

그녀가 조심스럽게 가죽으로 된 채찍이 있는 곳으로 갔다.

촤 ㄱ!

그녀가 바닥을 때리자 큰 소리가 났다.

"어머!"

놀란 연수가 손으로 입을 가렸다.

"걱정 마. 여긴 방음 시설이 철저하게 된 곳이니까."

"이건 뭐예요?"

위잉—

스위치를 켜자 진동이 울렸다. 그가 그녀의 곁으로 오더니 순식간에 성훈의 손이 가운 속으로 들어왔다. 그리고 작은 공을 그녀의 질 안으로 밀어 넣었다.

"아흐……."

스위치를 켜자 연수가 강하게 몸을 떨었다.

"당장, 빼요!"

놀란 연수가 기구를 빼게 했다.

"싫었어?"

"아니요……. 이상했어요."

그가 웃었다. 솔직히 이상한 느낌이었지 싫은 건 아니었다. 하지만 연수는 기구를 사용하는 것보다 커다란 침대에 그와 함께 있는 게 더 마음에 들 것 같았다.

그때였다. 아주 마음에 드는 걸 발견한 연수였다.

"이거요."

"네가 마음에 들어 할 줄 알았어."

그의 머리에 악마의 뿔을 달아 준 연수는 만족스러운 미소를 지었다.

"정말 사탄 같아요. 난 사탄하고 한번 하고 싶은데……."

연수가 가운을 벗었다. 가운 안에는 아무것도 입지 않고 있었다. 그녀는 하나로 묶은 긴 머리도 풀어 버렸다. 그녀의 머리카락이 마치 옷처럼 그녀의 가슴을 가렸다.

풀썩!

그녀가 그를 침대 위로 밀어 버렸다.

"가만히 있어요. 사탄이 만지면 여자가 사라져요."

그녀는 요염하게 말하면서 벽에 걸린 수갑을 그의 팔목에 채워 침대 기둥에 걸었다. 뿔이 달린 사탄이 침대에 묶인 것 같아 아주 자극적이었다. 그녀가 누워 있는 그의 몸을 고양이처럼 기어오르고 있었다.

"으으윽, 나를 죽일 셈이군."

"이런 걸 원한 게 아닌가요?"

"맞아."

연수의 머리카락이 그녀가 움직일 때마다 성훈의 피부에 닿아 그를 간지럽혔다.

"어떻게 해 드릴까요?"

"키스해 줘."

"싫어요."

그녀는 새침하게 말하며 작은 가죽 채찍을 가지고 왔다. 그리고 그의 가슴에 내리쳤다. 물론 세게 때리지는 않았고 약간의 따끔함은 느낄 정도의 강도였다.

"아앗!"

"어때요?"

"아파……."

"엄살은?"

그녀가 이번엔 강하게 침대를 쳤다. 채찍 소리가 사방에 울렸다.

"날 먹어 줘."

"어디를 먹어 줄까요?"

그녀는 그의 노예가 되었다. 그리고 그가 시키는 걸 다 해 줄 생각이었다. 그녀는 몸을 돌려 그녀의 남성을 바라보고 앉았다.

"연수야……."

"왜요? 싫어요?"

"윽!"

그가 항의할 새도 없이 그녀가 그의 남성을 입안으로 밀어 넣었다. 그녀의 타액이 그의 남성 전체를 적혔다.

"흡!"

성훈은 숨을 참으며 연수의 혀가 그의 남성을 자극하는 걸 즐기고 있었다.

"더 깊이……."

그녀는 목젖까지 닿을 정도로 깊이 그의 남성을 삼켰다.

"으으윽!"

그가 몸을 부르르 떨었다. 연수는 입술에 힘을 주고는 그의 남성을 강하게 빨았다. 그가 자신 때문에 쾌감에 몸부림치는 게 너무나 좋았다.

연수는 자세를 바꾸고는 그의 남성을 축축하게 젖은 자신의 안에 넣었다.

"하아……."

그녀가 고개를 젖히자 숱 많은 머리카락이 풍성하게 찰랑거렸다가 베일처럼 그녀의 몸을 가렸다. 연수는 규칙적인 리듬을 타며 허리를 흔들기 시작했다.

"으윽! 하……."

그녀가 움직일 때마다 그의 입에선 신음이 터져 나오고 있었다. 그녀의 가는 허리선을 잡은 그가 만족스러운 신음을 뱉어 냈다. 연수는 점차 속도를 빨리해서 몸을 움직였다. 거칠어진 그들의 숨소리가 방 안 가득 울려 퍼지고 있었다.

연수는 그의 입술을 살며시 집어삼켰다가 떼고는 다시 허리를 격하게 움직이기 시작했다. 그녀의 여성과 마주 닿은 남성의 느낌이 너무 좋았다.

"주인님, 어때요?"

"좋아……."

"저도…… 좋아요."

성훈은 그녀가 주인님이라고 해 주면 너무 좋아했다.

"이런 거 없이도 당신은 섹스에 천재적이야."

"칭찬인가요?"

허리를 느리게 움직이며 그가 말했다.

"칭찬이야."

그가 숨을 헐떡이며 말했다. 연수는 성훈의 이런 모습이 너무나 좋았다. 그녀는 엉덩이를 살짝 움직이며 더 깊이 그를 받아들이고 있었다.

"으윽, 내가 올라갈까?"

"올라오고 싶어요?"

"응."

연수가 그의 수갑을 풀어 주기가 무섭게 성훈이 그녀를 자신의 밑으로 가뒀다. 그는 연수의 입술을 거칠게 삼켰다.

"후, 내가 우리 연수가 이렇게 섹시하다는 걸 잠시 잊었어."

그가 숨을 몰아쉬며 말했다.

쫙!

성훈이 연수의 다리를 양쪽으로 벌렸다. 그리고는 이상한 기구를 가져왔다. 진동이 나는 기구였다. 그 기구로 그는 연수의 여성을 자극하기 시작했다.

"아아앙……."

연수의 여성을 아래위로 자극하는 기계 때문에 그녀는 기절할 것 같았다.

"미칠 것 같아요……."

"어떻게 해 주길 바라?"

"빨아, 줘요."

이런 말을 하는 자신이 이상하게 느껴졌지만, 이는 분명히 연수의 입에서 나온 말이었다. 그가 입으로 연수의 수풀을 거칠게 헤치며 혀로 여성을 둘로 갈랐다.

"아흐……."

연수는 자신도 모르게 신음을 냈다. 그의 혀가 주는 자극에 미칠 것 같았기 때문이었다.

"더……."

저도 모르게 엉덩이를 들어 그에게 더 깊이 넣어 달라고 말하는 연수였다. 성훈의 혀가 그녀의 질 안을 파고들었다. 그가 혀로 여성 전체를 쓸어 올리더니 그녀의 다리 사이에 자리를 잡았다.

"넣어 줘요."

"알았어."

성훈이 단번에 그녀의 여성에 자신의 남성을 집어넣었다.

"아악!"

연수는 아직도 그의 믿기지 않는 크기의 남성을 받아들이는 게 버거웠다.

퍽퍽퍽!

미친 듯이 허리를 움직이는 그 때문에 연수의 몸은 침대 헤드까지 밀려 올라갔다.

"아아아앙……."

아래에서 느껴지는 강한 자극 때문에 그녀는 미칠 것 같았다.

"오늘은…… 깊게 해요."

"왜?"

"아기……."

그녀도 빨리 아기를 갖고 싶었다.

"안 돼."

"왜요?"

"난 우리의 시간을 더 즐기고 싶어."

아기 방까지 만든 그가 할 말은 아닌 것 같았다.

퍽퍽퍽!

그의 허리 짓에 점점 더 힘이 들어갔다. 연수도 그의 리듬에 자신의 몸을 맞추고 있었다.

"아악! 성훈 씨!"

그녀의 신음에 성훈은 좀 더 빨리 몸을 움직였다. 그의 몸짓에 연수의 몸이 파르르 떨리고 있었다. 그녀가 허리를 휘며 절정의 몸짓을 했다. 그녀의 풍만한 가슴이 출렁이며 그를 자극했다.

"핫!"

연수가 뜨거운 숨을 토해 냈고 그는 연수의 유두를 입안으로 넣었다. 빨아도 빨아도 질리지 않는 유두였다. 그는 유륜까지 꼼꼼하게 핥아 주었다. 그 때문에 연수의 몸은 붉은 자국이 가득했다.

"연수야, 사랑해."

"저도요."

연수가 숨넘어가는 소리로 답했다.

"윽!"

"아악!"

그들은 동시에 절정을 맛보았다. 그는 연수의 몸 위에 그대로 쓰러졌다. 연수는 그의 뿔을 손으로 쓰다듬었다.

"다음에도 할까?"

"네, 더 자극적인 것 같아요. 위험한 것만 안 하면요."

"알았어."

"위험한 것도 있어요?"

"아니."

그가 갑자기 몸을 일으키더니 방 한쪽의 문을 열었다. 언뜻 보니 샤워실이었다. 그가 물수건을 가지고 와서 땀으로 젖은 그녀의 몸을 꼼꼼하게 닦아 주었다.

"불안한데요?"

"뭐가?"

"또 할까 봐요."

연수는 침대에서 내려가려다가 그에게 발목을 잡혀 버렸다.

"악!"

"이미 늦었어."

"힘들다고요……."

"아니, 충분히 견딜 수 있어."

성훈은 막무가내였다. 연수가 그의 얼굴을 쓰다듬었다.

"내 어디가 좋아요?"

"다 좋아."

"치……."

"정말이야. 이렇게 쭉 내민 도톰한 입술도 좋고, 풍만한 가슴도 좋아. 거기에 검은 숲도 너무 환상적이야."

"성훈 씨……."

연수는 그의 노골적인 말에 부끄러움을 느꼈다.

"그런 의미에서……."

그가 그녀의 입술을 다시금 삼켰다. 성훈의 짐승 같은 섹스는 지칠 줄을 몰랐다. 그의 손이 그녀의 여성을 움켜잡았다.

"사탄……."

그는 아직 뿔을 그대로 쓰고 있었다.

"아파……."

그녀의 말에 그가 연수의 다리 사이에 얼굴을 묻고는 여성을 핥기 시작했다. 그녀의 고통을 조금이라도 덜어 주기 위한 것 같은데 오히려 더 힘이 들었다.

"아아앙……."

아랫부분이 전기에 감전된 것처럼 찌릿찌릿했다.

"미칠 것 같아……."

그의 혀가 클리토리스를 자극하기 시작했다. 집요한 혀 놀림에 연수는 죽을 것 같았다.

"죽을 것 같아요……."

"안 돼."

그는 단호하게 안 된다는 말을 했다. 별것 아닌 그 말이 연수를 기쁘게 했다.

"어서……."

성훈이 들어오기를 바랐다. 그가 자리를 잡더니 그녀의 여성에 단번에 남성을 집어넣었다.

"아흐……."

"사랑해."

"저도요……."

힘겨운 사투가 벌어지고 있었다. 그가 마지막을 향해 끝까지 허리를 움직였다.

"으윽!"

그는 자신의 분신을 모조리 그녀의 안에 쏟아부었다.

"손가락 하나 까딱도 못 하겠어요."

"가만히 있어."

그가 그녀를 안아 들었다. 그리고는 자신들의 침실로 향했다. 복도를 지날 때 그들은 아무것도 입고 있지 않고 있었다. 그들은 넓은 욕조에 따뜻한 물을 받고 함께 들어갔다.

"너무 좋아요."

"으음……. 나도."

그가 그녀를 안고는 다정하게 입을 맞추었다.

"언제까지 예뻐해 줄 거예요?"

"평생."

그녀의 가슴을 만지며 그가 나른하게 말했다.

"언제부터 날 좋아했어요?"

"좋아한 건…… 처음부터."

"여자로는요?"

"우리가 첫 키스를 하고 난 후에."

"그런데 왜 말을 안 했어요?"

"그땐…… 좀 복잡한 상황이었거든."

"……알아요."

그녀가 그의 입술에 살짝 입을 맞추었다. 따뜻한 욕조 안에 있으니 좋았다.

"뿔은 언제 뺄 거예요?"

"어?"

그가 머리 위의 뿔을 떼어 냈다.

"뿔이 있는 게 더 어울려요."

"그래?"

"네."

"당신 눈에도 내가 사탄 같아 보여?"

"네, 당신이 회색 눈동자로 바라보면 꼭 비밀을 들킨 것 같다고 하나가 그랬어요."

그는 연수의 말에 웃음을 터트렸다.

"나 이제 자고 싶어요……."

"그래."

그는 연수를 수건으로 감싸고는 침실로 향했다. 성훈은 연수를 꼭 끌어안고는 깊은 잠에 **빠져들었다.**

오늘은 하나와 태형 부부를 초대한 날이었다. 그들보다 일주일 뒤에 결혼한 그들이었다. 태형의 어머니는 다행히 건강이 많이 좋아지신 상태였다.

"하나야……."

"연수야!"

연수와 하나는 마치 이산가족이 상봉한 것처럼 서로를 부둥켜안았다. 그런데 오늘 하나는 기분이 많이 상한 것 같았다.

"싸웠어?"

"……응."

"왜?"

"회사…… 그만두래."

"정말?"

"그리고 집에서 밥하는 것 좀 배우래. 그래서 내가 아줌마를 쓰면 안 되냐고……."

그때 주차를 마친 태형이 들어왔다.

"정말이야?"

성훈이 태형이 오자마자 물었다.

"아직 임신도 하지 않았는데 회사 그만두라고 했어?"

"그렇게 말해?"

"응. 아니야?"

"……사고 쳤어."

"무슨 사고?"

태형이 기가 막힌지 말을 하지 못하고 있었다. 연수는 하나가 회사에 손해를 끼친 상황이 아니길 바랐다.

"무슨 일인데?"

연수가 하나만 데리고 주방으로 향했다.

"말해."

"그러니까…… 내가 이벤트를 해 주다가 들켰어."

"무슨 이벤트?"

"네가 한 거……."

"뭐?"

아주 어이가 없었다.

"야, 그건 성훈 씨가 혼자 쓰는 사무실에 있으니까 가능한 거지."

"다 퇴근한 후였다고."

"내가 미쳐……."

얼마 전에 그녀는 성훈의 생일을 맞아 바바리코트만 입고 회사에 간 적이 있었다. 모두가 퇴근을 한 시간이었고 그녀는 그를 잠깐 기다리게 한 다음에 그의 사무실로 가서 코트를 벗고 진한 섹스를 했었다.

그 얘기를 해 줬더니 그걸 똑같이 따라하다가 들킨 모양이었다.

"누구한테 들켰는데?"

"경비 아저씨……."

"내가 못 산다. 그래서 그만두래?"

"응……."

그래도 그만두는 건 너무한 일이었다. 그들이 부엌에서 나오자 성훈과 태형이 거실에서 기다리고 있었다.

"잘하는 짓이지?"

"미안……."

"일단 밥부터 먹자."

성훈이 다가와서 식사를 하자고 말했다.

"네."

하나의 풀이 죽은 모습이 안쓰럽긴 했지만 그들의 식사는 나름 즐거웠다. 태형은 성훈과 이야기의 호흡이 잘 맞아서 옆에서 듣고 있으면 재미있었다. 거기에 하나가 중간 중간 웃음을 줬었는데 오늘은 입을 닫고 있었다.

식사를 마치고 와인을 마시는 시간이었지만 하나의 입은 여전히 불퉁하게 나와 있었다.

"왜 그래?"

"아니야."

"왜 그래. 말해 봐."

"……요즘 권태기인가? 나한테 관심이 없는 것 같아. 그래서 내가 그런 것까지 한 건데……."

하나가 울먹였다. 그런 하나를 보고 있자니 안쓰러운 마음이 들었다.

"이리 와 봐."

"왜?"

"내가 권태기에서 벗어나는 아이디어를 줄게."

"뭔데?"

그녀는 하나의 손을 잡고 2층으로 올라갔다. 그리고 그녀와 성훈의 비밀의 장소를 공개했다.

"와우!"

하나는 언제 자신이 의기소침했냐는 것처럼 넋을 놓고 방을 보고 있었다.

"굉장하다. 그런데…… 우리는 아닌 것 같아."

"왜?"

"우리 태형 씨처럼 모범생이 이런 방을 만든다는 건……."

"만들면 되지."

갑자기 등 뒤가 서늘한 느낌이었다.

"하나도 이런 방 갖고 싶어?"

태형의 물음에 하나는 얼굴이 빨개져서 그대로 방을 뛰쳐나가 버렸다.

"만들어 준다니까……."

태형이 이렇게 말하며 하나의 뒤를 쫓았다. 그리고 사탄이 그녀의 어깨에 팔을 감았다.

"왜, 여기를 데리고 왔을까?"

"권태기라고 하기에……."

연수도 그에게 미안했다. 이 방은 그와 그녀의 비밀인데, 하나한테 공유해 버려서 미안한 마음이었다.

"저기…… 미안해요."

"미안하긴."

그가 자신의 티셔츠를 머리 위로 벗어 버렸다. 그의 탄탄한 가슴이 그녀의 눈앞에 드러났다.

"저기 그러니까……."

그가 사탄의 뿔을 썼다. 그리고 마지막 남은 옷도 모두 벗어 버렸다. 채찍을 든 그는 바닥을 강하게 내리쳤다.

ㅊ ㅘ ㄱ!

"어서 벗어."

그녀가 옷을 다 벗자 그가 채찍으로 그녀를 때리는 대신에 그녀의 몸을 감았다. 그리고는 채찍의 끝을 잡고는 그녀를 끌고 가서 침대에 눕혔다.

"벌을 받아야지?"

"네…… 주인님."

그가 그녀의 다리를 벌렸다. 연수는 팔이 채찍에 묶여서 꼼짝할 수 없었다.

"벌려."

그의 말대로 그녀가 다리를 벌렸다.

"너무 환상적이야……."

그는 황홀한 듯 말하며 그녀를 덮쳤다. 거친 플레이를 좋아하는 그였지만 그 끝에는 연수를 배려하는 면이 있었다. 그는 마지막까지 거칠지는 않았다.

벌린 다리 사이로 들어간 그는 단번에 그녀의 질에 자신의 거대한 남성을 넣었다.

"이건 벌이야."

"아흐……."

그녀는 이런 벌이라면 계속해서 받고 싶었다. 그의 거친 움직임이 한동안 계속되었다. 그들에겐 권태기가 없을 것 같았다. 한

차례의 폭풍이 지나가고 그가 연수를 안고 누웠다.

"난 여기가 좋아요."

"정말?"

"이런 기구가 좋은 게 아니라, 당신이 좋아하니까 좋은 거죠."

"그럼, 연수는 이렇게 하는 거 싫어?"

"아니요, 그렇진 않아요. 매일은 아니지만…… 가끔 자극을 주는 건 좋은 것 같아요."

"맞아."

그가 연수의 정수리에 입을 맞추었다.

"사랑해."

"저도 사랑해요."

"우리는 절대로 권태기 같은 건 없을 것 같아."

"저도 그렇게 생각해요."

그녀는 거친 숨을 몰아쉬며 그의 입에 입을 맞추었다. 이렇게 서로에게 푹 빠져 있는 것도 쉬운 일은 아니었다. 연수는 잠든 그의 얼굴을 보며 생각했다.

사탄의 유혹에 빠진 거라고 말이다.

"이런 유혹이라면 얼마든지 환영이에요. 나의 사탄 씨."

그녀가 그의 이마에 입을 맞추고는 행복한 미소를 지었다. 연수도 사르르 눈이 감기고 있었다. 그의 체력에 당할 수가 없기 때문이었다.

연수는 눈을 감으며 기도했다. 이렇게 평생 서로를 아끼며 살게 해 달라고…….

『사탄의 유혹』 완결.